기적을 만드는
하루 10분의 힘

기적을 만드는 하루 10분의 힘

발행일	2018년 2월 14일

지은이	박 원 태		
펴낸이	손 형 국		
펴낸곳	(주)북랩		
편집인	선일영	편집	권혁신, 오경진, 최승헌, 최예은
디자인	이현수, 김민하, 한수희, 김윤주, 허지혜	제작	박기성, 황동현, 구성우, 정성배
마케팅	김회란, 박진관, 유한호		
출판등록	2004. 12. 1(제2012-000051호)		
주소	서울시 금천구 가산디지털 1로 168, 우림라이온스밸리 B동 B113, 114호		
홈페이지	www.book.co.kr		
전화번호	(02)2026-5777	팩스	(02)2026-5747

ISBN   979-11-5987-959-3 03810(종이책)   979-11-5987-960-9 05810(전자책)

기적을 만드는
하루 10분의 힘

박원태 지음

인생을 두 배로 살게 하는 깨알 습관 만들기

아주 작은 습관들이 인생을 가치 있게 만든다.

하루 10분으로 시작하는 기분 좋은 자기혁명!

북랩 book Lab

PROLOGUE

출근할 때 꼭 챙기는 것이 네 가지 있다. 휴대전화, 지갑, 회사 출입증과 자동차 열쇠다. 이것들은 하루 동안 밖에서 생활하며 없어서는 안 될 것들이다. 이 중에 하나라도 잊으면 여러 가지로 불편한 일이 생긴다.

실제로 그런 일이 많았다. 어떤 때는 휴대전화를 놓고 가서 종일 연락 불통이 되기도 했다. 회사 출입증을 놓고 가는 날에는 사무실에 들어갈 때마다 동료들 신세를 져야 했다. 지갑을 놓고 가면 본의 아니게 극도로 검소한 생활을 해야 했고, 자동차 열쇠를 놓고 가면 어떻게든 집에 다시 왔다 가야 한다. 아침마다 주의 깊게 챙긴다고 하지만 꼭 한 가지씩 빼먹곤 했다.

하지만 요즘은 좀 달라졌다. 아무리 급하게 집을 나와도 하나라도 빠뜨린 적이 거의 없다. 처음에는 의도적으로 하나씩 체크한 후에야 집을 나섰다. 그러나 이제는 내 손이 그것들을 알아서 챙긴다. 다른 생각을 하고 있어도 거의 자동이다. 예전처럼 노력이 들지도 않는다. 그럼에도 전과 같은 실수는 오히려 크게 줄었다. 습관이 된 것이다.

바쁜 아침 시간에 자동차 안에서 식사를 할 때가 있다. 특히 사과나 떡

먹는 요구르트를 먹다가 운전대 주위에 음식물이 튀기도 한다. 그런 것들이 쌓이다 보면 운전대나 계기판 주위에 얼룩이 생긴다. 하지만 출퇴근 시간에 바쁘다 보니 닦는 것을 미루곤 했다. 나중에 시간 나면 하자고 생각했다.

그러던 어느 날 떠먹는 요구르트를 먹다가 크게 한 덩이를 운전대에 떨어뜨리고 말았다. 너무 큰 덩어리를 떨어뜨려서 바로 닦아야 했다. 냄새가 나지 않도록 여러 번 닦았다. 닦다 보니 윤기가 났다. 태양에 반사되어 반짝반짝 빛이 났다.

내친김에 그 주위를 좀 더 닦아 보았다. 운전대부터 계기판, 기어, 유리창까지 닦고 나니 실내가 한결 깨끗해졌다. 그걸 보는 내 기분도 좋아졌다. 그 뒤부터는 작은 음식물만 튀어도 바로 닦는다. 조금 흘렸을 때 닦다보니 별로 힘이 들지 않는다. 이제는 뭔가 흘리면 저절로 물티슈에 손이 간다. 덕분에 차 안은 항상 깨끗하다.

운전대 주변을 닦는 일은 생각보다 쉽고 간단했다. 그런데도 그동안 무작정 미루어 왔던 이유는 무엇일까? 습관이 되지 않았기 때문이다. 습관이 되지 않은 일을 상상해보면 그 일은 무척 힘들 것 같아 보인다.

그래서 우리의 무의식은 시도조차 하지 않게 만든다. 익숙한 것에서만 편함을 느끼기 때문이다.

나는 떠먹는 요구르트 한 덩어리를 흘린 것을 계기로 운전대를 닦게 되었다. 작고 우연한 일에서 시작한 것이지만 결과는 크게 달라졌다. 내 차는 깨끗해졌고, 나는 그것을 유지하는 습관을 갖게 되었다. 이처럼 작은 것을 시도하다 보면 큰 습관을 갖게 된다. 작은 일에서 얻은 성과가 더 큰 것을 시도할 수 있는 힘을 주기 때문이다. 이러한 힘을 통해 하나의 단단한 습관이 만들어진다.

기적을 만드는 하루 10분 의 힘

　사람들은 보통 좋은 습관을 갖기 위해서는 엄청난 노력과 시간이 필요할 것이라 생각한다. 그래서 처음부터 아예 시도하지 않거나 약간의 실패만 경험해도 포기하기도 한다. 그러나 실제로 습관을 갖는 데 필요한 것은 그렇게 많은 힘과 노력이 아니다. 대신 그것을 해야 하는 분명한 이유와 꾸준함만 있으면 누구나 훌륭한 습관을 만들 수 있다.

　도스토예프스키는 "습관이란 인간으로 하여금 어떤 일이든 하게 만든다"고 했다. 습관은 갖기도 어렵지만 버리기도 어렵다. 습관이 잠재의식에 자리 잡는 순간 우리는 그 방향으로 행동하게 되기 때문이다. 따라서 습관의 방향을 좋은 쪽으로 돌려놓는 일은 무척 중요하다.

　이 책에서 다루는 다섯 가지 영역의 습관들은 내가 실제로 경험한 일들이며, 그 중에도 오늘의 내 모습을 만드는 데 도움을 주었던 고마운 습관들이다. 그리고 이제는 이것들을 많은 분들과 나누고 싶은 욕심이 생겼다. 터놓고 이야기하며 함께 성장하고 싶은 마음에서 부끄럽지만 이 글을 세상에 내놓게 되었다. 매일 10분만 습관에 투자하자. 이를 통해 작은 것부터 실천해 나간다면 우리의 삶은 분명 달라져 있을 것이다. 기적 같은 변화가 찾아올 것이다. 그런 당신을 열렬히 응원한다.

CONTENTS

PART 01

하루 10분이
10년을 결정한다

1. 왜 다시 습관인가?

2012년 8월 어느 날, 기온이 30도에 이르는 무더운 여름날이었다. 양평을 거쳐 속초로 가는 길에 고속도로 휴게실에 들렀다. 커피와 김밥을 사서 차 안에 들어와 앉는 순간, 누군가 차 앞 유리창에 비눗물을 뿌리기 시작했다. 그리고는 유리창에 붙어있는 와이퍼[1]를 자기가 가져온 새것으로 갈아 끼우고 쓱쓱 문지르니 금세 유리창이 몰라보게 깨끗해졌다. 그리고는 나에게 살며시 미소를 던졌다. 와이퍼를 자기 것으로 교체하라는 신호다. 내가 고개를 저으니 그는 얼른 옆 차량으로 가서 똑같은 행동을 했다. 그 차 주인도 거절했는지 옆 차, 또 옆 차로 이동해가며 같은 일을 반복했다. 신기해서 한참을 지켜보는데 꽤 많은 사람들이 와이퍼를 구입하는 것 같았다. 그때 바깥 날씨는 상상을 초월하는 무더위였다. 차 위에다 삼겹살을 구울 수 있을 정도였다. 그러나 그는 전혀 힘든 기색 없이 자기 일을 즐기는 듯 즐거운 표정으로 옮겨 다녔다.

지난주 서울에 갑작스러운 비가 내렸다. 그런데 내 차의 와이퍼가 너무 낡았는지 아무리 와이퍼를 작동시켜도 앞유리가 잘 닦이지 않았다. 나는 와이퍼를 바꿀 때가 되었음을 직감하고 동네 주유소로 향했다. 얼마 전 주유소에서 와이퍼 파는 것을 봤기 때문이다. 주유소에 도착해 주유소 직

---

1) 자동차의 앞유리에 들이치는 빗방울을 좌우로 움직이면서 닦아내는 장치

기적을 만드는 하루 10분 의 힘

원에게 와이퍼를 좀 갈아 달라고 했더니 지금은 밤이라서 안 된다고 했다. 어두운 밤을 뚫고 찾아온 마음도 몰라주고 단호하게 거절하니 나는 기분이 좀 상했다. 그래도 완고한 모습에 어쩔 수 없이 차를 돌려야 했다.

다음 날 해가 떨어지기 전에 다시 그 주유소를 찾았다. 이번에도 그 직원이었고 나는 어제와 같은 요구를 했다. 그런데 돌아온 대답은 의외였다. 이번에는 기온이 너무 낮아서 안 된다는 것이다. 두 차례 모두 자꾸 나를 귀찮게 하지 말라는 눈빛이었다.

문득 5년 전 휴게소가 떠올랐다. 한 명은 살이 익을 듯한 기온에서도 한 개라도 더 팔아보고자 이리저리 뛰어다녔다. 그것도 전혀 지친 기색이 없는 즐거운 얼굴이었다. 반면 다른 한 명은 안정되고 편안한 환경에서도 전혀 기쁘지 않은 표정으로 어떻게 하면 한 개라도 덜 팔아 볼까 생각하는 것 같았다. 과연 무엇이 두 사람을 다르게 행동하게 하였을까?

내가 주목한 것은 습관이었다. 한 사람에겐 자기의 일에 대한 나름의 동기가 있었고, 그것을 위해 기쁘게 일하는 것이 습관이 되어 있었다. 반면 다른 한 사람에게는 일에 대한 어떠한 동기도 없었다. 그러다 보니 손님이 오면 대충 보내고 시간만 때우는 것이 습관이 되어 있었다. 아쉽지만 얼마 후 그 주유소를 찾아갔을 때는 더 이상 그 직원을 볼 수 없었다.

사실 그들의 삶을 깊게 들여다보지는 못했다. 하지만 이런 습관들이 그들의 삶에도 적잖게 영향을 미쳤으리라 짐작해본다. 당장 전자는 그 믿기지 않는 영업 전략으로 여러 개의 와이퍼를 파는 데 성공했다. 반면 후자는 와이퍼를 파는 데도 실패했을 뿐 아니라 본인도 좋지 않은 결과를 얻었다.

습관은 이처럼 우리 삶에 조용하면서도 지속해서 영향을 미친다. 마치 가랑비에 옷이 젖는 것과 같다. 좋은 습관을 갖기는 어렵지만 일단 내 것이 되면 힘들이지 않고도 편안하게 삶을 이끌어갈 수 있다. 반면 좋지 않은 습관은 당장에 불편함은 없을지 몰라도 결국 우리에게 실망스러운 결과를 안겨주게 된다.

나는 뭐든 꾸준히 하는 성격은 못 되었다. 처음에는 의욕에 차서 해 보지만 며칠 못 가서 그만두곤 했다. 꾸준히 운동하겠다는 다짐은 얼마나 많이 했는지 기억조차 나지 않는다. 그런 내가 요즘 하루도 빠지지 않고 하는 일이 있다.

감사 일기를 쓰는 일, 그리고 잠들기 전 침대 위에서 명상과 체조를 하는 일이다. 재작년 9월부터 시작했으니 벌써 꽤 되었다. 이 세 가지는 습관이 되어서 이제는 거의 빼먹지 않는다. 심지어는 회사에서 단체 MT를 갔을 때도 혼자 조용한 곳을 찾아서 한 적이 있다.

사실 이 세 가지를 하는 데 걸리는 시간은 그리 길지 않다. 10분 정도면 충분하다. 하지만 이것들을 매일 꾸준히 하기란 쉽지 않다. 엄청난 의지가 있어야 할 것 같기도 하다. 물론 나도 그랬다. 초등학교 이후로 제대로 일기를 써 본 적도 없다. 체조는 더욱 그렇다. 맨손 체조를 몇 번 시도해본 적은 있었다. 하지만 그 다짐은 일주일도 못 가서 여지없이 무너졌다. '오늘은 피곤하니 하루만 쉬자'는 식으로 나와 적당히 타협했다. 그렇게 하루를 쉬게 되면 반드시 며칠을 쉬게 되고 결국 얼마 지나지 않아 첫 다짐은 사라지고 말았다.

그러나 이제 이것들은 정말 쉽다. 거의 하루도 빠지지 않는다. 마치 밥먹는 일이나 잠자는 것과 비슷하다. 습관이 되었기 때문이다. 특별히 신경쓰지 않아도 그 시간이 되면 알아서 몸이 움직인다. 오히려 감사 일기를 안 쓰는 것이 더 어색하다. 잠자리에 들었다가도 뭔가 서운해 다시 일어난 경우도 있다.

이처럼 습관은 강력하다. 습관이 되었다는 것은 무의식에 자리를 잡았다는 것이다. 우리의 생각과 행동은 상당 부분 무의식의 지배를 받는다. 어린 시절 개에 물린 적이 있는 사람은 성인이 되어서 개의 모습만 봐도 다리가 후들후들 떨린다. 반면 고층건물 현장에서 일하는 사람들은 건물과 건물 사이를 오가면서도 거의 떨지 않는다. 처음에는 그들도 후들후들 떨면서 건너다녔을 것이다. 그러나 그사이를 무수히 왔다 갔다 하면서 그들의 무의식에는 '이 다리는 안전하다'는 사실이 자리를 잡게 되었을 것이다. 몸도 그에 따라 자연스럽게 반응한 것이다.

습관도 처음에는 의식적인 노력이 필요하나, 반복과 자극을 통해 무의식에 새겨지면 그때부터는 많은 노력이 필요하지 않게 된다. 무의식이 알아서 일하기 때문이다.

이는 인공위성을 쏘는 것과 비슷하다. 인공위성을 대기권 밖으로 쏘기 위해서는 많은 에너지가 필요하다. 그런데 그 에너지의 대부분이 최초 발사 시점에 사용된다. 이후 대기권 밖 수만 킬로미터를 날아다니는 동안에는 거의 에너지가 들지 않는다. 습관도 처음에 들이기가 어렵지 한 번 들이고 나면 힘들이지 않고도 자유자재로 날아다닐 수 있게 된다.

이런 이유에서 좋은 습관을 갖는 것이 중요하다. 한 번 무의식에 새겨진 습관은 쉽게 바뀌지 않기 때문이다. 그런 점에서 요즘 많은 청소년들이 담배를 피우는 것은 상당히 우려스러운 일이다. 처음에는 호기심에서 시작하지만, 그것이 반복되다 보면 습관이 된다. 그러면 무의식은 담배 피우는 것을 마치 밥 먹는 일처럼 자연스럽게 받아들인다. 이때부터는 담배를 끊기가 매우 어려워진다.

『습관의 재발견』에서 스티븐 기즈는 다음과 같이 이야기했다.

"습관은 인간이 가질 수 있는 가장 강력한 행동의 기반이다. 팔굽혀 펴기를 하루에 한 번 하는 습관이 어쩌다 서른 번 하는 것보다 훨씬 낫다. 오로지 습관만이 시간이 흐름에 따라 더 강하게, 더 높이 쌓일 수 있다."

그렇다. 일주일에 한 차례, 한 번에 몰아서 팔굽혀 펴기 서른 개를 한다고 해서 몸이 바뀌지 않는다. 그러나 계단 열 개 오르기라도 매일 꾸준히 하다 보면 일 년만 지나도 몸이 달라진다. 시간이 지날수록 습관은 우리 삶에 점점 강하게 영향을 미친다. 돈을 복리 적금에 넣어놓고 일정 시간이 지나면 그 가치가 빠르게 늘어나는 것과 같은 이치다.

학생은 공부하는 습관이 잡히면 힘들이지 않고도 편안하게 공부에 집중할 수 있다. 일찍 일어나는 것이 습관이 된 사람은 누가 깨우지 않아도 저절로 일어난다. 이런 습관들이 몸에 배면 삶은 훨씬 쉬워진다. 반면 늦게 일어나는 것이 습관이 된 사람이 기상 시간을 10분 당기기 위해서는 이보다 수십 배의 노력이 들어간다.

기적을 만드는 하루 10분 의 힘

많은 사람들이 삶을 바꿔보고자 이런저런 노력을 한다. 더 많은 일을 해보기도 하고, 더 열심히 운동이나 독서를 해보기도 한다. 더 좋은 강의와 세미나를 찾아가기도 한다. 그러나 효과는 그때뿐이다. 바쁜 일상에 쫓기다 보면 어느새 원점으로 돌아가 버린다. 결국, 아무리 좋은 것을 접하더라도 그것이 습관이 되지 않으면 오래가지 못한다.

따라서 삶을 변화시키기 위해서는 무엇보다 습관을 다루어야 한다. '좋은 것이건 나쁜 것이건 습관이 되면 그때부터는 그것이 나를 지배한다.'는 말이 있다. 습관을 바꾸게 되면 삶의 근본을 바꿀 수 있다. 무엇을 하더라도 작게 시작해서 꾸준히 해야 한다. 이를 위해서는 매일 작은 시간이라도 습관에 투자하는 것이 필요하다. 삶을 바꾸는 데 하루 10분이면 충분하다.

2. 습관은 타고나는 것?

새해가 되면 많은 사람들이 새로운 다짐을 하곤 한다. 그 중에도 단골 메뉴가 금연, 독서, 그리고 운동이다. 연초에 헬스클럽에 가 보면 이 말을 몸소 체험할 수 있다. 평소 썰렁하던 곳이 연초가 되면 사람들로 북적인다. 나도 그중 한 명이었다. 매번 올해는 운동을 해보겠다고 다짐한다. 그러나 그리 오래가지 못했다. 좀 피곤한 날이면 하루만 미루자고 나 스스로를 꼬드긴다. 그러나 그 하루가 일주일이 되고, 한 달이 된다. 그러다 보면 자연스레 포기하게 된다.

책을 읽는 것도 마찬가지다. 연초가 되면 올해만큼은 책을 좀 읽어보자고 마음먹는다. 인터넷에서 이 책 저 책을 사기도 한다. 그러나 결심이 오래가지는 못한다. 회사 일로 하루 이틀 바쁘다 보면 금세 마음이 약해진다. 급한 불부터 끄자는 심정으로 잠시 책은 한쪽에 제쳐 둔다. 그러다 보면 점점 책 읽는 일이 낯설어진다. 결국, 독서는 물 건너간다.

그럴 때마다 내 마음속 깊은 곳에서는 이런 생각이 들었다.
'그럼 그렇지. 나는 원래 뭔가를 오래 하지 못하는 성격이야. 그런 것들을 지속해서 하는 사람들은 따로 있지.'
그때 문득 스쳐 가는 생각이 있었다.

'참, 그리고 보니 나도 꾸준히 하고 있는 것들이 몇 개 있긴 해. 식사를 하고 나서는 잠시라도 꼭 산책을 하지. 그리고 밤에는 무슨 일이 있어도 음식을 자제하려고 노력해. 하긴 이런 것들도 좋은 습관 중 하나일 거야.'

가끔 고향에 내려갈 때 저녁 버스를 타고 가는 경우가 있다. 막차를 타고 고향 집에 도착하면 거의 밤 11시가 된다. 늦은 시간이지만 어머니는 혹시나 아들이 밥이라도 굶었을까 거하게 음식을 차려 놓으신다. 오랜만에 보는 싱싱한 배추김치와 불고기, 간장 게장까지 올려주실 때도 있다. 이런 음식들을 보면 당장에라도 한 그릇 비우고 싶어진다.

그러나 나는 어머니께 조심스럽게 양해를 구한다. 늦은 시간이라 부담스럽다고 말씀드린다. 나의 이런 말에 다른 식구들은 이해하기 어렵다는 반응을 보인다. 밤에 먹는 게 뭐가 이상하냐는 것이다. 그러나 내 무의식에는 밤에 먹는 음식이 해롭다는 생각이 자리 잡고 있다. 그러다 보니 아무리 어머니가 해주신 음식이라 해도 자연스럽게 거절하고 만다.

산책도 그렇다. 보통 회사에서는 점심을 외부에서 먹는다. 그러니 식당을 오고 가는 사이에 자연히 걷게 된다. 그런데 가끔은 회사 구내식당에서 점심을 먹을 때도 있다. 그럴 때는 시간이 많이 남는다. 대신 이동 구간이 짧다 보니 걷는 시간이 부족하다. 보통 동료들은 점심을 먹고 사무실에 와서 곧바로 의자에 앉곤 한다. 웹 서핑을 하거나 부족한 업무를 처리하기도 한다. 그러나 그럴 때 나는 산책을 즐긴다. 식사 후에 바로 자리에 앉으면 뭔가 허전하다. 더부룩하기도 하고 뭔가 덜한 느낌이 들기도 한다.

그럴 때면 잠시라도 바깥으로 나간다. 동행이 있으면 좋지만 여의치 않으면 혼자라도 간다. 걷다 보면 소화도 잘되고 머리도 맑아진다. 신선한 공기를 마시며 잠시 여유로운 시간을 즐긴다. 때로는 바빠서 그럴 여유조차 없을 때도 있다. 그럴 때는 회사 계단이라도 걷는다. 20층까지 있지만 힘들 때는 다섯 계단이라도 꼭 걷는다.

이런 습관들은 건강을 지키는 데 여러모로 도움이 되었다. 밤에 과한 음식을 먹지 않다 보니 잠자리가 편안하다. 아침에 일어나면 속이 개운하고 아침도 맛있다. 밤에 간식을 먹는다는 핑계로 TV 앞에 앉아 있을 일도 없다. 오히려 그 시간에 취미생활을 하거나 가족들과 시간을 보낼 수 있게 되었다. 식사 후 산책은 속을 더 가볍게 만들어주었다. 신선한 공기를 마시며 잠깐의 여유를 즐기고 나면 새로운 마음으로 일을 시작할 수 있게 된다. 가끔 계단도 걷게 되니 별다른 운동을 하지 않아도 허벅지가 단단해지고 심폐기능도 좋아졌다.

여기서 드는 의문이 있다. 늦은 시간 음식을 자제하는 것, 식사 후에 산책을 하는 것, 이런 것들은 분명 나에게 습관이 되었다. 그런데 위에서 말한 독서나 운동 같은 것들은 왜 습관이 되지 못했을까?

『성공하는 사람들의 7가지 습관』의 저자 스티븐 코비에 따르면 습관은 지식, 기술, 욕망의 복합체라고 한다. 어떤 일이 습관이 되기 위해서는 이 세 가지를 갖추어야 한다는 것이다. 지식은 '무엇을 해야 하는지, 왜 해야 하는지'에 대한 이론적 패러다임이다. 기술은 '어떻게 해야 하는지', 즉 방법론이다. 욕망은 동기, 즉 '하고 싶은 것'이어야 한다. 이 세 가지 중 하나라도 갖추지 못한다면 그것은 습관이 될 수 없다. 즉, 어떤 일에 대해 그것을 왜 하는지, 어떻게 하는지를 알고 그것을 하고 싶을 때 습관이 된다는 것이다.

나에게 있어 산책이나 음식 조절이 습관이 된 것도 이 세 가지를 갖췄기 때문이다. 몇 년 전에 '생로병사의 비밀'이라는 TV 프로그램을 본 적이 있다. 그때 뇌리에 강하게 남은 내용이 있었다.

'우리가 음식을 먹으면 위에서 분해되고 장에서 흡수되기까지 최소한 4시간이 걸린다. 그런데 잠이 들 때 음식물이 소화되지 않은 채 남아 있다면 그 음식은 위장에서 부패하기 시작한다. 이런 일이 계속된다면 위장에 염증이 생기고 심할 경우 궤양이나 암의 원인이 되기도 한다. 따라서 잠들기 전에 음식들을 소화하기 위해서는 늦은 저녁에는 음식을 안 먹는 것이 최고다.'

이 TV 프로그램을 보고 나서는 왜 밤에 음식을 먹어서는 안 되는지에 대해 분명한 지식을 갖게 되었다. 그리고 아버지께서 젊어서부터 위장이 안 좋으셨다. 평생 위장약을 드시는 모습을 보고 그것이 얼마나 불편한 일인지 알게 되었다. 그러다 보니 위장 건강을 지키고 싶다는 강한 욕망을 갖게 되었다.

밤에 음식을 자제하는 나름의 기술도 갖고 있다. 일단 일찌감치 저녁을 먹는다. 가급적 7시 이전에 해결하려고 노력한다. 그것도 배가 고프지 않을 만큼 든든하게 먹는다. 밤 시간 간식의 유혹을 피하려고 간식은 주로 낮에 해치운다. 물론 과한 간식은 피한다. 견과류나 과일, 야채 주스 같은 것을 즐긴다. 저녁 식사를 방해하지 않으면서 오후의 출출함을 달래기 위해서다.

반면 매번 습관 만들기에 실패했던 '운동'은 이 3요소를 갖추지 못했다. 일단 운동을 왜 해야 하는지에 대한 목적의식부터 불분명했다. 연초에 운동을 계획할 때는 주로 건강이 목적이었다. 그런데 몇 번 운동하다 보면 건강이라는 목적이 더 이상 나를 지탱해주지 못했다. 귀찮게 운동을 하지 않더라도 당장 건강에는 문제가 없기 때문이었다. 특별히 건강이 좋아지는 것이 보이지 않다 보니 욕구는 점점 떨어졌다. 이 상황에서 운동 방법이라도 정확히 알았다면 좀 더 이어나갈 수 있었을 것이다. 그러나 나는 정확한 운동 방법을 알지도 못한 채 운동을 했기에 습관으로 만들 수 없었다.

이 3요소에 주목하면서 점차 습관으로 자리잡기 시작했다. 우선 근육으로 멋진 몸매를 만들겠다는 하나의 목표를 세웠다. 나는 마른 체형이다. 그러다 보니 살은 안 쪄도 근육은 잘 생기는 편이다. 공유나 권상우처럼 울퉁불퉁한 근육을 갖기는 어렵겠지만, 그들과 비슷한 몸매를 가져보겠다는 야무진 상상을 한다. 그러다 보니 운동에 대한 욕망도 쉽게 사그라지지 않았다. 돈은 좀 들었지만, 동네 헬스클럽에서 PT(개인 트레이닝)도 신청했다. 제대로 된 방법론을 배우게 된 것이다. 그러면서 운동에 대한 자신감도 커졌다.

이제는 매일 조금이라도 운동을 한다. 집에서 턱걸이와 팔굽혀 펴기를 할 수 있는 간단한 운동 기구도 구입했다. 헬스클럽에 못 갈 때는 그것을 이용해서 턱걸이 한 개라도 한다. 이제 운동을 하지 않고 잠자리에 드는 것이 더 어색하다. 새로운 습관이 생긴 것이다.

어떤 일을 습관으로 만드는 것은 무척 중요하다. 습관은 그것을 지속할 수 있게 만들어주기 때문이다. 그런데 습관은 우리가 반복적으로 하는 행동들이 모여 만들어진다. 이는 밧줄을 짜는 것과 비슷하다. 매일 한 가닥씩 새끼를 꼬다 보면 어느새 굵은 밧줄이 만들어진다. 그러면 그 밧줄은 쉽게 풀리지 않는다.

습관은 타고나는 것이 아니다. 오늘의 삶을 통해 만들어가는 것이다. 우리의 뇌는 변화를 싫어한다. 새로운 것은 위험을 안고 있어서 뇌는 본능적으로 변화를 거부한다. 그래서 아무리 좋은 것도 그것을 습관으로 만들기 쉽지 않다.

그러나 우리는 변화를 시도해야 한다. 지금보다 나은 삶을 위해 좋은 습관에 도전해야 한다. 이를 위해 구체적인 목표를 갖고 정확한 방법을 배워야 한다. 스스로에 대한 동기부여와 다짐을 통해 마음속 깊은 곳에서 욕망이 살아나야 한다. 이를 통해 좋은 습관이 생긴다면 삶에 있어서 무엇보다 효과적인 추진동력을 갖게 된 것이다.

3. 습관의 적, 두려움

회사에 입사하고 얼마 안 되었을 때의 일이다. 웹 서핑을 하다가 우연히 재무 상담이라는 것을 알게 되었다. 그런 것은 억대 자산가들의 전유물로만 생각했다. 그런데 생각보다 많은 사람들이 재무 상담을 이용하고 있었다. 이를 통해 경제적 어려움을 극복한 사람들도 꽤 많았다.

나도 자산을 점검받고 나에게 맞는 상품을 추천받고 싶었다. 재무 상담을 받은 결과 그동안 가입했던 보험들에 문제가 있음을 알게 되었다. 비싼 보험료를 내고 중복 보장을 받기도 했고, 정작 중요한 질병은 보장 내역에서 빠져 있기도 했다.

결국, 그동안 가입했던 여러 보험을 해지하고, 몇 개는 새로 가입했다. 새로 가입한 것 중 하나가 실손 보험이었다. 이것은 병원에서 지불한 의료비 일부를 돌려주는 보험이다. 병원 가는 걸 꺼리지 않는 나에게는 꽤 유용한 보험이었다. 게다가 시간이 흐를수록 실손 보험료가 비싸졌으니 그때 가입한 것은 꽤 잘한 선택이었다.

한동안 병원에 다녀오면 곧바로 보험금을 청구했다. 그러면 기본 공제 5천 원을 제외한 나머지 금액을 돌려받았다. 큰돈은 아녔지만 든든했다.

그리고 얼마의 시간이 흘렀다. 그때부터는 진료를 받아도 바로 청구하지 않고 영수증을 쌓아 두었다. 나중에 시간 날 때 한 번에 하자는 마음으로 마냥 미루고 있었다. 그런데 보험 약관에 따르면 진료 후 2년이 지나면 청구할 수 없게 되어 있었다. 얼핏 기억을 떠올려보니 내가 쌓아둔 영수증 가운데 2년이 지난 것이 꽤 있을 것 같았다. 이성적으로는 당장 영수증을 꺼내 아직 2년이 지나지 않은 영수증을 청구하는 게 당연하다. 그런데 나는 바로 행동으로 옮기지 않았다. 왠지 그 영수증들을 들춰보기가 싫었다. 한두 번 미루다 보니 시간은 더 흘러갔다. 당연히 2년이 지난 영수증은 늘어만 갔다.

왜 그렇게 영수증을 들춰보기가 싫었을까? 그것은 바로 두려움 때문이었다. 영수증을 들춰보고 2년이 지난 것들이 나왔을 때 받을 실망감과 자괴감이 두려웠다. 이 때문에 매번 영수증 뭉치를 덮어버리곤 했다. 그럴수록 손해는 커져만 갔고 보험금을 청구하는 일은 더욱 하기 싫어졌다.

좋은 행동을 습관으로 만들어 놓으면 삶이 편안해진다. 무의식이 작동하여 더 이상 의식적인 노력이 필요치 않기 때문이다. 아침에 출근할 때 소지품을 챙기는 일도 그러하다. 나는 아침에 기본적으로 네 가지를 꼭 챙긴다. 회사 신분증과 자동차 키, 지갑, 핸드폰이다. 이들 중 하나만 없어도 그 날은 고생길이 열린다. 이것들을 챙기는 게 습관이 되기 전에는 아침마다 네 가지를 일일이 떠올리고 체크해야 했다. 그러고도 한두 가지를 빼먹곤 했다. 그러나 이것이 습관이 된 지금은 특별히 신경을 쓰지 않아도 내 손이 알아서 그것들을 챙긴다. 무의식적으로 챙기다 보니 별다른 수고도, 실수도 거의 없다.

습관은 이처럼 우리를 편하고 안전하게 해준다. 그러나 이를 방해하는 것이 있다. 두려움은 습관을 만드는데 가장 큰 적이다. 우리의 무의식이 어떤 것을 두려운 것이라고 느끼는 순간 습관화는 물 건너간다. 내가 실손 보험 청구를 미뤄왔던 것도 이 때문이었다. 병원에 다녀오면 바로 청구하는 것이 맞다. 보험사 어플을 이용하면 시간도 얼마 안 걸린다. 병원에 다녀온 직후라면 청구 기간이 지나지 않았음이 확실하기 때문에 두렵지도 않다. 그러나 한두 번 미루다 보면 영수증이 쌓인다. 그러면 선뜻 청구서에 손이 가지 않는다. 시간이 흐르면 청구 기간이 지난 영수증도 나온다. 그러면 점점 두려워진다. 나의 게으름으로 인해 청구 기간이 지났다는 자괴감과 마주해야 하기 때문이다. 이러한 두려움으로 인해 실행은 더욱 미뤄지고 결국 습관을 만드는 일은 실패하고 만다.

나는 장기간의 여행을 떠날 때 꼭 캐리어를 챙긴다. 그리고 여행에서 돌아오면 캐리어에 짐들이 꽉 차 있다. 사용한 수건부터 더러워진 옷가지까지 빨랫감이 가득하다. 집에 도착하자마자 이것들을 꺼내서 정리하면 금방 할 수 있다. 여행에서 남아있는 에너지로 후딱 해치운다면 나중에 짐 정리하는 시간을 크게 줄일 수 있다. 그런데 막상 여행에서 돌아오면 그 일을 하기가 귀찮아져서 내팽개쳐놓고 만다.

기적을 만드는 하루 10분 의 힘

한 번 미루게 되면 짐 정리는 한없이 미뤄진다. 일단 피곤한 몸으로 소파에 눕기라도 하면 정리는 머릿속에서 사라진다. 시간이 흐를수록 더 하기 싫어진다. 캐리어 안에서 썩고 있을 수건을 생각하면 더욱 그렇다. 무의식은 그런 것들은 두려운 것이라고 이야기한다. 여기까지 이르면 캐리어를 열기란 거의 불가능하다고 봐야 한다. 결국, 며칠이 지나서야 그 안에 있는 물건이 필요해서 캐리어를 열게 된다. 그때는 훨씬 지독한 냄새의 고통을 감수해야 한다.

귀찮은 일을 뒤로 미루는 것은 지금 당장은 달콤하다. 일단 귀찮은 그 일 대신에 다른 일을 할 수도 있다. 나도 미루기를 좋아한다. 양말을 빨래통에 넣기보다는 일단 욕실 바깥에 던져 놓곤 한다. 택배를 받으면 바로 열어 보기 귀찮아 그냥 쌓아 두는 경우도 있다. 마트에서 달걀 한 판을 사오면 포장을 뜯지 않은 채로 냉장고에 넣기도 한다. 달걀 한 판을 싸고 있는 노끈과 플라스틱 뚜껑을 자르는 게 귀찮아서다. 이렇게 되면 달걀 한 알을 꺼낼 때마다 노끈과 뚜껑을 젖히는 수고를 해야 한다. 택배도 받자마자 안 열어본 것은 영원히 안 열어볼 때도 있다. 나중에는 열어보기도 귀찮아지고, 갖고 싶었던 마음도 사라진다. 단지 택배를 받는 즐거움을 누리기 위해 인터넷 쇼핑을 한다는 쇼핑 중독자들의 말이 이해가 가기도 한다.

한 번 미루게 되면 일은 해결되지 않은 채 남아있다. 시간이 흐를수록 그 부담은 더욱 커진다. 우리의 뇌는 생존에 적합하게 만들어져 있다. 힘든 일이나 불쾌한 일에 대해서는 거부 반응을 보인다. 그것도 실제보다 과장해서 우리에게 신호를 보낸다. 어떤 일을 미루다가 그 일이 커지면 무의식은 이를 두려운 것으로 여기고 시도조차 하지 못하게 만든다. 결국, 습관이 되는 것을 방해한다.

마트에서 달걀 한판을 사 오면 포장을 뜯지 않던 습관을 바꿔보았다. 집에 도착한 즉시 달걀을 묶어놓은 노끈을 자르고 플라스틱 뚜껑을 제거했다. 그렇게 달걀을 냉장고에 넣어두니 무척 편리했다. 출근할 때 급하게 달걀을 삶아야 할 때가 있다. 전에는 그럴 때마다 한 손으로 뚜껑을 잡고 다른 손으로 노끈을 젖혀서 달걀을 꺼내는 수고를 해야 했다. 그러나 이제는 그런 불편 없이도 순식간에 달걀을 꺼낸다. 물론 처음에는 달걀을 사 오자마자 노끈을 제거하는 일이 귀찮았다. 그러나 이것도 습관이 되고 나니 아무것도 아니었다. 이제는 달걀을 사 오면 자연스럽게 가위로 손이 간다. 좋은 습관을 갖기 위해서는 미루는 것부터 멈춰야 한다.

미국의 작가이자 사업가인 오리슨 스웨트 마든은 "습관은 처음에는 눈에 안 보이는 실과 같다. 그러나 행동을 되풀이할 때마다 그 끈이 차츰 강해진다. 거기에 또 한 가닥이 더해지면 마침내 굵은 밧줄이 되어, 우리의 사고와 행동을 돌이킬 수 없게 묶어 버린다."라고 했다.

습관은 되풀이된 행동으로 만들어진다. 미루기를 되풀이하다 보면 그것이 습관이 된다. 그러면 해야 할 일은 쌓이고 결국 두려움 때문에 그 일에 손도 대지 못하는 상황에 이른다. 이런 악순환에서 벗어나기 위해서는 인지하는 순간 바로 행동하는 것이 중요하다.

'나는 모든 위대한 인간의 하인이다. 하지만 모든 낙오된 인간의 하인이기도 하다. 위대한 사람들과 있을 때 나는 위대한 것을 만들어 냈다. 나는 인간의 지능으로 또 기계와 같은 정확성으로 이 모든 일을 하지만 그렇다고 기계는 아니다. 나를 단호히 대하라. 그러면 나는 여러분의 발밑에 세상을 대령할 것이다. 하지만 나를 우습게 여기면 여러분을 파멸로 이끌 것

이다.'

여기서 '나'는 누구일까? 바로 습관이다. 좋은 습관은 최고의 하인이다. 무의식은 의식적인 노력보다 강력하기 때문이다. 전에 '생활의 달인'이라는 TV 프로그램이 인기였다. 거기 나오는 달인들은 오랜 반복을 통해 일이 무의식에 자리 잡은 사람들이다. 그들이 일하는 모습은 대충 하는 것처럼 보이지만 그 결과는 완벽에 가깝다. 한 번은 신문 배달의 달인이 나왔다. 마을 사이를 달려가면서 신문을 3층 집 위로 던졌다. 결과는 성공! 정확히 3층 현관에 신문을 안착시켰다. 무의식은 강력하다.

습관의 최고의 적은 두려움이고, 두려움의 커다란 원인은 미루는 습관이다. 우리는 매 순간 선택의 기로에 놓여 있다. 근본적인 문제 해결을 추구할 것인가, 당장의 편안함을 추구할 것인가. 근본적인 해결책을 원한다면 지금 당장 하는 것이 옳다. 이것은 밧줄 한 가닥을 짜는 것이다. 이렇게 한 올 한 올 짜다 보면 어느새 굵은 밧줄이 된다. 그 밧줄이 바로 습관이다.

요즘엔 나도 마트에서 물건을 사 오면 곧바로 정리를 시작한다. 굴비 한 묶음을 사면 일단 가위로 굴비 엮는 줄을 자른다. 그리고 굴비를 몇 마리씩 나눠서 비닐에 넣어 냉동한다. 여기에 드는 시간은 고작 2~3분. 그러나 이렇게 손질을 안 하고 바로 냉동실에 넣게 되면 굴비 한 마리를 꺼낼 때마다 언 줄을 잘라야 한다. 한 마리 자르는데 1분이 넘게 걸린다. 미루지 않고 당장 하는 습관은 오히려 수고를 줄여준다.

좋은 습관을 갖기 위해서는 두려움을 떨쳐 내야 한다. 과거에 미루다 보니 커진 일, 전에 해보지 않은 생소한 일은 두려움을 느끼게 한다. 이로 인해 차일피일 미루다 보면 골든타임을 놓치게 된다. 그러나 두렵게 느껴지는 현실도 막상 부딪쳐보면 별것 아닌 경우가 많다. 지금 생각해보면 청구기간이 지난 영수증을 보는 게 두려워 보험 청구를 미뤘던 내 모습도 참 한심하다. 막상 시작해보면 아무것도 아닌데 말이다.

　뭔가가 두려워서 시도하지 않고 있다면 일단 현실과 과감히 마주해야 한다. 두려움을 뚫고 뭔가를 시도하다 보면 습관의 근육이 붙기 시작한다. 결국 밀리지 않고 그때그때 처리할 힘이 생긴다. 이때부터 두려움과 미루기의 악순환에서 벗어날 수 있게 된다.

4. 깨알 습관이 곧 기적이다

어릴 적 좋아했던 만화 중에 가제트 형사가 있었다. 다재다능한 능력을 가졌지만, 코믹한 행동으로 많은 이들로부터 사랑받았던 캐릭터이다. 그의 몸 구석구석에는 다양한 도구들이 장착되어 있어 뭔가가 필요하면 한 부분이 열리면서 그것들이 나온다. 공중에서 급하게 낙하할 때에는 머리 위에서 우산이 나온다. 뭔가를 급하게 잡아야 할 때는 팔이 길어지고, 점프가 필요할 때는 다리가 길어져 스프링처럼 튕겨 나간다. 때로는 손가락이 열리면서 작은 로켓이 나가기도 한다.

만화에서나 나오는 내용이지만 나는 가제트가 참 부러웠다. '몸 곳곳에 중요한 것들을 숨겨놓고 필요할 때 사용할 수 있으면 얼마나 좋을까. 특히 위급할 때 도와주는 아이템이 있다면 참 좋을 텐데…'라고 생각했다.

그런데 지금 생각해보니 가제트의 아이템들이 꼭 보이는 것만 이야기하는 것 같지는 않다. 눈에 보이진 않지만 좋은 습관을 구석구석에 장착해놓는다면 이것 또한 가제트 팔, 다리 같은 역할을 하지 않을까 하는 생각이 들었다. 그런 면에서 습관은 필요할 땐 언제든 꺼내 쓸 수 있는 가제트의 도구들을 많이 닮았다.

나는 요즘 들어 감기에 잘 걸리지 않는다. 여기에는 몇 가지 비결이 있다. 일단 양치를 할 때 꽤 정성스럽게 하는 편이다. 치아와 함께 혀, 잇몸도 닦아준다. 구강청결제로 가글도 빠뜨리지 않는다. 하루 세 번의 양치외에 잠들기 전에도 꼭 하고 잔다. 겨울에는 반드시 가습기를 켜고 잔다. 조금이라도 감기 기운이 느껴지면 샤워할 때나 잠을 잘 때 목 뒷부분을 따뜻하게 해준다. 목 뒤쪽 체온의 관리가 몸 전체의 체온 유지와 관련이 깊기 때문이다.

종종 치과 의사들이 TV에 나와서 양치할 때 혀나 잇몸을 닦으라고 이야기한다. 치아만 닦게 되면 음식물 입자가 입안 곳곳에 남기 때문이다. 가글을 하면 입 안의 세균이 99% 제거된다고 한다. 또 겨울에 가습기를 켜고 자라는 이야기도 많이 한다. 건조한 실내에 가습기만 틀어도 습도를 높여 감기가 예방되기 때문이다.

사실 이런 것들은 누구나 아는 사실이다. 노력이 많이 드는 것도 아니다. 그런데도 이것을 지키는 사람은 많지 않다. 좋은 줄 알면서도 귀찮기도 하고 당장 필요성을 느끼지 못하기 때문이다.

나에게도 이런 습관들이 오래된 건 아니다. 몇 년 전 목감기에 제대로 걸린 적이 있었다. 며칠간 약을 먹고 겨우 나았다. 그런데 얼마 지나지 않아 또 감기에 걸렸다. 1주일쯤 고생하고 이제는 좀 살겠다고 했더니 세 번째 감기가 찾아왔다. 그해 겨울엔 감기를 달고 살았던 것 같다.

뭐가 잘못되었을까를 고민하던 중에 의사들이 했던 말이 떠올랐다. 그들은 하나같이 면역력을 이야기했다. 그동안 약에만 의존한 나머지 면역이 약해졌다는 것이다. 감기는 면역이 생겨야 완전히 나을 수 있다고도 했다. 면역이 약해지면 잠시 떠났던 원인균이 다시 공격할 수 있기 때문이다. 그때부터 관심을 갖게 된 것이 생활 속 위생이다.

처음 시도했던 것은 잠들기 전 양치였다. 나는 어렸을 때부터 양치는 하루 세 번 하는 거라고 배웠다. 당연히 식사 후에만 하는 거로 생각했다. 그런데 어린 시절 지켜본 어머니는 매번 잠자리에 들기 전에 양치하셨던 것이 생각났다. 그것이 감기 예방이나 치아 건강에도 좋다고 하셨다. 그때부터 나도 잠들기 전에 양치하기 시작했다.

가습기 켜기, 양치할 때 잇몸과 혀 닦기, 구강 청결제 사용하기, 비타민 챙겨 먹기 같은 것들도 하나씩 실천해 갔다. 처음에는 익숙지 않았다. 귀찮다고 미루다 빼먹기 일쑤였다. 그러다가 한 달 정도 지나면서 좀 익숙해졌다. 누가 시키지 않아도 양치하러 갈 때 가글 액을 들고 갔다. 잠들기 전이면 칫솔을 잡게 되고 가습기 전원 버튼에도 손이 갔다.

이것들이 대단한 습관은 아니다. 지키지 않아도 당장 큰 문제가 생기지도 않는다. 그런데도 이 습관들은 나에게 가제트의 비밀 병기 같은 것들이다. 크게 신경 쓰지 않아도 항상 내 안에 장착되어 있다. 그러다가 필요한 순간에 나와서 나를 도와준다. 잠들 때나 몸이 피곤할 때 더욱 그렇다.

이 비밀 병기들 덕분에 감기와도 제법 멀어졌다. 얼마 전 건강검진을 받으러 갔더니 치아 관리를 잘했다고 의사 선생님으로부터 칭찬도 받았다.

감기 예방에 치아까지 건강해지는 보너스를 받게 된 것이다.

나는 이런 습관들을 깨알 습관이라고 부른다. 깨알 습관이란 일상에서 쉽게 할 수 있는 작은 습관들이다. 내 안의 이곳저곳에 깨알 습관이 장착되면 생각지도 못했던 곳에서 이로움이 생겨난다. 위생관리를 잘하면 감기가 예방되기도, 치아가 건강해지기도 한다. 마인드 관리를 잘하면 인간관계가 좋아지기도, 행복이 늘기도 한다. 삶의 방식을 잘 관리하면 부가 늘기도, 꿈을 이루기도 한다.

어떻게 일상을 가져가느냐에 따라 삶의 질은 확연히 달라진다. 마음만 해도 그렇다. 우리는 매 찰나에 긍정과 부정, 감사와 불평, 주도적인 것과 수동적인 것 등 선택의 기로에 놓인다. 그때마다 어느 것을 선택하느냐에 따라 하루의 삶이 달라지고 사람들과의 관계가 달라진다. 돈 문제에 있어서도 소비와 절제, 저축과 투자, 모방과 창조 가운데 어느 편에 서느냐에 따라 결과는 달라진다.

깨알 습관이 갖는 또 다른 장점이 있다. 일상의 작은 습관은 큰 노력을 요구하지 않는다. 그래서 습관을 지속하게 될 확률이 높다. 예를 들어 책을 전혀 안 읽던 사람이 내일부터 하루에 50페이지씩 읽겠다고 다짐했다고 치자. 그러면 이는 그냥 다짐에 그치기 쉽다. 아니면 작심삼일이라는 말처럼 삼 일 정도는 실행에 옮길 수도 있다. 그러나 시간이 흐를수록 50페이지는 큰 부담으로 다가온다. 바쁜 일이 생기거나 피곤하면 이를 핑계로 '하루만 쉬면 어때'하고 타협하게 된다. 그렇게 되면 며칠 지나지 않아 포기하고 만다.

어떤 행동이 습관이 되기 위해서는 우리의 뇌가 그것을 부담 없는 것으로 받아들여야 한다. 그런데 처음부터 목표를 너무 높게 설정하면 우리의 의지와 무관하게 뇌는 거부 반응을 보인다. 시간이 흐를수록 뇌의 방해공작은 커지고 결국 그 목표는 좌초되고 만다.

반면에 깨알 습관은 익숙한 일상에 작은 목표를 살짝 얹어놓은 정도에 불과하다. 건강을 위해 아침에 물 한 잔 마시기, 하루에 한 페이지 읽기, 출근할 때 5분 일찍 일어나기 같은 것들이다. 만약 하루 한 페이지 읽기가 부담된다면 더 줄여야 한다. 반 페이지, 아니 석 줄이나 한 줄도 괜찮다. 중요한 것은 매일 하는 것이다. 매일 조금씩 하다 보면 어느새 그것은 습관이 된다. 그때 조금씩 양을 늘려도 늦지 않다.

아리스토텔레스는 "우리가 반복해서 하는 행동이 곧 우리다. 그렇게 보면 탁월함이란 행동이 아니라 습관이다"라고 말했다. 일상의 깨알 습관은 그 자체가 삶의 목적은 아니다. 그것만으로 탁월해진다고 할 수도 없다. 그러나 깨알 습관이 쌓여서 나의 일부가 되면 그때부터는 위력을 발휘한다. 일상 속 깨알 습관은 우리 삶을 변화시키기 위한 어떠한 노력보다 강력한 변화를 가져온다.

나는 회사에 입사하고 나서 책과는 거리가 먼 삶을 살았다. 지하철에서 시간이 나면 멍하니 있거나 잠을 자기도 했다. 그러다가 안양으로 이사를 하면서 통근 시간이 20분에서 1시간 이상으로 늘게 되었다. 긴 통근 시간이 지루했다. 이 시간을 어떻게 때울까 고민하던 중에 우연히 책 한 권을 손에 잡게 되었다.

명절 때 고향에 내려갔다가 아무도 읽지 않고 있기에 담아온 책이었다.

주말을 어떻게 하면 보람 있게 보낼 것인가에 관한 내용이었다. 마침 캠핑에 관심이 있던 시기였는데 그것과 관련된 내용이 있어서 눈에 들어왔다. 고상함과는 거리가 먼 실용서였지만 시간 가는 줄 모르고 재미나게 읽었다.

그 이후로는 기나긴 통근 시간의 지루함을 달래고자 책을 손에 잡곤 했다. 그러면서 독서는 점점 일상으로 자리를 잡아가기 시작했다. 피곤한 날은 한두 줄 정도만 읽고 덮었다. 그래도 그것이 습관이 되니 요즘은 지하철을 타면 자연스레 책에 손이 간다. 많은 사람들이 스마트폰에 열중하고 있을 때 책을 읽는 나의 모습은 자랑스럽기도 하다.

보통 성공을 말할 때 거창한 것들을 이야기한다. 큰 꿈을 꾸라. 모든 열정을 바치라. 인간관계의 달인이 되어라…. 이를 위해 물질적, 정신적 에너지를 모두 쏟아부어야 한다고 생각한다. 그러나 큰 목표를 달성하기 위해 정작 중요한 것은 일상이다. 변화는 일상의 반복에서 나오기 때문이다.

미국의 작가 존 맥스웰은 "일상을 바꾸기 전에는 삶을 변화시킬 수 없다. 성공의 비밀은 일상에 있다"라고 했다. 일상이 우리를 지배한다.

깨알 습관은 작은 것에서 시작된다. 원대한 목표를 갖는 것도 중요하지만, 그것이 현실성이 없는 것이라면 뇌가 먼저 알게 된다. 그래서 그것을 이루는 게 불가능하다는 신호를 우리 몸에 보낸다. 이러한 부담은 우리를 쉽게 다가서지 못하게 한다. 냉장고를 열었을 때 과일이 깨끗이 씻어져 바구니에 담겨 있다면 쉽게 꺼내 먹는다. 그러나 과일이 씻지도 않은 채 랩으로 쌓여 있다면 손이 잘 가지 않는다. 랩에서 꺼내 씻어야 한다는 부담이 의욕을 꺾기 때문이다.

기적을 만드는 하루 10분 의 힘

깨알 습관은 언제든 시도할 수 있는 부담 없는 것이어야 한다. 하루 팔 굽혀 펴기 20개가 부담된다면 줄여야 한다. 매일 할 수만 있다면 1개도 좋다. 로버트 마우어는『아주 작은 반복의 힘』에서 '큰 변화에 씨름하다 실패한 경험이 있다면 작은 변화가 도움을 줄 것이며, 과감한 시도는 역효과를 불러오기 때문에 작은 행동으로 변화하라'고 조언한다.

누구나 결심을 하고 실패한 경험이 있을 것이다. 특히 한 번에 큰 것을 하려고 했을 때 실패하는 경우가 많다. 이제는 생각을 바꿔볼 필요가 있다. 크고 센 것이 강한 게 아니라 오래 하는 것이 강하다는 것을 인식해야 한다. 나 자신에게 부담을 주지 않고 언제든 시도할 수 있는 깨알 습관이 결국 기적을 만들어내는 습관이다.

5. 10년을 결정하는 10분

데일 카네기는 "아침잠은 시간의 지출이며, 이렇게 비싼 지출은 없다."고
했다. 『아침형 인간』의 저자 사이쇼 히로시는 "아침 1시간은 저녁 3시간과
맞먹는다."고도 했다. 이처럼 많은 사람들이 아침의 중요성을 강조하고 있
으며, 실제로 성공한 사람들 대다수가 아침형 인간인 것으로 알려져 있다.
이는 아침에 뇌가 신선하고 주변에 방해하는 요소도 없어서 일의 능률이
높기 때문이다. 그런 아침을 어떻게 보내느냐에 따라 삶의 질은 확연히 달
라진다. 이 시간에 하루 중 가장 소중한 일을 해야 한다.

아침에는 무엇을 접하더라도 우리 몸이 그것을 잘 수용한다. 아침에 들
은 음악 한 소절을 종일 읊조리게 되는 것만 봐도 알 수 있다. 아침에 기분
나쁜 일이 있으면 종일 기분이 처져 있는 경험도 해봤을 것이다. 이렇게
수용성이 높은 아침 시간에 하루를 계획한다면 상당히 효과적인 하루를
살아갈 수 있다. 특히 이때 받는 긍정적인 자극은 깨알 습관의 기초가 된
다. 하루에 한 가지 습관을 경험해보는 것만으로도 삶에 큰 도움을 받을
수 있다.

이 책에는 내가 직간접적으로 겪었던 이야기들이 담겨있다. 마음, 건강,
관계(주변 환경), 부, 꿈이라는 다섯 가지 주제를 바탕으로 살아가면서 가
장 소중하다고 생각되었던 습관들을 담았다. 나에게도 아무런 희망도 없

이 그저 시간만 보내며 지냈던 긴 시기가 있었다. 몸이 아파 한동안 학교에 다니지 못했던 시절, 게임 중독에 빠져 학업을 거의 포기해야 했던 시절, 오랜 기간 준비했던 시험을 그만두고 방황했던 시절, 새로 도전했던 목표의 문턱에서 다시 고배를 마셔야 했던 시절, 이 외에도 적지 않은 어려움들이 삶의 중간중간 내 앞을 막아섰다.

그런 시기를 딛고 다시 일어서게 했던 것은 오랜 습관들이었다. 내면 깊숙한 곳에 남아있던 습관의 뿌리들이 다시 나를 일상으로 돌아올 수 있게 했다. 목표를 세우고 계획하는 습관, 생각을 정리하는 습관, 어려움 속에서도 감사한 것을 찾으려고 노력하는 습관들이 나를 다시 붙잡아주었다.

이런 습관들을 살펴보고 계획하는 데 하루 10분이면 충분하다. 특히, 아침에 한 가지 주제를 살펴보고 그날의 생활에 적용해볼 수 있으면 더할 나위 없이 좋겠다. 혹시 아침 시간을 내기가 어렵다면 점심시간이나 하루를 마치기 전 10분도 괜찮다. 이것이 좋은 습관을 갖는 데 단초를 제공했다면 그것으로 이 책은 소임을 다한 것이다.

알랭 드 보통은 "우리는 행복이란 제품을 만들 수 있는 재료와 힘을 내면에 지니고 있다. 그런데도 항상 기성품의 행복만을 찾고 있다."고 했다. 행복의 원천은 멀리서 찾을 필요 없다. 우리 내면에 분명 행복해질 수 있는 모든 재료들이 완비되어 있다. 우리가 가진 습관을 잘 활용한다면 얼마든지 지금보다 나은 삶을 살 수 있다. 습관이란 매일 새끼를 꼬는 과정이다. 하루하루 어긋남 없이 새끼를 꼬아 간다면 시간이 흐를수록 그 줄은 단단해질 것이다. 그러나 새끼 꼬는 일을 소홀히 하고 되는 대로 내버려둔다면 그 줄은 점점 쓸모없게 되어버릴 것이다.

우리의 내면에 매일 한 가지씩 새로운 습관들로 채워보자. 아침에 심어 놓은 습관의 씨는 하루 동안 내 몸 구석구석에 스며들 것이다. 그리고 시간이 흐를수록 자라나서 영혼에 뿌리를 내릴 것이며, 가지를 뻗어 단단한 줄기가 만들어지면 습관은 어느덧 나의 일부가 되어 있을 것이다. 매일의 삶에 조용하지만 강력한 변화가 찾아오는 걸 느껴보기 바란다.

PART 02

마음을 지켜주는
하루 10분

1. 목표가 이끄는 힘

나는 한 가지에 몰두하면 잘 빠져드는 편이다. 초등학교 때는 전자오락에 푹 빠져서 지냈다. 중학교에 올라가면서 컴퓨터 게임을 모으기 시작했다. 당시에는 플로피 디스켓에 게임을 불법 복제하는 것이 꽤나 만연했던 시기였다. 매주 전자상가에 가서 새로 나온 게임을 거의 수거하다시피 했다. 나중에는 디스켓이 워낙 많아져서 책상 서랍을 열면 온통 디스켓뿐이었다.

고등학교에 들어가면서 게임을 할 수가 없었다. 1학년 말부터 기숙사에 들어가다 보니 방법이 없었다. 그 덕에 적당한 시기에 대학입시에 매진할 수 있었다. 문제는 대학에 들어가면서부터였다. 그전까지만 해도 대학입학이라는 뚜렷한 목표가 있었다. 그것만 바라보며 달리면 됐었다. 그러나 갑자기 목표가 사라지고 나니 더 이상 뭘 하면서 지내야 할지 막막했다.

하숙집 선배들은 1학년 때는 무조건 놀아야 한다고만 했다. 그리고 저녁에 하숙방에 있기라도 하면 얼른 나가서 놀라며 내쫓았다. 나도 그것이 전부인 줄 알았다. 세상의 모든 즐거움을 찾아다니며 무의미하게 시간을 보냈다. 방향을 잃은 배처럼 이리저리 휘둘렸다.

저자가 모았던 컴퓨터 게임 목록 (1991년) 갖고 싶었던 하드웨어 목록을 적어둔
메모(1991년)

그렇게 1년을 보내고 나니 남는 것은 허무함과 후회뿐이었다. 뭔가 보람 된 일을 한 것도, 그렇다고 즐겁게 보낸 것도 아니었다. 그냥 게으르게 시 간만 보냈다. 이제는 뭔가 의미 있는 일을 해야겠다는 생각이 들었다. 그 런데 어느 때부턴가 같이 지내던 친구들이 하나둘 안보이기 시작했다. 다 들 뭔가 공부를 하겠다며 뿔뿔이 흩어진 것이다.

나도 덩달아서 그 친구들을 따라 공부를 하기로 했다. 처음에는 같은 과 동기들이 회계사를 준비한다는 말에 공인회계사 시험 준비를 했다. 그 러다가 고시에 합격한 선배를 보니 부러워서 다시 고시 공부를 했다. 한때 는 외국계 컨설팅 회사에 다니는 사람들이 멋져 보여 컨설팅 회사 입사를 준비했다. 그러나 뚜렷한 목표 없는 노력은 힘을 발휘하지 못했다. 뭔가 제 대로 된 성과가 하나도 없었다.

본의 아니게 다양한 경험만 하다가 입대를 하게 되었다. 군에서도 뚜렷 한 목표가 없었기에 많은 시간을 의미 없이 보냈다. 근무 중간에 짬이 나 더라도 TV를 보거나 무의미한 농담을 하며 시간을 보냈다. 그러던 중 말 년에 우연히 신문광고에서 프랭클린 플래너라는 것을 접했다. 낯선 이름이었지만 희한하게 눈길이 갔다. 그때 마침 스티븐 코비의 『성공하는 사람들의 7가지 습관』이라는 책을 읽고 있었던 시기였기 때문이다.

프랭클린 플래너는 스티븐 코비가 사람들에게 성공 습관을 전파하고자 만든 다이어리다. 단순히 일정을 관리하기 위한 보통의 다이어리와는 많이 다르다. 특히 인생의 사명, 자신이 소중히 여기는 가치, 사회에서 담당하는 여러 역할[2]과 그에 따른 목표 등을 적게 되어 있다.

그리고 이것들로부터 장기, 중기, 단기 목표가 나오고, 하루의 계획을 세우게 되어있었다. 목표가 없이 떠도는 삶에 지쳐있던 나에게는 뭔가 새로운 계기가 될 것 같다는 생각이 들었다.

플래너를 처음 작성하던 날, 나는 처음으로 인생을 살아가는 이유를 고민해보았다. 그리고 그것을 사명이라는 이름으로 플래너에 적었다. 제대하고 나면 이루고 싶은 목표들도 적었다. 처음에는 뭘 적어야 할지 막막했다. 그러나 진지한 마음으로 꼭 하고 싶은 것 두 가지를 찾아냈다.

먼저, 장사하시는 아버지께 전자 장부를 선물해 드리고 싶었다. 아버지는 지방에서 40년째 농자재를 판매하고 계신다. 수십 년째 한 가지 사업을 하시다 보니 수기 장부가 많이 쌓이고 낡았다. 이것을 전산화하여 편하게 장사하실 수 있는 환경을 만들어 드리고 싶었다. 또 다른 목표는 전부터 꿈꾸던 지중해 여행이었다. 사실 이것은 실행될 거라 생각하고 적은 목표는 아니었다. 그냥 가고 싶은 곳이 그곳일 뿐이었다.

---

2) 예를 들어 나는 가정에서는 부모, 직장에서는 교사, 사회에서는 자원봉사자, 이웃, 친구, 친척 등 다양한 역할을 맡고 있을 수 있으며, 역할마다 내가 추구하는 목표가 있다.

우선 장부 전산화다. 아버지의 업력이 오래된 만큼 그동안 쌓인 장부도 꽤 많았다. 양도 많고 수기로 되어 있어서 보기도 어려웠다. 몇 년 지난 외상값이라도 한 번 찾으려면 여간 번거로운 게 아니었다. 가끔 아버지가 오래된 기록을 찾느라 힘들어하시는 모습을 보면 안타까웠다.

그러나 장부를 전산화하려면 그 많은 것들을 일일이 손으로 입력해야 했다. 엄두가 나지 않았지만, 그 목표를 플래너에 적어둔 이상 그대로 포기할 수는 없었다. 하나라도 포기하면 왠지 다른 것들도 포기할 것 같았다. 어떻게든 제대만 하면 작업을 시작하겠다고 마음먹었다.

그리고 마침내 기회가 왔다. 2000년 3월 14일, 제대하기 보름 전 말년휴가를 나왔다. 휴가를 나오자마자 나는 곧장 집으로 향했다. 그리고 작업을 시작했다. 정식 제대 날짜 전에 모든 전산화를 완료하겠다는 야심 찬 목표를 세웠다. 40년간 쌓인 고객들의 인적사항과 거래 내역을 입력해 나갔다. 그리고 아버지가 상품을 매입했던 거래처와 거래 내역들을 입력했다.

밤낮을 가리지 않고 종일 컴퓨터와 씨름했다. 양이 생각보다 많았다. 그리고 재고를 파악하기 위해 작업복으로 갈아입고 대형 창고에 들어갔다. 그 안에 있는 농자재와 농약 박스들, 비닐 포대와 비료, 농기구들을 하나하나 세어 나갔다. 그렇게 보름을 꼬박 보냈다. 그리고 전역날인 4월 1일, 아버지께 전역 선물로 전산화된 장부를 드릴 수 있었다.

모든 입력과 출력이 전산을 통해 이루어질 수 있도록 나름의 운영 방식도 전수해 드렸다. 컴퓨터에 익숙하지 않으신 아버지가 판매한 품목과 수량을 종이에 적어서 한 곳에 둔다. 그러면 경리 직원이 한 번에 입력하는 방식이었다.

판매 직원이 창고에서 농약을 박스째 꺼내오거나 도매상으로부터 상품을 매입해 와서 창고에 넣을 때도 종이에 적어서 경리에게 준다. 그러면 경리가 입력한다. 이런 방식으로 종이 장부에 익숙한 세대와 디지털 장부를 연결해준 셈이다. 그때 구축해놓은 전산 시스템은 17년이 지난 오늘까지도 잘 운영되고 있다.

그리고 한 가지 목표가 더 있었다. 바로 지중해 여행이다. 그러나 나에게는 여행을 떠날 돈도, 시간도 없었다. 미래가 불안했던 시기인 만큼 당장 복학해서 공부에 매진해야 했다. 그렇게 시간이 흘렀고 지중해 여행이라는 단어는 내 머릿속에서 흐릿해져 갔다. 다만 플래너에만 남아있을 뿐이었다.

2005년 12월 나는 지금 다니고 있는 회사 입사시험에 통과했다. 합격일로부터 첫 출근 날까지 한 달의 시간이 남아 있었다. 그날로 나는 은행에서 여행 자금을 대출받아 지중해로 향했다. 이집트, 터키, 그리스에 걸친 22박 23일의 긴 여행이었다. 나중에 회사 동기들에게 물어보니 첫 출근을 앞둔 기간 동안 나처럼 긴 여행을 다녀온 사람은 아무도 없었다. 내가 떠날 수 있었던 것은 오로지 플래너에 적어둔 목표 덕분이었다.

명확한 목표에는 힘이 있다. 아무리 커 보이는 일도 목표가 생기면 첫 삽을 뜰 용기가 생긴다. 실행에 동력을 달아주기 때문이다. 학창시절에 평소에는 공부를 안 하다가 시험 전날만 되면 벼락치기라도 하게 되는 경험을 한 번쯤 해봤을 것이다. 내일 당장 시험이라는 뚜렷한 목표가 생겼기 때문에 가능한 일이다.

목표가 명확하면 지치지도 않는다. 목표 없이 그냥 열심히 하라고 하면 얼마 가지 않아 그만두기 쉽다. 사람의 마음은 환경에 따라 수시로 변하기 때문이다. 매일 일기를 쓰겠다고 마음을 먹으면 한 달도 못 가서 그만두고 만다. 나도 수없이 경험했다. 그러나 올해 안에 책을 내겠다는 목표를 세우면 어떨까? 지금 여러분이 보고 있는 이 책이 그 결과물이다. 목표가 명확하니 정말 매일 쓰게 되었다.

1979년 하버드 경영대학원 졸업생들에게 명확한 장래 목표를 설정하고 기록하여 그것을 위한 계획을 세웠는지 질문해 보았더니 그들 중 3%만이 목표와 계획을 세우고 기록했다. 13%는 목표를 머릿속에만 가지고 있고 기록하지는 않았다. 나머지 84%는 구체적인 목표를 세우지 않았다.

10년 후에 그들을 대상으로 다시 조사했다. 목표는 있었으나 기록하지 않았던 13%의 사람들이 목표가 전혀 없었던 84%의 학생들보다 평균 2배의 수입을 올리고 있었다. 목표를 종이에 기록했던 3%는 나머지 97%에 비해 평균 10배가 넘는 수입을 올리고 있었다. 목표를 종이에 기록하면 목표 자체가 목표를 이룰 힘을 가진다. 과언이 아니다. 시각화되어 눈으로 보이는 목표는 우리의 뇌에 작용하여 이미 상상이 아닌 현실의 세계로 구현되기 시작한다.[3]

사실 내 주위에 목표를 종이에 기록해 둔 사람은 많지 않다. 구체적인 삶의 목표가 있는 사람도 별로 못 봤다. 그만큼 우리는 진지하게 삶을 돌아볼 여유도 없이 매일의 일상에 묻혀 살고 있다. 그러나 남들이 그렇게

---

3) 『성과를 지배하는 바인더의 힘』(강규형, 스타리치북스)

산다고 해서 우리까지 그렇게 살 이유는 없다. 오히려 자신이 살아가는 이유를 진지하게 고민하고 인생의 목표를 세우는 일은 인생에서 가장 중요한 과업이라 해도 과언이 아니다.

지금 당장 다이어리를 펼쳐서 평소 하고 싶었던 일들을 나열해보자. 그리고 꿈을 머릿속에 그려보자. 이런 과정을 거쳐 어느 순간 사명과 목표가 떠오른다면 당장 종이에 적어놓아야 한다. 머릿속에서 추상적이던 생각도 기록하면 명확해진다. 그리고 나에 대한 구속력이 생긴다. 적어놓지 않으면 뭔가 어려운 상황이 생길 때마다 현실과 타협하게 된다. 나도 지중해 여행을 플래너에 적어놓지 않았다면 첫 출근을 앞둔 한 달의 기간을 무의미하게 보냈을 것이 확실하다.

사명과 목표가 구체화되고 삶의 일부가 될 때부터 살아가는 시간들은 어제와는 다른 시간이 된다. 나의 사명을 이루어가는 소중한 조각들이 된다. 여기에 내가 세운 목표들이 하나하나 실현되는 것을 눈으로 보게 된다면 그 힘은 더욱 강력해진다. 목표가 바로 힘이기 때문이다.

나의 사명과 장기 목표

나의 꿈 리스트

기적을 만드는 하루 10분 의 힘

2. 그래도 긍정하는 이유

2016년 여름 하면 생각나는 것이 두 가지 있다. 나를 잠 못 들게 했던 유례 없는 찜통더위, 그리고 브라질 리우에서 열렸던 올림픽이다. 여러 명 장면이 있었지만, 그중에서도 최고는 펜싱의 박상영 선수였다. 22세, 세계 랭킹 21위, 특별히 눈에 띄는 선수는 아니었다.

그러나 그는 생애 첫 번째 올림픽에서 결승에 올랐고 세계적인 선수인 임레 게저와 맞붙게 되었다. 14-10으로 지고 있는 상황, 1점만 내주면 곧바로 게임이 종료된다. 펜싱에서 5점을 연속으로 얻기란 거의 불가능에 가까워서 누구라도 포기했을 법한 경기였다.

잠시 쉬는 시간이 주어졌다. 그런데 의자에 앉아 뭔가 중얼거리는 박상영 선수의 모습이 보였다. 자신에게 뭔가 주문을 거는 것처럼 보였다. 자세히 살펴보니 "나는 할 수 있다"라는 말을 중얼거리고 있었다.

잠시 후 재개된 경기에서 그는 빠르고 정교한 공격을 이어갔다. 한 번, 또 한 번 점수를 얻었다. 그때까지만 해도 '한두 점 정도야 우연히 얻을 수 있겠지'라고 생각했다. 그러나 그의 활약은 계속되었고 쉬는 시간마다 계속해서 주문을 외웠다. 결국, 전세는 역전되었고 5연속 득점을 성공시켰다. 박상영이 올림픽 금메달리스트가 되는 순간이었다.

그는 신예였다. 상대방은 객관적인 전력에서 상대가 되지 않는 강적이었다. 다윗과 골리앗의 싸움이다. 그런데도 조금도 주눅 들지 않고 차분히 경기에 임했다. 그리고 보란 듯이 골리앗을 때려눕혔다. 과연 어디에서 그런 힘이 나왔을까?

그 경기를 지켜본 사람들은 알고 있다. 기적은 바로 마법 같은 주문에서 나왔다는 것을…. 그를 지치지 않게 만든 것은 그가 되뇌었던 "나는 할 수 있다"라는 말이었다. 절벽 위에 서 있던 그는 절대 긍정의 마인드로 승리할 수 있었다.

다음은 책 『황태옥의 행복콘서트 '웃어라'』의 저자 황태옥 대표의 이야기이다. 지금은 작가이자 유명 강사로 활동하고 있는 그녀지만, 한때는 고통스러운 병을 두 번이나 겪어야 했다. 뇌하수체 종양에 이어 갑상선 암이 발병했다. 보통 사람이 평생 한 번도 겪기 힘든 고통이 동시에 찾아온 것이다. 이런 상황으로 인해 그녀 안에는 억울한 감정이 솟아올랐다. 슬프기도 하고 누군가를 탓하고 싶기도 했다.

기적을 만드는 하루 10분의 힘

그러나 이렇게 주저앉아 있을 수만은 없었다. 어떻게든 살아봐야겠다는 생각이 들었다. 이리저리 치료법을 알아보고 암을 이겨낸 사람들의 이야기를 찾아다녔다. 어떤 이는 식이요법을 통해, 어떤 이는 등산을 통해 병을 고쳤다고도 했다.

그러나 그녀의 눈에 들어온 것은 다름 아닌 '웃음'이었다. 말기 유방암 환자가 웃음을 통해서 몸이 회복되었다는 소식을 접했다. 이것을 계기로 웃음이 단순한 표정을 넘어 병을 치유하는 커다란 힘의 원천임을 깨달았다. 그러면서 자신도 한 번 웃음이 갖는 치유의 능력에 의존해보기로 했다.

처음에는 아픈 몸으로 웃기조차 힘들었다. 그러나 웃음을 친구 만나는 일이라 생각하고 즐겁게 마음을 먹으려고 노력했다. 억지로라도 웃었고, 반복해서 웃었다. 그러자 놀라운 변화가 생기기 시작했다. 웃음을 통해 긍정적인 생각을 하자 피부가 좋아지고 입맛도 돌아왔다. 점차 스트레스로 인한 여러 질병이 사라지고 몸도 가벼워졌다.

이러한 과정을 거쳐 결국 그녀는 웃음과 긍정적인 생각으로 암과의 싸움에서 승리했다. 지금 그녀는 웃음 전도사로 전국을 누비며 활동하고 있다. 그녀의 강의는 많은 이들의 공감을 얻으며 그들에게 힘을 주고 있다. 그녀는 이야기한다. "힘든 일을 겪고 있다면 억지로라도 웃어라. 그러면 기적이 일어날 것이다."

살다 보면 우리 주변에 많은 일이 일어난다. 마음을 어떻게 갖느냐에 따라 그 일을 좋은 것으로도, 나쁜 것으로도 만들 수 있다. 직장인이라면 한 번쯤 겪어 보았을 일이다. 한참 문서 작업을 하고 있는데 PC가 먹통이 되는 경우다.

중간에 저장이라도 했다면 다행이지만, 그것도 없이 멈춰버렸다면 난감

하기 이를 데 없다. 이때 많은 사람들은 문서를 저장하지 않은 자신을 한탄하며 짜증을 내곤 한다. 때로는 작업을 아예 포기해버리기도 하고, 화난 감정을 안은 채 작업을 다시 시작하기도 한다. 그러나 이런 부정적인 감정으로 좋은 결과물을 내기란 쉽지 않다.

반면 어떤 이들은 상황을 냉정하게 판단하고 급히 감정을 추스른다. 이미 벌어진 상황에서 부정적인 감정을 가져봤자 좋을 게 없다는 것을 알기 때문이다. 잠시 자리에서 일어나 한숨을 돌린 후 금방 웃음을 되찾는다. 그러면 신기하게도 일이 잘 풀리기도 한다. 실망으로 어두워졌던 마음도 점차 회복된다.

때로는 차분히 기다리다 보면 멈춰버린 컴퓨터가 정상으로 돌아오기도 하고, 자동저장 기능으로 문서 일부가 살아나기도 한다. 그런 상황에서 이들은 감사할 줄 안다. 일부라도 자료가 남아있다는 것에 감사한다. 이처럼 좋은 감정으로 일을 시작하면 결과물도 좋을 수밖에 없다.

콩 심은 데 콩 나고 팥 심은 데 팥이 난다고 했던가. 부정적인 것을 자꾸 마음에 그리면 부정적인 현실을 마주할 가능성이 커진다. 만약 요즘 내 앞에 부정적인 상황이 자주 발생한다면 혹시 내가 그런 미래를 그려내고 있지는 않은지 생각해볼 일이다. 내 주변에도 대화를 하다 보면 매번 부정적인 대답을 내놓는 사람이 있다. 뭔가 새로운 제안이나 희망을 이야기하면 그에게서 돌아오는 말은 "잘 안 될 거야." 또는 "안 되면 어떡하지?" 중 하나이다.

한동안 그는 여러 차례 접촉 사고나 사기를 당하기도 했다. 이런저런 다

기적을 만드는 하루 10분 의 힘

툼으로 소송에 휘말리기도 했다. 우연의 일치라고 하기에는 다른 사람들에 비해 빈도가 꽤 높았다. 많은 사람들이 현실을 부정적으로 바라보는 데 익숙하다. 나중에 발생할지 모르는 좋지 않은 결과에 대비하기 위해서다. 그러나 이는 결코 좋은 방안이 아니다. 부정적인 시각 자체가 미래의 좋지 않은 결과를 끌어올 수 있기 때문이다.

여럿이서 함께 해외여행을 가면 경험하곤 하는 것이 있다. 귀한 휴가에 비싼 돈을 내고 온 여행인 만큼 좋은 것만 느끼기에도 아까운 시간이다. 그런데 막상 현지에 도착하면 꼭 투덜대는 사람이 있다. 음식이 맘에 안 든다, 걷는 것이 힘들다, 날씨가 덥다, 일정이 맘에 안 든다. 이유도 다양하다. 그런데 한 번만 더 생각해보면 그런 것 하나하나가 여행의 즐거움을 이루는 요소가 아니겠는가?

일단 여러 여건이 허락되어 해외에 오게 된 것 자체가 즐거워하기에 충분한 이유이다. 게다가 낯선 음식이나 익숙지 않은 일정도 고국에서는 맛보기 힘든 값진 체험이다. 불편한 점이 있다면 불평하기보다는 계속되는 여행에서 다른 선택을 해나가면 된다. 그런데도 좋은 점은 제쳐 두고 짜증으로 여행을 망치는 일이 다반사다. 아홉 가지 긍정적인 면은 제쳐 두고 한 가지 불편함에 집중하기 때문이다. 그 결과 아홉 가지는 즐기지도 못한 채 지나가 버린다.

좋은 것을 보고 긍정적인 면에 집중하기에도 부족한 것이 인생이다. 그런데도 우리는 싫은 소리 한마디, 기분 나빴던 일 하나에 모든 마음을 뺏겨 버리곤 한다. 잠들 때까지 온통 그 생각에 사로잡혀 있을 때도 있다. 이런 상태로 시간이 흐르면 마음은 부정적으로 흐르고 관계는 더욱 악화된다. 현실을 어떻게 바라보느냐에 따라 눈앞의 현실이 달라지기 때문이다.

일본에는 경영의 신이라고 불리는 세 사람이 있다. 그중 한 명이 마쓰시타 고노스케다. 그는 창조적인 경영 방식을 통해 나쇼날, 파나소닉, 빅스 등 여러 브랜드를 성공시켰다. 마쓰시타 전기를 매출 5조엔, 국내 외 회사 500개 이상, 직원 19만 명을 거느린 세계적인 기업으로 키웠다.

그는 자신이 하늘에서 3가지 큰 은혜를 입었다고 말한다. 첫째는 가난한 것, 둘째는 허약한 것, 셋째는 못 배운 것이다. 가난함은 부지런함을, 허약함은 건강의 중요성을, 배우지 못함은 배움의 절실함을 일깨워줬다고 한다. 그러나 그가 진정 하늘에서 입은 은혜는 그 세 가지가 아니다. 그것은 바로 단점을 장점으로 바꿀 줄 아는 그만의 능력이다. 이런 능력이 없었다면 가난하고 허약하고 못 배웠다는 것은 그에게 실패의 원인이 되었을 것이기 때문이다.

장미를 보고 많은 사람들이 "이런, 예쁜 꽃에 가시가 있어서 버렸네!"라고 말한다. 하지만 누군가는 "가시가 있지만 예쁜 꽃이네!"라며 감탄한다. 또 많은 사람이 하루가 갔다고 실망할 때, 긍정적인 사람은 새로운 하루가 오고 있다고 이야기한다.

우리가 무엇을 보느냐에 따라 그것이 현실이 되어 돌아올 가능성이 커진다. 눈앞의 현실에 묶여 어두운 것만 보는 사람은 그러한 현실에서 벗어나기 어렵다. 이런 사람은 주로 자신의 현실에 대해 다른 사람이나 환경을 탓한다.
"내가 그 사람 때문에 이렇게 되었어."

"가난한 부모님 때문에 내가 이 모양이지…"

"그 일만 아니었어도…"

그러나 이들은 다른 조건이 주어지더라도 같은 결과를 낼 가능성이 높다. 상황이나 다른 사람보다는 자신의 사고방식을 돌아보는 게 먼저다. 현실의 어두운 면에 시선을 두게 되면 그 현실을 벗어나는 일은 더욱 어려워진다. 무의식은 자신이 집중하고 있는 현실에 익숙해지고 거기에서 편안함을 느끼기 때문이다.

에디슨이나 베토벤, 이순신과 같은 위인들을 살펴보자. 그들은 어려운 현실 속에서도 이를 이겨내고 위대한 업적을 이룬 사람들이다. 어두운 현실에 묶이지 않고, 현실에는 없지만 밝은 비전을 마음속에 품고 자신의 모든 것을 던진 사람들이다.

에디슨은 아직 현실에 존재하지도 않은 것들을 이야기하면서 주변 사람들로부터 비웃음을 받았다. 세상에 존재하지 않는 전구를 이야기할 때도 그랬다. 그러나 그는 마음속에 전구의 재료인 필라멘트를 명확하게 그려냈다. 결국, 수많은 실패를 겪고 난 후에 세계 최초로 필라멘트를 발견해냈다. 가능성에 집중한 결과 그것을 현실로 나타나게 한 것이다.

우리도 눈앞에 일어나는 일들을 긍정의 시선으로 바라봐야 한다. 비록 일이 뜻대로 되지 않거나 어려움이 닥치더라도 그것에 매몰되기보다는 그 뒤에 숨어있는 비전을 바라보아야 한다. 이러한 노력은 인생을 더욱 값지게 만든다. 어려움을 뚫고 새로운 미래를 열어갈 힘을 준다. 그리고 결국엔 자신이 바라본 희망적인 결과를 눈앞으로 이끌어내준다.

3. 행운을 부르는 언어는 따로 있다

얼마 전 서울의 한 초등학교에서 재미있는 실험을 했다. 전교생과 교직원에게 서로 존댓말을 사용하도록 했더니, 얼마 후 교내에서 욕설이 사라지기 시작했다. 왕따나 학교 폭력을 비롯한 심각한 문제들도 현저히 줄어들었다. 얼마 후 전국 십여 곳의 초등학교에서 아이들에게 존댓말을 사용하게 시켰더니 같은 결과가 나타났다. 이처럼 말에는 사람을 변화시키는 힘이 있다. 부정적인 말은 사람을 파괴적이고 폭력적으로 만든다. 반면 좋은 말은 사람을 긍정적이고 부드럽게 만든다.

이 같은 결과가 사람에게만 해당하는 것은 아니다. 한 방송사에서 흰쌀밥을 대상으로 비슷한 실험을 했다. 먼저 흰 쌀밥을 지어서 여러 개의 병에 담았다. 그리고 아나운서들에게 각각 두 개씩 나누어주었다. 한 개에는 '고맙습니다', 다른 한 개에는 '짜증 나'라는 라벨을 붙였다. 그리고 전자에는 좋은 말만, 후자에는 나쁜 말만 하게 시키고 4주 동안 관찰했다.

이들은 실험자가 시키는 대로 전자에는 "고맙습니다.", "사랑합니다.", "예쁘다." 같은 긍정적인 말을 했다. 후자에는 "짜증 나.", "냄새날 것 같아.", "못생겼어."와 같은 부정적인 말을 했다. 그 결과 실험을 시작한 지 3일 만에 변화가 나타나기 시작했다. 전자에서는 하얗고 뽀얀 곰팡이가 피어났고, 구수한 누룩 냄새가 났다. 그러나 후자에서는 썩을 때 생기는 검은 곰

곰팡이가 폈고, 고약한 냄새가 났다.

실험은 물이나 콩나물과 같은 다양한 것들을 대상으로 행해진 바 있다. 그러나 결과는 모두 같았다. 좋은 말을 들은 물을 현미경으로 봤을 때 아름다운 육각수 모양의 결정체를 나타냈다. 반면 나쁜 말을 들은 물은 매우 무질서하게 파괴된 결정체를 나타냈다. 콩나물도 마찬가지였다. 전자는 뚜렷하고 건강한 빛깔의 먹음직스러운 콩나물로 자라났지만, 후자는 줄기가 비뚤어지고 시들시들한 콩나물이 되었다.

쌀밥을 이용한 말의 힘에 대한 실험

긍정적인 말을 했을 때
쌀밥의 모습

부정적인 말을 했을 때
쌀밥의 모습

긍정적인 말을 들은 물의
결정체(육각수 모양을 하고
있다)

부정적인 말을 들은 물의
결정체(모양이 깨져 있다)

이처럼 우리가 무심코 내뱉는 말에는 강력한 에너지가 숨어있다. 좋은 말은 상대를 더욱 힘이 솟도록 해주나 그렇지 않은 말은 오히려 에너지를 빼앗고 심할 경우 죽음으로 몰고 가기도 한다. 그런데도 우리는 가까운 사람들에게 너무나 쉽게 부정적인 말을 내뱉곤 한다.

미국에서 성공한 한인 중에 스노우 폭스의 김승호 대표가 있다. 김밥을 미국으로 가져가 고급화하고 Grab & Go2[4] 시스템을 도입하여 큰 성공을 거둔 사람이다. 그는 1987년에 미국에 건너가 흑인 동네 식품점으로 사업을 시작했다. 이후에도 이불 가게, 한국 식품점, 컴퓨터 조립 회사 등 여러 사업에서 실패를 겪었다.

그러나 그는 자신만의 독특한 방법으로 성공을 거두었다. 2016년 현재 미국 24개 주를 비롯하여 11개 국가에 진출해서, 매장 1,215개, 임직원 4천여 명, 연간 매출 3천억 원을 기록하고 있다. 개인 순 자산이 4천억에 이르고 있으며 성공한 재미 한국인 톱 10에 들어간다.

그가 가장 강조하는 것 중 하나가 말의 힘이다.

"말은 소리가 되어 입으로 나오는 순간 힘을 가진다. 소리가 언어를 통해 형태와 의미를 규정해서 누군가에게 전달되거나 내 귀에 말이 들리는 순간 그 말은 힘을 가진다. 그 힘은 실제 물리적인 힘을 말한다." [5]

그는 실제로 말의 힘을 사용할 줄 아는 사람이다. 도시락 사업을 시작하고 매장이 몇 개 되지 않을 때의 일이다. 그가 목표로 삼은 것은 매장 300

---

4) 미리 만들어서 음식을 용기에 담은 것을 바로 먹는 방식
5) 『생각의 비밀』 (황금사자, 김승호 저)

개, 주간 매출 백만 불이었다. 사업 초기인 상황에서 말도 안 되는 숫자였다. 그러나 포기하지 않고 이를 잠재의식에 각인시키기 위해 '300개 매장에 주간매출 백만 불'이라는 말을 이메일 암호로 설정했다. 암호를 입력할 때마다 목표를 상기시키기 위해서였다. 그럼으로써 하루에도 수차례 그 말을 반복할 수 있었다.

그의 노력은 결국 목표 달성으로 이어졌다. 많은 노력이 있었겠지만, 자신의 성공에 결정적인 역할을 했던 것은 말의 힘이었다고 이야기한다. 말로 뿌린 씨앗이 현실이라는 열매로 나타났다는 것이다.

말은 사람의 기분을 움직이는 힘이 있다. 길을 지나가다 벽에 붙은 종이에 써진 문구 하나에도 마음이 움직이는 게 사람이다. 얼마 전 아파트에서 지름길을 가로지르다가 잔디밭에 붙은 팻말을 보았다. '밟으면 아파요. 살짝만 돌아가 주시면 감사드려요. 잔디 올림'

우습기도 하고 관리인의 의도가 읽히기도 했지만, 한 편으로는 잔디를 보호해야겠다는 생각이 들었다. 결국, 잔디를 밟지 않기 위해 먼 길을 돌아갔다.

한 번은 관악산에 올라가다가 초입에서 이런 문구를 보았다.
'이곳은 사유지임. 여기서 자라는 나물을 캐 가면 무조건 고발함.'
내용은 위에서 언급한 잔디 표지판과 비슷하다. 넘어오지 말라는 것이다. 그런데 표현이 달라지니 사람 마음이 확 달라졌다. 그 앞을 지날 때마다 기분이 나빴다. 두렵기도 하고 왠지 나물을 몽땅 캐가고 싶은 마음도 들었다. 이런 문구 하나에도 마음이 왔다 갔다 하니 언어가 갖는 힘은 분명 존재한다. 평소에 나 자신은 물론이고 다른 사람에게 함부로 말해서는 안 되는 이유가 여기에 있다.

그런데도 우리는 일상에서 말의 힘을 잘못 사용하는 경우가 많다. 사회적 관습이나 습관에 젖어 부정적인 말을 내뱉기도 한다.

"나는 하는 일마다 안 돼", "재수 없어", "할 수 없어"와 같은 말들이다. 그러나 이 말들은 자신의 미래를 만들어가는 재료가 된다. 정말로 재수가 없게 만들기도, 할 수 있는 것을 못하게 만들기도 한다. 자기 스스로 나쁜 운명을 만들어내는 것이다.

군에 있을 때 나는 우리나라 서부지역 최전방에서 근무했다. 워낙 산골짜기에 있다 보니 조그마한 막사에 세 명의 병사가 함께 지냈다. 내가 가장 선임이었고 막내는 운전병이었다. 그는 일도 잘하고 운전도 잘하는 친구였다. 한 가지 단점이라면 매사에 불평불만이 많았다.

"제길, 되는 게 하나도 없어", "에이, 재수 없어"와 같은 말을 자주 입에 담았다.

그와 이야기를 나눌 때마다 그런 태도가 맘에 걸렸다. 하지만 전역도 얼마 남지 않은 상황에서 괜히 사이가 틀어질까 봐 내가 나서서 뭐라고 하지는 않았다. 세월은 흘러가 내가 먼저 제대하게 되었다.

제대 후 우연히 부대에 전화할 일이 있었다. 그런데 뜻밖의 소식을 들었다. 제대를 한 달 앞둔 막내가 영창에 갔다고 했다. 무슨 일인가 싶어서 물었더니 문산 시내에서 업무를 마치고 복귀하다가 과속 단속에 걸렸다는 것이다. 군에서 과속 단속은 드문 일이었다. 그것으로 영창을 갔다는 말은 거의 들어본 적이 없다. 막내가 그 일을 당한 것도 놀라웠지만, 말이 갖는 위력에 한 번 더 놀랐다. 그가 그토록 외쳐대던 '난 재수가 없어.'라는 예언이 현실이 되는 순간이었기 때문이다.

기적을 만드는 하루 10분 의 힘

미국 존스 그룹의 창업자 로리 베스 존슨은 "우리는 의식적이든 무의식적이든 자신에게 선언된 말에 의하여 살아간다. 말은 우리를 끌어당기고 인도하여 우리가 어떠한 사람이 되도록 만든다. 우리가 자신에게 혹은 남들에게 선언하는 말은 곧 예언이 된다."라고 했다. 우리가 내뱉은 말은 자신에 대한 선언이고, 그것이 현실을 만들어 낸다는 것이다.

말이 갖는 위력을 알았다면 이제는 그것을 우리에게 유리하도록 사용해 보면 어떨까? 이것은 세상에 나의 새로운 모습을 선언하고 긍정의 씨앗을 뿌리는 일이다. 무의식 깊은 곳에 강력한 메시지를 전달하는 것이다. 자꾸 말하다 보면 어느 순간 그 말이 친숙해지고 자연스러워져서 결국 나의 일부가 된다. 그 단어가 주는 감정까지 느낄 수 있다면 무의식은 그것을 사실로 여긴다. 결국 자신이 선언했던 모습으로 변해가게 된다.

성공적인 삶을 원한다면 말부터 바꿔야 한다. 지금 현실이 어떻든 상관없다. 우선 나와 주위 사람들을 지치게 하는 부정적인 말을 거두고, 원하는 모습을 이야기해야 한다.

"나는 건강해", "나는 할 수 있어", "나는 부자가 될 거야", "나는 사랑이 넘치는 사람이야."…

실제로 그렇지도 않은데 이런 말을 해서 뭐하냐고 하는 사람들이 있을 것이다. 그러나 이런 말들을 외치고 선언하기 시작할 때 마음에는 희망의 빛이 켜진다. 그리고 우리의 몸에는 전과는 다른 에너지가 나오기 시작한다.

이것은 지금 당장 간단한 실험으로도 확인할 수 있다. 두 명이서 마주 보고 한 명이 팔을 앞으로 나란히 자세로 들고 선다. 이때 팔을 들고 있는 사람은 긍정적인 말을 외치며 버티고, 다른 사람은 상대방의 팔을 위에서 아래로 내리려고 애써보자. 그러면 상대가 돌처럼 강하게 버티는 것을 보게 될 것이다. 반면 부정적인 말을 내뱉을 때는 아무런 힘도 못 쓰고 맥없이 팔이 내려오는 것을 보게 될 것이다.

앞의 사례들에서 본 것처럼 반복적인 자기암시는 바라는 것들이 실현될 가능성을 크게 높인다. 무의식이 기억하기 때문이다. 하루를 시작하는 아침에 하는 자기암시는 더욱 강력하다. 양치하면서, 면도하면서 거울에 비친 자신에게 살며시 이야기를 꺼내보자.

"괜찮아, 잘하고 있어. 넌 할 수 있을 거야."

이렇게 시작한 하루는 평소와 확연히 달라진다. 몸과 마음이 생생하게 기억하고 있기 때문이다. 모든 일이 잘 풀리도록 주문을 걸어놓은 상태라는 것을….

4. 감사는 마음을 살찌우는 비타민

우리나라는 과거와는 비교가 안 될 정도로 물질적 풍요를 누리고 있다. 그런데도 12년 연속 자살률 세계 1위이며 행복지수는 최저수준인 58위이다. 우리나라보다 정치, 경제적으로 훨씬 뒤처진 국가들이 오히려 자살률이 낮고 행복지수가 높다. 알제리, 잠비아, 가나, 아이티, 온두라스, 자메이카 등이다. 그 이유는 무엇일까? 나는 무엇보다 오늘날의 세대가 감사를 잃어버린 데서 그 원인을 찾을 수 있다고 생각한다.

어린 시절 오랜 기다림 끝에 부모님이 사주신 운동화 하나에 얼마나 감사했는지 모른다. 소풍 전날이면 평소 먹고 싶었던 것들을 먹을 수 있다는 사실에 잠도 오지 않았다.

할아버지 제삿날이면 오징어로 만든 제수용품을 먹는 것이 큰 낙이었다. 그것을 먹기 위해 너도나도 자정이 넘도록 안자던 기억이 생생하다. 형들 틈바구니에서 얻어먹었던 오징어 한 조각에 얼마나 감사했는지 모른다. 넉넉하진 않았지만, 가족 간에 베푸는 작은 마음에도 감사하는 모습이 일상적이었다.

요즘은 풍요가 넘치는 시대이다. 언제든 마음만 먹으면 마트에서 무엇이든 살 수 있다. 아이들도 필요한 것이 있으면 곧바로 편의점으로 직행한다. 풍족함 속에 자라다 보니 어려서부터 감사라는 것을 경험하기가 어려운 환경이다. 오히려 원하는 것이 즉시 채워지지 않으면 불평을 하는 데 익숙하다.

얼마 전 모르는 번호로 전화가 왔다. 휴대전화 개통업체였다. 2년간 사용한 휴대전화를 무료로 교체해 주겠다고 했다. 무료라는 말에 솔깃해서 얼른 신청했다. 며칠 후 새 전화기가 집으로 왔다. 번쩍거리는 새 제품을 받고 무척 기뻤다.

그러나 기쁨도 잠시뿐, 일주일도 채 되지 않아 감사하는 마음은 온데간데없었다. 새 휴대폰의 불편한 점이 하나둘 눈에 들어오기 시작했다. 게다가 얼마 되지 않아 내 휴대폰보다 새로운 모델이 출시되었다.

'결국 남은 재고 떨어내려고 팔아넘긴 거로구먼.'

머릿속이 온통 불만으로 가득했다. 의식하지 못하는 사이에 불평이 습관화되어 버린 것 같았다.

세상에는 세 종류의 사람이 있다고 한다. 눈앞에 닥친 일에 초연한 사람, 불평하는 사람, 그리고 감사하는 사람이다. 이 중 누구의 삶이 행복할지는 다들 알 것이다. 빌헬름 웰러는 "가장 행복한 사람은 가장 많이 소유한 사람이 아니라 가장 많이 감사하는 사람이다"라고 했다.

일본의 신학자 이치무라 간조는 "만일 신이 인간을 저주한다면 질병이나 실패, 배신이나 죽음으로 저주하는 것이 아니다. 감사하는 마음이 생기지 않도록 만들어서 할 것이다"라고 했다. 감사함 없는 행복은 불가능하다.

감사를 통해 인생을 성공의 길로 이끈 사람은 무척 많다. 흑인 여성이자 마약 중독자였던 오프라 윈프리는 미국에서 가장 영향력 있는 연예인이자 24억 달러 부자로 통한다. 사실 그녀는 미혼모에게 태어나서 할머니 손에 길러졌다. 사촌 오빠에게 성폭행을 당하고 수차례의 성적 학대를 겪었다. 14세에 미혼모가 되어 마약과 술로 인생을 허비했다.

그러던 그녀가 일어설 수 있었던 비결은 바로 감사 일기였다. 매일 감사할 것들을 찾아 일기에 썼다. 쓸 것이 없어도 썼다. 쓸 종이와 연필이 있다는 것에 감사했다. 숨 쉬고 살아있는 것에도 감사했다. 내 옆에 한 사람이라도 있다는 것에 감사했다.

그렇게 한 문장, 한 문장 적어가다 보니 점점 감사할 것이 늘어갔다. 어느 순간부터 내면에서 진심으로 감사하는 마음이 들기 시작했다. 결국, 그녀는 미국 최고의 토크쇼 진행자가 되었다. 20년 넘게 한 자리를 지키며 많은 사람에게 선한 영향력을 행사하는 사람이 되었다. 지금도 그녀는 하루도 빠지지 않고 감사 일기를 쓰고 있다.

감사와 성공의 관계는 이미 과학적으로도 입증된 바 있다. 작은 것에 감사할 줄 아는 사람은 상황을 긍정적으로 받아들이고 문제 해결에 더 적극적이다. 뇌 과학자들의 조사에 따르면 감사함을 느낄 때 뇌의 왼쪽 전전두피질 부분이 활성화된다. 그러면서 낙관, 열정, 활력 등의 긍정적 감정이 생겨난다. 이러한 감정들이 역경과 난관을 이겨내고 성공을 거머쥐도록 한다. 대체로 큰 성공을 이룬 사람들이 낙관적이고 열정적이라는 것을 보면 이를 알 수 있다.

얼마 전 내가 슬럼프에 빠져있을 때의 이야기다. 집안 문제와 회사에서 사람들과의 관계로 인해 한창 힘든 시간을 보내고 있었다. 복잡한 상황속에서 머릿속은 온갖 부정적인 생각들로 가득했다. 그러던 중 우연히 문자 한 통을 받았다. 거기에는 '땡큐 특강'이라고 하는 하루짜리 무료강의에 대한 소개가 있었다. 제목만 들어도 내용이 뻔할 것 같았다. 그런데 마침 저녁 약속이 취소되는 바람에 시간이라도 때우자는 생각으로 강의를 듣게 되었다.

서글서글한 외모의 민진홍 강사는 아무런 어려움 없이 평생을 살았을 사람처럼 평온해 보였다. 그러나 그는 한때 사업 실패로 17억 원의 빚더미 속에서 모든 걸 포기하고 자살을 시도했던 사람이었다.

결국 자살에도 실패하고 병원 신세를 지게 되었다. 아무도 없는 병실에서 과거를 되짚다가 우연히 모든 것의 해답을 감사에서 찾아야겠다는 생각을 하게 되었다. 결국, 일상의 감사할 것들을 일기로 쓰면서 일이 하나둘 풀려가기 시작했다. 그를 찾는 사람들이 늘면서 감사할 거리도 늘어갔다.

결국 그의 경험이 책으로 나오면서 강의 요청이 쇄도했다. 이제 그는 수많은 사람에게 감사의 중요성을 전하는 메신저로서 새로운 인생을 살고 있다. 이런 그의 스토리는 내게 울림을 주었다. 나도 감사로 다시 일어서 보자는 생각이 들었고, 결국 '21일 감사일지'라는 것을 쓰게 되었다.

처음에는 과연 나에게 감사할 일이 있을까를 고민했다. 첫날에는 감사 목록 한 개를 쓰기도 힘들었다. 딱히 쓸 만한 것이 없었다. 그래도 처음 다짐대로 21일만 써보자는 심정으로 겨우 이어갔다. 놀랍게도 차츰 감사 목록이 늘어났다. 서너 개는 기본, 어떨 때는 열 개 넘게 쓰기도 했다. 게다가 어느 순간부터는 미래에 일어날 일에 대해서도 감사 일기를 쓰고 있다.

시간이 흐를수록 나를 둘러싼 모든 것이 감사한 것이란 생각이 들었다. 지금 이 순간 숨 쉬며 살아가는 것, 가족들이 있다는 것만으로도 큰 감사

기적을 만드는 하루 10분의 힘

거리다. 내가 만든 것이 하나도 없음에도 먹을 음식과 잠잘 곳이 있다는 것에도 감사한다. 어떨 때는 힘들었던 일, 나를 힘들게 했던 사람들에게까지 감사하기도 한다. 쉬운 일은 아니다. 그러나 감사할 것을 찾으려 노력할수록 감사할 일들이 늘어난다.

이제는 감사 일기를 쓰는 일이 습관이 되었다. 잠들기 전에 쓰지 않으면 왠지 잠이 오지 않는다. 21일만 쓰겠다고 시작했던 것이 벌써 1년이 넘었다. 감사 일기를 쓰면서 달라진 것들이 꽤 있다. 새삼 주변 사람들에게 고마움을 자주 느낀다. 지금 나의 존재가 내 노력으로 이루어진 게 아니란 것을 알게 되었기 때문이다. 마음의 평안이 찾아오면서 사람들과의 관계도 좋아졌다.

생각이 긍정적으로 변하고 자신감도 생겼다. 불평의 체질에서 감사의 체질로 바뀐 것이다. 내가 다른 사람에게 작은 친절을 베풀었을 때 그가 진심으로 고마워한다면 나의 마음은 어떠할까? 앞으로 더 잘 해줘야겠다는 생각이 들 것이다. 반대로 그가 무심코 지나치거나 불평한다면 어떨까? 그에게 다시는 친절을 베풀고 싶지 않을 것이다. 이처럼 감사하는 마음은 감사할 일들이 더욱 자주 일어나게 한다. 감사는 삶을 풍요롭게 만들고 에너지를 얻게 한다.

감사를 실천하는 방법은 간단하다. 우선 아침에 눈을 뜨면 감사로 시작한다. 하루를 맞이하는 기쁨과 오늘 일어날 일들에 감사한다.
"아침에 눈을 뜰 수 있어 감사합니다."
"이렇게 좋은 공기로 숨 쉴 수 있어 감사합니다."
"따뜻한 물로 샤워를 할 수 있어서 감사합니다."

이미 하루가 잘 지나간 것처럼 미리 감사하는 것이다. 하루를 감사로 시작하면 뭔가 거대한 긍정의 에너지에 접속하는 것 같다. 좋은 일이 더 많이 생길 것 같은 기분이 들고 웬만한 일에는 짜증도 덜 난다.

인류 역사상 가장 위대한 과학자로 꼽히는 아인슈타인은 사소한 것에도 감사할 줄 아는 사람이었다. 그는 청년 시절 가난했지만 매일 수십 번씩 "감사합니다"를 외쳤다. 감사할 일이 생겨나기 전에 미리 감사할 줄 알았다. 자신보다 앞서 업적을 남긴 선배 과학자들과 신에게도 감사를 빼먹지 않았다. 그런 그에게 감사할 수밖에 없는 일들이 일어났다. 결국, 과학계에 지대한 영향을 끼친 상대성 이론을 완성하게 되었으며, 인류 역사상 최고의 물리학자로 남게 되었다.

하루의 일과 중에도 감사한다. 잠깐의 짬을 내서 내게 주어진 것들을 돌이켜보자. 이들이 없었다면 내가 얼마나 불편할지, 얼마나 외로울지를 떠올려보자. 함께 있는 사람도, 가족도 좋다. 내가 입고 있는 옷, 내가 마신 물 한 잔도 얼마나 소중한지 생각해보자. 내가 있는 곳, 직장이나 학교의 고마운 점도 떠올려보자. 생각지도 못했던 것들에서 감사를 느낄 수 있을 것이다. 그러면 삶의 에너지가 생겨난다.

반대의 경우엔 어떠할까? 가진 것들에 감사하기보다 불평만 하게 되면 부정적인 감정들이 생겨난다. 그러면 점점 현실을 미워하게 되고, 현실의 삶은 더욱 안 좋은 것들을 내놓는다.

잠들기 전에도 감사한다. 잠자리에 들기 전에 감사 일기를 써보자. 노트에 써도 좋고 블로그를 비롯한 SNS를 이용해도 좋다. 복잡하게 생각할 것 없이 머리에 떠오르는 대로 쓰자. 한 줄이라도 좋다. 쓰다 보면 의외로 감사할 것들이 많음에 놀랄 것이다. 점점 자신의 단점이나 문제에 초점을 맞추기보다 긍정과 희망을 이야기하게 된다. 이를 21일 정도 하다 보면 점점 감사가 습관이 된다. 그다음부터는 힘들이지 않고도 쉽게 쓸 수 있다. 희망을 이야기하면서 평온하게 하루를 정리할 수 있게 된다.

얼마 전부터 흙수저, 헬조선, N포 세대와 같이 우리 주변에 현실을 비하하는 언어들이 많이 등장했다.

나라 때문에, 다른 사람 때문에, 부모 때문에….

많은 사람들이 현재 겪고 있는 불행의 원인을 외부로 돌린다.

하지만 과연 그럴까? 『땡큐 파워』[6]의 저자 민진홍 씨는 이렇게 이야기한다.

"성공해서 감사한 것이 아니라 감사했기에 성공한 것이다. 감사하는 마음이야말로 그 어떤 어려움도 이겨낼 수 있는 최고의 무기이다."

세상을 불평하기 전에 우리의 내면을 살펴보자. 불만스러운 현실에 앞서 우리 맘속에 불평의 씨앗을 심지는 않았는지. 이제 불평의 씨앗 대신 감사의 씨앗을 심어보자. 그러면 감사할 일들이 하나둘 늘어가게 될 것이다. 긍정의 에너지가 우리를 자라나게 할 것이다.

---

6) 『땡큐 파워』(민진홍, 라온북 출판사)

5. 단순한 삶의 즐거움

군 시절 나는 전방 부대에서 근무했다. 원래 파주에 있는 본부 소속의 병사였는데 인력 운용상 최전방 부대로 파견을 나와 있었다. 낯선 곳으로 나와 있다 보니 외로운 시간이 많았다. 그나마 같은 내무반 동료들이 큰 위로가 되었다. 특히 내 옆자리에 있던 안 상병은 친구처럼 편안했다. 나이도 비슷하고 성격도 잘 맞아서 우리는 늘 함께 다녔다.

우리 부대는 최전방인 만큼 비상이 자주 걸렸다. 번개 작전이라고 하는 비상 훈련인데, 비상벨이 울리면 5분 안에 옷을 입고 작전 지역으로 이동해야 했다. 그래서 잠을 잘 때도 늘 긴장의 연속이었다.

어느 날 새벽 5시에 비상이 걸렸다. 모두 쏜살같이 밖으로 뛰쳐나가는데 안 상병이 머뭇거리고 있었다. 곧바로 상관의 질책이 쏟아졌다. 바쁜 와중에 우물쭈물하고 있으니 혼나는 것도 당연했다. 그런데 문제는 그것이 한두 번이 아니라는 것이었다. 성격도 좋고 일도 잘해서 모범사병으로 꼽히던 안 상병에게 그런 모습이 있었다니 의외였다.

며칠 후 나는 조용히 그 친구를 불러서 비상이 걸릴 때마다 머뭇거리는 이유가 뭔지 물어보았다. 뜻밖의 대답이 나왔다.

기적을 만드는 하루 10분 의 힘

"내 관물대7)가 복잡해서 옷을 찾기가 어려워."

나는 당장 내무반으로 들어가 그의 관물대를 열어보았다. 아니나 다를까 문을 여는 순간 온갖 물건들이 관물대 밖으로 튕겨 나왔다. 보급품으로 나온 라면, 과자, 음료수부터 세면도구와 여름, 겨울옷들이 뒤엉켜있었다. 혼란스러웠다. 하지만 어느 순간 그의 마음이 이해되기도 했다.

'그동안 얼마나 답답했으면 이것들을 정리할 엄두도 못 내고 있었을까.'

그리고 잠시 시간을 내어 그의 관물대를 정리해주었다. 비상이 걸리면 재빨리 옷을 입을 수 있도록 전투복을 맨 앞에 배치해주었다.

며칠 후 비상이 걸렸다. 모두 전투복으로 갈아입고 뛰쳐나가기 바빴다. 그런데 이번에도 누군가 어둠 속에서 옷을 찾지 못하고 허둥대고 있었다. 자세히 보니 안 상병이었다.

결국, 그 친구가 연병장에 나타나기까지 5분이 더 걸렸고 간부들로부터 온갖 질책이 쏟아졌다. 작전을 마치고 힘없이 축 처져 있는 그에게 다가갔다.

"저번에 내가 옷장 정리 다 해줬잖아. 그런데 오늘은 왜 그런 거냐?"

그는 대답이 없었다. 순간 나도 화가 났다. 잠시 후 내무반에서 그의 관물대를 본 순간 나는 깜짝 놀랐다. 불과 며칠 전에 정리했던 모습은 간데없고 이전의 모습으로 돌아가 있었다. 각종 음식물과 세면도구들, 옷가지와 보급품들이 뒤죽박죽 섞여 있었다. 나 같아도 비상시에 전투복을 찾기 어려울 것 같았다. 어찌 된 영문인지 물었더니 그가 대답했다.

---

7) 옷을 비롯해 각종 소지품을 보관하는 일종의 캐비닛

"지난번에 네가 정리해준 것은 고마운데, 사실 내 스타일하고는 안 맞아. 여기 있는 것들이 다 내게는 필요한 것들이거든. 난 이게 편해."

"그럼 그것들을 좀 깔끔하게 정리해 두면 안 되겠니?"

"나는 이렇게 펼쳐놓고 쓰는 게 편해. 비상 걸릴 때마다 내가 옷을 저 안쪽에 넣어둔 게 문제였지."

결국, 그 친구는 자신의 오랜 습관을 고칠 생각이 없었다. 그리고 이후에도 비상이 걸릴 때마다 다른 사람들보다 늦어서 혼이 나곤 했다. 자신에게 꼭 필요한 물건을 소중히 여기는 것은 좋은 일이다. 그러나 내가 보기에 그 친구가 갖고 있던 물건 중 상당수는 불필요한 것들이었다. 자신에게 무슨 물건이 있는지도 잘 모르고 있었다. 그러다 보니 관물대 안을 정리하기는커녕 잘 열어보지도 않았다. 그것들을 뒤적이는 것이 본인에게도 힘겨운 일이라는 것을 알고 있기 때문이다.

산업화 시대에는 무조건 많이 갖는 것이 미덕이었다. 자원이 절대적으로 부족했던 시기였던 만큼 무엇이든 먼저 확보하는 것이 관건이었다. 하지만 지식산업화 시대에는 많이 갖는 것이 능사는 아니다. 오히려 불필요한 것은 제거하고 핵심적인 것에 집중하는 것이 중요하다. 물질적으로 풍요해져서 이제는 굶는 것보다 너무 많이 먹는 것을 걱정해야 하는 시대이다. 공장에서는 물건들이 쏟아져 나오고 인터넷에서는 정보들이 넘쳐난다. 이제는 꼭 필요한 것만 취하고 나머지는 버리는 게 미덕인 시대가 되었다.

스티브 잡스가 추구했던 미니멀리즘(minimalism) [8]도 이러한 맥락에서 이해할 수 있다. 미니멀리즘을 주장하는 사람들은 필요 없는 것에 대한 집착이 삶을 불행하게 만든다고 한다. 핵심에만 집중하고 불필요한 요소는 제거하라고 조언한다. 불필요한 것들을 없애고 삶을 간소하게 만들면 삶의 본질에 다가갈 수 있다는 것이다. 단순한 삶은 스트레스를 줄여준다. 많이 가질수록 행복할 것 같지만, 어느 정도 이상의 소유는 오히려 삶을 구속한다.

한때 적립식 펀드가 유행하던 시절이 있었다. 그 당시 웬만한 사람들은 펀드 한두 개씩은 기본으로 갖고 있었다. 펀드를 개설하러 왔다가 줄이 너무 길어 발길을 돌리는 사람도 많았다. 그 시절 나는 갓 직장에 입사한 새내기였다. 그런데도 입사 전에 벌써 가입해 둔 펀드가 있었다. 직장에 들어오기 전에 가입한 것이라 큰 기대 없이 소박한 투자를 하고 있었다. 크게 신경 쓰지 않아도 수익이 나고 있었으니 부담이 없었다.

그런데 어느 순간 전국에 펀드투자가 유행처럼 번지기 시작했다. 중국펀드에 투자해서 엄청난 수익을 냈다는 소문이 여기저기서 들리기 시작했다. 나도 덩달아 욕심이 생겼다. '남들이 다 펀드를 하는데 먼저 시작한 내가 더 큰 수익을 봐야 하지 않겠어?' 그래서 조금 무리를 해서 여러 펀드에 더 가입했다. 주식형, 채권형, 글로벌, 광물, 브릭스 펀드까지 욕심껏 가입했다.

그런데 웬일인지 그때부터 마음이 편치 않았다. 우선 여기저기 신경 쓰

---

8) '최소한'이라는 뜻으로, 불필요한 것은 모두 제외하고 최소한의 필요한 것으로 심플하게 디자인한 삶을 말한다.

이는 곳이 많았다. 신문에서 신흥국에 무슨 일이 있다고 하면 브릭스 펀드가 잘 있는지부터 살폈다. 혹여 원유 가격이 내려가지나 않을지, 채권가격이 폭락하지는 않는지 노심초사했다. 욕심은 복잡함을 낳고, 복잡함은 불안을 낳는다는 것을 온몸으로 느끼는 시기였다. 마치 내가 계열사를 여럿 거느린 대기업 오너가 된 것 같았다. 물론 걱정거리가 많다는 측면에서만 말이다. 그런 사람의 표정이 밝고 가벼울 리가 없었다. 단순함이야말로 마음의 평화를 가져오는 근본원리이다.

또한, 단순함은 우리에게 행동할 수 있는 용기를 준다. 뭔가를 할 때 다양한 선택지가 있으면 실행을 안 하게 될 가능성이 크다. 선택 자체가 부담되기 때문이다. 반면에 한 가지 옵션만 있다면 보통 그것을 실행하게 된다.

나는 지하철을 탈 때 읽을 책을 가방에 넣고 다닌다. 어떤 때는 읽고 싶은 책이 많아서 여러 책을 넣고 다니기도 한다. 그런데 이상하게도 그럴 때면 책을 거의 읽지 않게 된다. 지하철을 타고 가는 시간은 정해져 있는데 어떤 책을 읽어야 할지 고민이 된다. 그러다 보면 딴짓하기 쉽다. 그 고민이 싫어 아예 책가방을 열어보지 않을 때도 있다. 반면에 책을 한 권만 넣고 간 날은 대부분 바로 행동으로 옮긴다. 잠깐의 시간만 주어져도 책을 꺼내기 쉽고 집중하기도 쉽다.

단순하면 하기 쉽다. 그 일을 하기까지 넘어야 할 담이 낮기 때문이다. 반면에 선택해야 할 게 많다면 담장이 높게 느껴진다. 제한된 시간에 할 수 있을지도 걱정이 되고, 어떤 것을 할지 결정하는 일도 고통스럽다. 특히 해야 할 일이 많다면 더욱 하기 싫어진다.

스티브 잡스가 평생 집착했던 한 단어는 단순화였다. 그에게 있어 단순함은 하나의 종교이자 무기였다. 아이팟, 아이폰을 만들 때도 버튼은 오로지 한 개만 허용했다. 보통은 엔지니어들이 기기의 내부장치를 만들고 나서 이에 맞게 외부 디자인을 만든다.

그러나 잡스는 자신이 먼저 원 버튼 디자인을 상정해 놓고 이에 맞는 내부장치를 엔지니어들에게 요구했다. 그가 만든 IMAC PC는 모니터 안에 본체를 숨겼고, 키보드 연결선도 없었다. 아이폰은 키보드마저 숨겼다. '최소한에 최대한을 녹인다.'는 그의 전략은 적중했고 결국 아이폰은 세계 최고의 휴대폰이 되었다.

'오마하의 현인'으로 불리는 워런 버핏도 미니멀리스트이다. 80년대부터 버핏은 엄청난 액수의 자산을 운용했다. 족히 100명 이상의 펀드 매니저가 필요할 정도였다. 그런데도 그는 어시스턴트 한 명만 데리고 그 자산을 운용했다.

비결은 단순화였다. 투자 총액이 커질수록 일정액 이하의 사소한 거래는 자신이 직접 하지 않았다. 선택과 집중을 통해 꼭 필요한 것만 자신이 맡고 나머지는 과감하게 위임하거나 포기했다. "할 필요가 없는 일은 아무리 잘해도 무의미하다. 중요한 것에 집중하라"는 것이 그의 신조다. 오랜 기간 성공 투자를 이끌어올 수 있었던 비결도 바로 단순함이었다.

영국의 제임스 다이슨이 만든 가전 업체 '다이슨'은 먼지 봉투 없는 청소기로 유명하다. 다른 업체들이 기존 제품에 여러 기능을 부가하는 데 중점을 두고 있을 때, 그는 불편하고 부담스러운 부분을 과감히 없애는 데 집중했다.

특히 먼지 봉투 없는 청소기는 새로 산 진공청소기의 흡입력이 자꾸 약해지는 것에서 착안했다. 먼지 봉투의 입구가 쉽게 막히는 것이 원인이었다. 그러나 그동안 먼지 봉투를 팔아서 수익을 내고 있던 대기업들은 여기에 관심이 없었다. 굴러 들어온 수익을 자신들이 앞장서서 포기할 이유가 없었다.

그러나 다이슨은 과감히 먼지 봉투를 없앴다. 대신 원심분리기로 공기를 빨리 회전시키는 방법으로 먼지 봉투 문제를 해결했다. 목공소에서 톱밥을 걸러내는 공기 정화기의 원리에서 착안한 것이다. 결국, 과감한 단순화가 전 세계 가정에 봉투 없는 청소기를 가져다주었다.

다가올 미래는 4차 산업혁명 시대이다. 많은 것을 갖고 많은 일을 하는 시대는 지났다. 오히려 적게 가졌더라도 기존의 것을 뒤엎는 생각 하나가 모든 것을 지배하는 시대가 되었다. 불필요한 것은 버리고 꼭 필요한 것에 집중할 때 단순함이 생겨난다. 이 단순함은 마음의 평화와 실행할 용기, 그리고 창조의 지혜를 가져다준다.

무엇보다 우리가 인생을 살아가는 이유는 행복해지기 위해서이다. 지나치게 복잡한 삶은 우리의 행복을 방해한다. 욕심이 만들어낸 거추장스러움이 마음의 평화를 해치기 때문이다.

주변을 되돌아보자. 혹시 불필요한 것들에 사로잡혀 정작 중요한 것을 놓치고 있는 건 아닌지. 스티브 잡스가 추구했던 '원 버튼'처럼 우리에게 중요한 것들은 단순한 삶에 숨어있을 수 있다. 그것을 찾고 집중할 때 진정 우리가 바라는 행복도 가까이에서 찾을 수 있게 될 것이다.

6. 내 마음에 물을 주자

　주위에 많은 사람들이 외로움을 느낀다. 주변에 사람이 많고 적음에 관계없이 공허함을 느낀다는 사람이 많다. 우리나라가 12년째 OECD 국가 중 자살률 1위를 달리고 있다는 것도 이런 이유와 무관치 않다. 성과와 효율만을 강조하는 사회 분위기 속에서 자칫 한 인간으로서의 가치는 소외되기 쉽다. 지치고 힘든 상황이 극에 달하는 순간 극단적인 선택을 하기도 한다. 이때 우리에게 필요한 건 힐링이다. 마음을 위로받고 잠시 쉬어갈 수 있는 뭔가가 필요하다.

　대학 시절 혼자 자취하면서 가장 힘든 것은 외로움이었다. 학교에 친구들이 있었고 동아리도 있었지만, 나의 갈증을 채워주지 못했다. 특히 늦은 밤 자취방에 홀로 들어올 때의 적막함은 견디기 힘들었다. 그럴 때는 뭔가 시끌벅적한 곳을 찾기도 하고 게임방에서 시간을 보내기도 했다. 그러나 집에 돌아가는 것이 힘든 건 마찬가지였다.

　어느 날, 여느 때와 마찬가지로 밤늦게 집에 들어와 힘없이 앉아 있었다. 우연히 눈에 들어온 건 작은 라디오였다. 대학에 입학할 때 어머니가 사주신 소중한 물건이었다. 한동안 안 들었더니 수북이 먼지가 많이 쌓여 있었다.
　얼른 전원을 연결하고 라디오를 켰다. 이리저리 채널을 돌리다가 우연히 한 곳에서 멈추었다. 그 순간 내게 들려온 것은 여성 DJ의 부드럽고 달콤한 목소리였다. CBS 음악 FM의 '허윤희의 꿈과 음악 사이에'라는 프로그램이었다.

그날 이 방송은 나에게 큰 위로를 주었다. 따스한 목소리로 청취자들에게 건네는 목소리가 마치 나에게 하는 이야기 같았다. 그날 이후 나는 이 방송의 팬이 되었다. 고시 공부하느라 한창 바쁘고 힘든 시기였는데 늦은 밤 집에 돌아올 때면 이 시간이 기다려졌다. 사춘기 시절 즐겨 듣던 음악이 나올 때면 기쁨에 겨워 온몸이 전율했다. 내 마음을 아는 것처럼 선곡이 기가 막혔다.

이후 학업을 마치고 직장에 다닐 때도 라디오는 나에게 좋은 벗이 되어 주었다. 힘들 때는 위로해 주었고 기쁠 때는 즐거움을 더해 주었다. 가끔은 사연 참여로 내 사연이 방송에 소개되기도 했다. 별생각 없이 상품에 응모했다가 책이나 방청권을 받을 때도 있었다.

어느 날 여기저기 라디오 채널을 돌리다가 우연히 클래식 채널에 멈춘 적이 있다. 사실 클래식에는 별 관심이 없었는데 어디선가 들어본 듯한 음악이 나와서 멈추었다. 탤런트 강석우 씨가 진행하는 '아름다운 당신에게'라는 프로였다.

평소 클래식이란 나와 전혀 관계가 없는 것으로 생각했다. 오래되고 고상하지만, 현실과 동떨어진 음악이라고 생각했다. 그러다 보니 찾아서 듣기는커녕 들리는 음악도 멀리하곤 했다.

그런데 출근하는 차 안에서 우연히 듣게 된 그 프로그램에서 나는 클래식과 일면식은 할 수 있을 정도가 되었다. 처음에는 지루하고 딱딱하기 그지없었다. 가요나 팝 같은 재미도 없었다. 그러나 자꾸 듣다 보니 클래식이 조금씩 익숙해졌다. 아는 음악도 한두 개씩 생겨났다. 가끔은 진행자가 음악가에 대해 설명해주다 보니 음악사에 대해서도 조금씩 관심을 갖게 되었다. 지금은 쇼팽이나 모차르트, 베토벤의 대표곡 몇 개 정도는 즐길 수 있는 수준이 되었다.

자꾸 듣다 보니 클래식만이 간직한 뭔가 깊은 맛이 있는 것 같다. 가요의 달콤함이나 팝의 짜릿함은 없지만 진한 장맛 같은 묵직함이 있다. 때로는 영혼이 정화되는 느낌을 받기도 한다. 하긴 수백 년을 버티고 살아남은 음악들이니만큼 당연히 그럴 만도 하다.

클래식을 접하다 보니 뜻밖의 기회를 얻은 적도 있었다. 어느 날 지각을 해서 급히 차를 몰고 가는데 라디오에서 강석우 씨가 음악회 티켓을 나누어 주겠다고 했다. 나에게는 그동안 대중가수 콘서트에나 몇 번 가본 것이 전부였다. 갑자기 호기심이 생겨 급히 차를 세우고 방송국에 문자메시지를 보냈다. 다음 날 답 문자가 왔다. 당첨이었다.

라디오 프로그램에 당첨되어 갔던
음악회(강석우의 아름다운 당신에게)

그날을 손꼽아 기다리면서 한 달이 지나갔다. 2017년 2월 2일, 예술의 전당에서 강석우 씨가 진행하는 '아름다운 당신에게' 첫 콘서트가 있었다. 익숙지 않은 클래식 공연이었지만 용기를 내서 참석했다. 실제로 큰 공연 장에서 듣는 클래식은 라디오에서 듣던 것과는 확연히 달랐다.

성악가들의 목소리는 생각보다 크게 들렸다. 바이올리니스트의 현란한 손짓, 피아니스트의 고뇌에 찬 눈빛과 손놀림 하나까지 놓치고 싶지 않았다. 그중에도 백미는 오케스트라였다. 어쩌다 TV에서 오케스트라 연주를 볼 때는 별다른 감흥이 없었다. 그런데 실제 눈앞에서 이루어진 오케스트라 연주는 감동 그 자체였다. 지휘자의 손짓에 맞추어 크고 작은 수많은 악기들이 조화롭게 움직였다. 음정의 높낮이를 자유롭게 넘나드는 악기들의 향연은 내 마음에 깊숙이 자리 잡았다.

사실 나는 문화 활동에 별 관심이 없었다. 특별히 마음에 위안을 줄만한 것을 찾지도 않았다. 그러던 내가 이제는 라디오를 듣고, 클래식을 즐긴다. 게다가 멋진 공연까지 다녀왔으니 여간 새삼스러운 일이 아니다. 앞으로도 내 영혼을 적셔줄 것들을 생각하면 기대가 크다.

기적을 만드는 하루 10분 의 힘

우리는 역사상 유례를 찾기 힘들 정도로 바쁜 오늘을 살아가고 있다. 그러나 정작 중요한 나의 영혼을 위해서 투자하는 시간은 오히려 줄어들었다. 90년대까지만 해도 많은 사람들이 가방에 좋아하는 소설이나 시집 한 권쯤은 넣고 다녔다. 문학이나 예술에 대한 감상이나 토론도 여기저기서 이루어지곤 했다. 그러나 요즘은 그런 광경을 찾아보기는 어렵다. 오히려 저마다 스마트폰을 보거나 시답잖은 농담으로 시간을 보내는 일에 익숙하다.

경쟁과 효율이 강조되는 사회에서 영혼의 즐거움을 찾는 일은 무척 중요하다. 메말라가는 정서에 때때로 물을 주어야 한다. 마음에 영양분이 되는 것이면 어떤 것이라도 좋다. 음악이나 미술 작품이 될 수도 있고, 영화나 공연이 될 수도 있다. 자전거나 캠핑과 같은 야외활동, 책을 읽고 글을 쓰는 것과 같은 문학 활동이 될 수도 있다.

언제부턴가 내 주위에 영화 한 편 본 지 오래되었다는 친구들이 꽤 생겼다. 주중에는 일하느라, 주말에는 자녀들과 시간을 보내느라 여유가 없다고 한다. 그러나 자세히 들여다보면 시간이 없다기보다는 마음이 없다는 표현이 더 정확할지도 모른다. 마음이 가는 곳에 몸이 가게 마련이다.

회사를 위해 늦게까지 일하고 직장 동료들과 회식을 하기도 한다. 주말에는 종일 TV 앞에 쓰러져있기도 한다. 그러나 정작 자신을 위해 제대로 된 시간을 내는 데는 인색하다. 가족이나 친구와 함께, 그것도 어렵다면 혼자서라도 자신을 힐링하고 문화와 예술을 즐기는 시간은 필요하다

편안하게 글을 읽는 것도 좋다. 사회생활을 하다 보면 신문이나 잡지는

물론 책 한 권 챙겨 보기도 쉽지 않다. 책은 지식의 전달 수단이기도 하지만 대표적인 휴식의 도구이다. 책을 가까이하지 않던 사람도 막상 잠시라도 책을 읽어보면 느낄 수 있을 것이다. 분명 책은 마음의 안정과 평화를 준다는 것을…. 다친 마음을 위로받기도 하고 지식을 얻음으로써 자존감이 높아지기도 한다.

이러한 활동을 위해 블루타임을 가질 것을 추천한다. 블루타임이란 잠시 일상에서 벗어나 자신의 미래와 힐링을 위해 투자하는 시간이다. 금요일 퇴근 후 두 시간, 또는 주말 두 시간 정도를 별도로 할애하길 권한다. 이때는 누구에게도 방해받지 않고 온전히 자기 계발과 힐링을 위해 사용한다. 가까운 커피숍을 찾아 조용히 음악을 듣거나 책을 읽는 것도 좋다. 가벼운 명상이나 글을 쓰는 것, 지난 한 주를 돌아보고 다가올 한 주를 계획하는 것도 좋다.

다만 블루타임을 위해서는 자투리 시간이 아닌 온전한 몇 시간이 필요하다. 하버드 대학교의 리처드 라이트 교수는 하버드에서 공부도 잘하고 과외활동도 열심히 하는 학생과 그렇지 못한 학생을 16년간 분석했다. 그 결과 효율적인 공부의 첫걸음은 아무에게도 방해받지 않고 몇 시간을 통째로 확보하는 것이라는 결론을 내렸다.[9] 뭔가 의미 있는 활동을 위해서는 일정한 뭉텅이 시간이 필요하다는 것이다. 특히 자기 계발을 위해 뭔가를 배우는 활동에서는 더욱 그렇다.

나도 평일에는 회사 업무 때문에 시간이 잘 나지 않는다. 주말에도 가족

---

9) 『성과를 지배하는 바인더의 힘』(강규형, 스타리치 북스)

과 함께 시간을 보내다 보면 언제 갔는지 모르게 빨리 지나간다. 특히 별 생각 없이 그냥 쉬다 보면 더욱 그렇다. 하지만 얼마 전부터 의식적으로 블루타임을 갖기 시작했다. 다이어리에 미리 금요일 저녁이나 토요일 오후 몇 시간 정도를 표시해둔다. 때로는 급한 일이나 가족들의 요청으로 블루타임이 취소되기도 한다. 그러나 이렇게 미리 시간을 선점하는 것과 그렇지 않은 것은 차이가 크다.

블루타임 시간에는 내가 좋아하는 카페로 향한다. 그곳에서는 기분이 좋아지고 에너지가 올라가는 것이 느껴진다. 다이어리를 꺼내 지난 한 주를 돌아본다. 새로운 한 주를 계획하며 다짐을 하기도 한다. 만약 내게 이런 시간이 없다면 지나간 시간은 돌아볼 여유조차 없이 빠르게 스쳐지나갈 것이다.

그러나 이 시간 덕분에 한 번 더 곱씹어보고 미래를 위한 시간들로 바꿔나갈 수 있게 되었다. 책을 읽거나 글을 쓰기도 한다. 글을 쓰는 것도 마음의 정화에 큰 도움이 된다. 나의 경험과 생각, 감정을 글로 써나가다 보면 나도 모르게 큰 위로를 받기도 한다.

블루타임이 갖는 또 다른 장점은 무엇이든 밀리지 않고 그때그때 처리할 수 있다는 것이다. 우리가 뭔가를 오래 하지 못하는 이유 중 하나는 그것이 밀렸기 때문이다. 뭔가 한두 번 밀리다 보면 쌓인다. 쌓이면 부담이 된다. 그때부터는 힐링이라기보다는 일이 된다.

대학 시절 뉴스위크라는 영어 잡지를 매주 보겠다며 1년간 정기구독을 했다. 그런데 시험 기간에 한두 주 못 본적이 있었다. 이후 이것들은 쌓여만 갔다. 한 달을 지나 반년이 되니 정말 두껍게 쌓였다. 결국 부담의 무게를 이기지 못하고 잡지 읽는 것을 포기하게 되었다. 쌓이면 포기하게 된다. 그러나 정기적으로 블루타임을 갖게 되면 이런 불상사를 방지할 수 있다. 매주 일정한 시간이 통째로 확보되기 때문에 쌓이기 전에 대응할 수 있다. 주중에 바빠서 뭔가를 못 했더라도 블루타임에 이를 보완할 수 있기 때문이다.

우리가 무엇을 보고 듣느냐에 따라 그것에 가까운 사람이 된다. 처음엔 그 영향이 적을지라도 시간이 흐를수록 점점 커진다. 인생을 살다 보면 누구나 크고 작은 탈선을 경험하기도 한다. 즐거움을 위해 자극적이고 저급한 문화에 탐닉하기도 한다. 그러나 이런 것을 가까이하다 보면 나도 모르는 사이에 그것에 물들게 된다. 그때부터는 내가 아닌 그것이 나를 지배하게 된다. 이게 바로 중독이다.

내 주변에도 그런 사람들이 몇 명 있다. 청소년 시절 접하던 저속한 문화에 빠져 성인이 된 지금까지도 거기서 벗어나지 못하고 있다. 선입견일지 모르지만 이들을 보면 대체로 성격이 급하고 불안한 특성을 보인다. 때로는 극도의 이기적인 성향을 보이기도 한다. 이들의 영혼이 얼마나 큰 상처를 입었을지 가히 상상하기 어려울 정도다.

반대로 우리가 고상하고 아름다운 것들을 가까이하면 점점 그것에 가까운 사람이 된다. 별다른 말을 하지 않아도 그들에게서는 멋진 향기가 난다. 느긋하고 조용하면서도 밝고 활기찬 에너지가 흐른다. 그게 바로 고귀한 사람의 품격이다. 프랑스의 소설가이자 정치가인 앙드레 말로는 "오랫동안 꿈을 그리는 사람은 마침내 그 꿈을 닮아간다"고 이야기했다. 우리가 가까이하는 것은 우리의 인격과 삶에 영향을 줄 수밖에 없다.

시간이 나는 대로 좋은 문화와 예술을 가까이 하자. 고상한 음악과 미술을 가까이하고 고전 문학에 심취해보는 건 어떨까? 최신 유행하는 것도 좋지만, 수없이 많은 사람들에 의해 검증된 고전들은 인류의 보고이다.

이를 위해 일주일에 잠시라도 자신의 영혼을 위한 시간을 가져보자. 내 영혼에 물을 주고 회복되는 시간은 세상 어느 것보다 가치 있는 나에 대한 선물이다.

PART 03

주변을 정리해주는
하루 10분

1. 우선 나의 주인이 되어야

　지인 중에 부친과 함께 식품 도매상을 운영하는 분이 있다. 그 부친은 나름대로 탄탄한 사업장을 일구어놓았다. 부친이 평생을 바쳐 일궈놓은 발판을 생각하면 누가 봐도 그를 부러워함 직하다. 그러나 그는 별로 만족해하는 것 같지 않았다. 오히려 항상 불만에 가득 차서 불평을 털어놓곤 했다. 본인이 앞으로 사업체를 이끌어가야 할 사람인데 부친이 사업에 너무 많이 관여한다는 것이다. 과거 방식을 고수하는 것도 자신의 스타일과 맞지 않는다고 했다.

　실제로 그 부친은 자수성가하신 분답게 무척 고집이 세고 신념이 강한 분이었다. 가격표 하나까지 자신이 직접 챙겨야 직성이 풀렸다. 그러나 연로한 그분이 지금껏 사업에 관여하는 이유는 따로 있었다. 아직 자신이 일을 놓기에 안심이 안 된다는 것이었다. 그분의 노파심일 수도 있지만, 아직 그 아들이 충분한 믿음을 주지 못한 것도 사실이었다. 특히 불규칙하고 게으른 생활방식이 문제였다.

　그러면서도 지인은 나에게 자주 불만을 털어놓았다. "우리 아버지는 내 일에 시시콜콜 간섭한다", "나에게 일을 믿고 맡기지 않는다", "내 방식대로 좀 놔뒀으면 좋겠다"는 식이었다.
　그럴 때마다 나는 충고했다. "아버지께 신뢰를 좀 쌓아보는 게 어때요?",

"게으른 생활습관부터 좀 바꿔보고요."

그러나 그의 대답은 한결같았다. "아버지가 나를 믿어줘야 내가 바뀌지", "아버지가 날 이런 식으로 대하는데 내가 무슨 일할 맛이 나겠어?"

하루는 나도 답답해서 이렇게 되물었다. "아버지 간섭받기도 싫고 당신이 먼저 바뀌는 것도 싫어요? 그렇다면 따로 나가서 자기만의 일을 해보는 건 어때요?"

그의 대답은 의외였다. "세상 물정 모르는 소리 하고 있네. 요즘같이 어려운 시기에 나가서 뭘 하겠어? 그리고 취업은 말처럼 쉬운 줄 알아?"

그가 지금 있는 곳은 아버지가 평생을 노력해서 일궈놓은 사업장이다. 당연히 평생의 역작이 쉽게 무너지는 걸 바라지 않을 것이다. 그래서 쉽게 일을 놓지 못하는 것이다. 게다가 아들이 함께 일을 하고 있으니 당연히 아들에게 모든 걸 맡기고 싶을 것이다. 다만 아직 자신이 손을 놓기에 위험하다는 생각을 할 뿐이다.

아들이 자신의 태도만 바꿀 수 있다면 문제는 순조롭게 해결될 것이다. 부친으로부터 인정도 받고 점점 커진 재량을 갖고 자신의 목소리도 낼 수 있을 것이다. 당연히 부자간의 관계도 좋아질 것이다. 부친이 먼저 변하길 바라는 것은 너무도 아득한 일임이 틀림없다.

내가 회사에 입사한 지 얼마 안 되었을 때의 일이다. 주변에 괴팍하기로 소문난 관리자가 한 명 있었다. 그는 동료들과도 사이가 좋지 않았고 부하 직원들도 그를 별로 좋아하지 않았다. 업무 지시는 일방적이었고 다른 사람들의 감정을 상하게 하는 말도 자주 했다. 그와 함께 일했던 대부분의 직원들이 오래 버티지 못하고 그를 떠났다. 그리고는 뒤에서 그에 대해 좋지 않은 말을 하곤 했다.

그런데 예외가 한 명 있었다. K라는 직원이었다. 그가 처음에 우리 부서로 왔을 때 다들 그 관리자를 조심하라고 충고했다. 아니나 다를까 K 역시 그로부터 똑같은 일을 당하고 있었다. 권위적이고 일방적인 업무지시, 마음을 상하게 하는 어투는 여전했다.

그런데도 K에게는 다른 점이 하나 있었다. 자신이 당하고 있는 억울한 면에 집중하기보다는 자신이 할 수 있는 것이 무엇인지에 집중했다. 자신의 영향력 하에서 지금 선택할 수 있는 것은 두 가지 중 하나라고 생각했다. 회사를 그만두거나 그 관리자가 만족하도록 최선을 다해 보필하는 것뿐이었다. 그는 후자를 택했다.

관리자를 욕하기보다는 그의 단점을 보완해주고자 노력했다. 그가 윗사람으로부터 나쁜 말을 듣지 않도록 회의에 앞서 미리 자료를 챙겨주었다. 게다가 그가 좋아하는 홍보 자료를 만드는 데에도 최선을 다해 도움을 주었다. 그렇다고 K가 상급자에게만 아부한 것은 아니었다. 항상 동료들의 일도 적극적으로 도와주려고 노력했다.

사실 그 관리자가 하루아침에 바뀌지는 않았다. 시간이 흐르면서 K의 노력과 배려는 빛을 발하기 시작했다. 이제는 그가 챙겨주지 않고는 회의에 참석하는 것조차 불안했다.

결국, 그도 K에게만은 함부로 대하기가 어려운 상황이 되었다. 이제 뭔가 상의할 일이 있으면 K의 의견을 듣곤 했다. 이런 그의 역할은 관리자와 다른 팀원 간의 소통에도 중요한 역할을 하게 되었다.

기적을 만드는 하루 10분 의 힘

자신의 태도에 따라 주변이 달라진다. 첫 번째 사례에서 나는 아들에 대해 답답해했다. 그는 다른 사람들보다 좋은 조건에 있었다. 아버지가 사업의 기반을 닦아놓았다. 그것을 잘 이어받아 자신의 스타일에 맞도록 사업을 이끌어나가면 된다. 얼마든지 자기가 원하는 방식으로 키워나갈 수 있다.

다만 조건이 있었다. 그의 부친이 일군 사업인 만큼 그의 경영철학을 존중해 주어야 했다. 그리고 부친이 원하는 정도의 자세는 갖춰야 했다. 아버지가 현업에 있는 동안만큼은 그랬다. 만약 이것이 싫다면 용기 있게 뛰쳐나가 자신만의 사업을 하면 된다. 그에 따른 책임은 자신이 지는 것이다.

그런데도 '아버지가 태도를 바꾸기 전까지 나는 바뀌지 않겠다'는 식의 태도는 바람직해 보이지 않는다. 내가 '나'의 주인이 되기보다는 아버지가 '나'의 주인이 된 꼴이기 때문이다. 아버지가 어떻게 하느냐에 따라 나의 태도를 바꾸겠다는 것은 마치 나 자신을 조정하는 권한을 아버지에게 넘겨준 것이나 다름없다.

만약 주도적으로 판단해서 결정한다면 얼마든지 자신이 원하는 방향으로 상황을 바꿔나갈 수 있다. 아버지가 바뀌길 기다릴 필요도 없다. 내가 나의 주인이기 때문에 나를 바꾸면 되는 것이다. 그렇다면 아버지를 바꿀 수도 있고 사업의 주도권을 쥘 수도 있다.

그동안 누려오던 게으른 생활패턴을 버리고 성실한 모습을 보인다면 어떨까? 우선 아버지의 신뢰가 높아져 사업에 대한 자신의 영향력도 점점 커질 것이다. 일에 대한 흥미가 올라가고 업무 효율도 높아질 것이다. 부자간의 관계도 지금보다는 훨씬 좋아질 것이다.

반면에 두 번째 사례에서 봤던 K는 처음에 상당히 어려운 환경에 놓인 경우이다. 누구보다 어려운 관리자를 만나 자칫 불평불만으로 시간을 허송할 수도 있었다. 그런데도 그는 자신의 상황을 한탄하는 대신 삶의 주도권을 쥐고자 노력했다.

관리자의 좋지 않은 매너에 대해 대부분의 사람들은 '당신이 나를 이렇게 대하니 나도 내 마음대로 하겠어'라는 식으로 응대했다. 그러나 K는 자신의 영향력 안에 집중했다. 함부로 대하는 관리자를 적대시하기보다는 그의 부족한 면을 보완해주려고 노력했다.

게다가 그가 다른 사람들로부터 손가락질받지 않도록 가교 역할까지 자처했다. 이런 모습들이 자칫 윗사람에게만 아부하는 기회주의자로 비칠 수도 있다. 그러나 그는 동료들에게도 소홀히 하지 않았다. 동료들이 빛나기를 바라며 그들을 진심으로 돕고자 노력했다.

시간이 지나면서 팀은 K를 중심으로 돌아갔다. 그가 없으면 일이 잘 풀리지 않을 정도였다. 그 관리자는 중요한 일이 있을 때마다 K를 찾았고, 동료들 사이에서 중재자 역할도 톡톡히 해냈다. 관리자도 이런 그에게만은 함부로 대하지 않았다. 결국 K는 자신이 가진 영향력 안에 초점을 맞추고 그것에 최선을 다함으로써 영향력 자체를 키워나간 것이다.

『성공하는 사람들의 7가지 습관』의 저자 스티븐 코비는 우리는 본질적으로 주도적이라고 했다. 그러면서 '우리의 삶이 주위의 여건이나 상황 등에 따라 좌우된다면, 그 이유는 우리가 선택한 의식적인 결정이나 태만 때문에 그것들에게 우리를 지배할 수 있는 권한을 양도해주었기 때문'이라고

했다.[10]

주도적인 삶은 자신이 주인이 되는 삶이다. 이런 사람들은 자신의 가치 기준에 따라 주의 깊게 판단하고 행동한다. 그렇기 때문에 자신의 선택에 대해 책임을 질 자세가 되어 있다. 반면 대응적인 사람들은 가치보다는 자신이 처한 환경이나 기분 등에 따라 선택한다. 따라서 자신이 한 선택에 대해 책임을 지려고 하지 않는다. 오히려 결과에 대해 다른 사람이나 환경을 탓하려 한다.

코비의 말처럼 우리는 언제든 주도적일 수 있다. 그런데도 대응적으로 살아가려는 경우가 많다. 즉, 삶의 주도권을 환경이나 다른 사람들에게 넘겨버리는 것이다.

'내가 먼저 바뀌겠다', '내가 처한 조건에 상관없이 내가 결정하겠다'보다는 '네가 바뀌어야 내가 바뀌지', '내가 처한 상황이 이러니 어쩔 수 없어'라는 식이다.

사람들이 이렇게 대응적인 삶을 선호하는 것은 자기 보호 본능에서 그 이유를 찾을 수 있다. 주도적인 선택에 대해 자신이 책임지는 것은 힘겨운 일이다. 반면에 상황이나 다른 사람에 대해 반응적으로 선택하는 것은 그리 힘든 일이 아니다. 일이 잘못되었을 때 원인의 화살을 그쪽으로 돌릴 수 있기 때문이다.

그러나 삶을 전체적으로 놓고 보면 대응적인 삶보다 주도적인 삶이 훨씬

---

10) 『성공하는 사람들의 7가지 습관』(스티븐 코비, 김영사)

효과적이다. 앞에서도 말했지만, 대응적으로 살아가는 것은 삶의 주도권을 환경이나 타인에게 넘기는 것이다. 그러면 점차 그것들이 나에 대해 갖는 영향력은 향상된다. 대신 내가 갖는 영향력은 점점 줄어든다.

첫 번째 사례를 다시 살펴보자. 그는 아버지에게 대응적이었다. 자신이 먼저 바뀌려 하지 않았다. 대신 아버지가 먼저 완고함을 포기해야 자신도 바꾸겠다고 했다. 그 결과 그의 영향력은 점점 약해졌다.

반면 주도적인 삶을 살게 되면 점점 자신의 영향력이 커진다. 결국 자기가 진정으로 원하는 삶을 살게 된다. 앞에서 K는 상황이 좋지 않더라도 자신의 영향력 안에서 할 수 있는 일들을 찾아서 적극적으로 했다. 그 결과 그가 가진 영향력이 점점 커졌다. 결국, 업무나 관계 면에서 그가 원하는 방향으로 삶을 이끌어 갈 수 있었다.

우리가 진정 원하는 삶을 살기 위해서 먼저 해야 할 것은 주도적인 삶을 회복하는 일이다. 즉, 내가 나의 주인임을 깨닫는 것이다. 지금 내가 가진 작은 영향력 안에서 할 수 있는 것을 찾아보자. 그리고 작은 것부터 해나가자.

다른 사람이나 처한 상황이 바뀌기만 기다려서는 기회가 오지 않는다. 내가 먼저 바뀌어야 한다. 내가 먼저 좋은 아들이 되고, 훌륭한 부하 직원이 되어야 한다. 좋은 상사가 되고, 좋은 남편, 부인이 되어야 한다. 그러면 내가 처한 상황에 관계없이 점차 나의 영향력은 커질 것이며, 진정 원하는 방향으로 삶을 이끌어갈 수 있을 것이다.

2. 내 방은 내 마음의 상태

검찰에서 파견근무를 할 때 가끔 혐의자 자택에 찾아가는 경우가 있었다. 그때마다 드는 공통된 느낌이 있었다. 범죄자의 집은 대체로 지저분하다. 먼지가 쌓여 있고 정리되지 않은 짐들이 여기저기 굴러다닌다. 발을 어디에 디뎌야 할지 모를 때가 많다.

반면 내가 참여하는 봉사활동 모임에서 종종 회원들 집을 찾을 때가 있다. 모임 장소를 정하다 보면 가끔 신세를 저야 할 일이 생긴다. 그때마다 받는 느낌은 비슷하다. 대부분 집에 들어서면 안정된 느낌이 든다. 집 안 구석구석이 정리되어 있고 자녀들 방에는 책이 많다. 집주인의 삶 전체를 들여다보지는 못했지만 뭔가 다르다는 느낌이 들게 되는 건 확실하다.

『청소력』의 저자 '마쓰다 미스히로'는 "당신이 살고 있는 방이 바로 당신의 인생이다.[11]"라고 했다. 그는 정리를 통해 인생의 어려움을 극복하고 성공을 거둔 사람 중 한 명이다. 한때 사업상의 문제로 큰 어려움을 겪고 있었다. 업황도 문제였지만 웬일인지 되는 일이 하나도 없었다. 초조함은 점점 깊어지고 결국 사업 실패에 이혼까지 하게 되었다.

---

11) 『청소력』 (마쓰다 미스히로, 나무한그루)

실의에 빠져 있던 그는 멍하니 방에 앉아 있었다. 찬찬히 둘러보니 방이 매우 더럽고 난잡하다는 사실을 깨닫게 되었다. 그러던 중 우연히 친구가 한 명 찾아왔다. 그는 전부터 청결을 강조하며 청소의 중요성을 이야기했던 친구였다. 청소는커녕 움직이기도 귀찮아하던 마쓰다를 위해 친구는 방 청소를 해주었다. 그 친구의 영향으로 마쓰다 또한 청소에 관심을 두게 되었다. 그리고 인생이 바뀌기 시작했다.

일단 다시 일어설 수 있다는 자신감을 얻었다. 변한 자신의 방을 보면서 자신도 부활할 수 있다고 믿었다. 그리고 다시 시작한 사업을 통해 당당하게 성공을 거두게 되었다. 이후에는 청소가 가진 힘을 일본 전역에 알리는 유명 인물이 되었다.

마음이 복잡하면 주변도 복잡해진다. 이는 단순히 미관의 문제가 아니다. 지저분한 환경은 마이너스 에너지를 만들어 삶에 부정적인 상황들을 끌어온다. '깨진 유리창의 법칙'도 이를 알려주는 하나의 사례이다. 1969년 스탠포드 대학의 한 심리학 교수가 치안이 허술한 골목에 두 대의 자동차를 1주일간 방치했다. 그중 한 대는 깨끗한 상태로, 나머지 한 대는 고의로 창문을 조금 파손한 채 두고 관찰했다.

그 결과 두 대의 차량에는 전혀 다른 결과가 나타났다. 우선 전자는 별다른 변화가 없었다. 그러나 후자는 1주일이 지난 후 거의 고철이 될 정도로 파손되었다. 배터리와 타이어가 없어지고 쓰레기와 낙서, 훼손이 난무했다. 단지 유리창을 조금 파손했을 뿐인데 거기서 발생한 마이너스 에너지는 약탈이나 파괴와 같은 부정적인 상황들을 끌어왔다.

한때 나는 같이 일하는 동료와의 갈등으로 힘든 시기를 보낸 적이 있다. 일이 힘든 건 어떻게든 하면 되지만 다른 사람과의 관계가 힘든 것은 견디기 어려웠다. 직장에 나가기도 싫었고 삶이 온통 재미없었다. 그러던 어느 날 3P자기경영연구소에서 주관하는 독서 관련 세미나에 참석했다. 위에서 이야기한 『청소력』이라는 책을 그곳에서 선물로 받았다.

읽다 보니 지저분한 환경이 부정적인 현실을 끌어당긴다는 내용이 눈에 들어왔다. 당시 내 주변 환경도 지저분했기 때문이다. 정리되지 않은 방에는 온갖 물건들이 굴러다녔다. 책꽂이에는 책들이 여기저기 꽂혀 있고 선반에는 잡동사니들이 질서없이 올라와 있었다. 일단 귀찮으니 나중에 하자는 식으로 미뤄 놓았던 것들이었다. 문득 이런 생각이 들었다.
'혹시 이런 환경들이 지금의 내 모습을 만든 건 아닐까….'

그때는 내가 3P 바인더[12]라는 것을 처음 접하던 시기였다. 그리고 그 활용법을 가르치는 코치 과정을 이수하는 중이었다. 거기서 나를 지도해주던 이재덕 마스터를 만났다. 그는 독서법과 바인더를 가르치는 강사였지만 정리 분야에 남다른 열정을 갖고 있었다. 그를 만날 때마다 정리에 대한 영감을 받는 것 같았다.

특히 그가 정리해놓은 삶의 기록들을 보면서 감탄을 금할 수 없었다. 오래전 기록부터 여행 사진, 강의를 하면서 만났던 사람들의 후기와 사진들, 생활하면서 만든 매뉴얼과 각종 문서에 이르기까지 그 종류도 다양했다.

---

12) 3P자기경영연구소의 강규형 대표가 제작한 국산 시스템 다이어리, 단순한 다이어리 기능을 넘어 분야별 자료들을 바인더에 넣어 분류하고 그 내용물이 완성되면 별도의 서브바인더에 보관하는 체계를 갖춘 도구

개인 박물관을 연상케 하는 그의 자료들을 보면서 '이렇게 하면 많은 것들을 정리할 수 있겠구나'하는 작은 깨달음을 얻었다.[13]

집에 돌아와서 나도 여기저기 쑤셔두었던 자료들을 꺼냈다. 어릴 적 내가 아끼던 컴퓨터 게임 목록부터 학창시절 강의 노트와 유인물, 어디서 주웠는지 기억도 안 나는 팸플릿과 여행사진들…. 다행히 아직 버리지 않고 남아 있는 것들이 꽤 있었다. 그대로 두면 쓰레기통으로 갈 것들이었다.

그것들을 종류별로 분류하고 묶었다. 처음에는 의미 없는 종이 쪽지들이었지만 나중에는 나만의 기록물과 매뉴얼이 만들어졌다. 그렇게 스무권 정도를 완성했다. 이상했다. 그 기록들을 정리하고 나니 다른 것들도 정리하고픈 욕심이 들었다. 그래서 책장에 무작정 꽂아 두었던 책들을 정리했다. 책꽂이 칸마다 장르별로 라벨을 붙이고 그에 맞는 책들을 꽂아 넣었다. 책장도 정성스럽게 닦고 방바닥도 깨끗이 쓸었다.

정리 전 자료들의 모습   바인더로 정리한 후의 모습

---

13) 이재덕 마스터는 지금도 자신만의 정리 노하우를 모아서 '오피스 파워 정리력'이라는 세미나를 정기적으로 열고 있다.

기적을 만드는 하루 10분의 힘

내 방이 몰라보게 깨끗해졌다. 그 이후 정리는 내 삶의 일부가 되었다. 전에는 방이 더러워져도 별 감각이 없었다. 어차피 몰아서 하면 되는데 그때그때 해봤자 시간만 낭비라고 생각했다. 그러나 한 번 방을 정리하고 나니 이제는 방이 더러워질 때마다 어디를 청소해야 할지가 눈에 들어왔다. 내가 가진 물건들이 어디에 있는지 알게 되면서 불필요한 물건을 구입하는 일도 줄어들었다.

그때부터 마음이 좀 편안해지기 시작했다. 주변 사람이나 상황을 바라보는 시각도 긍정적으로 변하는 것 같았다.

신기하게도 그때부터 사람들과의 관계도 풀려갔다. 우선 가족들이 제일 좋아했다. 가족들과 보내는 시간이 늘면서 전보다 친밀감이 훨씬 높아졌다. 그러면서 자연스럽게 직장 동료와의 갈등도 풀리기 시작했다. 내 마음이 편안하니 굳이 그 사람과 갈등을 이어갈 이유가 없다는 생각이 들었다. 이제는 그를 만나면 반갑게 웃으며 농담을 건넬 정도로 가까운 사이가 되었다.

그러면 어떻게 정리를 시작할 수 있을까? 가장 먼저, 정리의 3단계를 기억하면 편리하다. 정리, 정돈, 정위치가 바로 그것이다.

일단 정리는 불필요한 것을 버리는 것에서 시작한다. 성공을 막는 마이너스 에너지를 없애는 일이다. 우선 그동안 정리하지 않고 미뤄둔 물건들을 펼쳐놓는다. 그리고 한동안 안 쓴 물건들은 과감하게 버린다. 버려야 다시 채울 수 있기 때문이다.

정돈은 분류와 관련이 있다. 펼쳐놓은 자료들을 폐기(버릴 것), 보류(잠시 보관할 것), 보존(오래도록 보존할 것)으로 나눈다. 그리고 앞으로 일정 기간 사용할 것들, 현재로써 폐기나 보존으로 분류하기 모호한 것들은 보류로 분류한다. 반면 영원히 간직할 것들은 보존에 모은다. 학창시절의 글이나 상장, 소중한 사진, 수료증 같은 것들이 여기에 속한다. 불필요한 것을 버리고 새로 채우는 것이 바로 정리와 정돈이다.

정위치는 있어야 할 위치에 있게 하는 것이다. 책이나 도구, 물건들이 있어야 할 위치를 정해서 라벨을 붙여 놓는다. 그것들을 사용하고 나서는 항상 그 위치에 갖다 놓는다. 노트는 주제별로, 사진은 장소별로, 기타 프린트물은 시기별로 각각 한 권의 묶음을 만드는 것이 좋다. 그 묶음마다 제목을 달아 표지에 붙이고 자료가 생길 때마다 여기에 더해 넣기만 하면 된다.

노트나 다이어리를 쓸 때도 정리의 3단계를 활용하면 좋다. 보통 회의나 강의 시간에는 필기를 하느라 바쁘다. 그래서 손에 닿는 종이나 다이어리에 급하게 적는 경우가 많다. 그러다 보면 작성한 것이 어디 있는지도 모르고 나중에 찾기도 어렵다. 특히 하나의 다이어리에 여러 주제들을 계속해서 적어 나간다면 내용이 뒤죽박죽되어 의미 없는 글들의 집합체가 되어 버린다.

이러한 불상사를 예방하기 위해서는 하나의 주제는 하나의 종이에 작성하는 것이 좋다. 그리고 다른 주제가 시작되면 공간이 남았더라도 새로운 종이로 시작한다. 예를 들어 회의 내용을 쓰던 노트에 학원수업 내용을 쓰게 된다면 새로운 페이지에서 시작한다. 이런 식으로 회의, 학원수업, 독서, 영화감상문에 관한 내용을 썼다면 각각의 내용을 보관할 네 권의 빈 바인더를 준비한다. 그리고 주말처럼 시간이 날 때 노트들을 낱장으로 분

기적을 만드는 하루 10분 의 힘

리하여 주제별로 각각의 바인더에 끼워 넣는다. 이렇게 하면 자기만의 기록이 네 권 만들어진다.

이후에도 유사한 글을 쓰게 되면 각 바인더에 계속해서 추가해 나가기만 하면 된다. 이게 바로 노트에 정리의 3단계를 적용한 방법이다. 마음껏 노트를 작성해서 불필요한 내용은 버리고 필요한 내용만 주제별로 분류해서 정해진 위치에 꽂아 넣는 원리이다.

모든 일의 기본은 정리에서 시작된다. 정리되지 않은 환경에서는 뭔가를 잘하려고 해도 잘되지 않는다. 왠지 잘 안 풀리는 사람을 보면 대체로 지저분한 환경에 있는 경우가 많다. 그런 환경에서 성공을 방해하는 마이너스 에너지가 발산되기 때문이다. 그러나 주변 환경을 정리하고 마이너스 에너지를 없애나간다면 누구나 새로운 기회를 잡을 수 있다.

삶에서 새로운 동력을 원한다면 주위를 정리해보자. 정리는 버리는 것에서 시작된다. 물건에 대한 애착으로 인해 버리기는 쉽지 않다. 그러나 새로운 삶을 위해서는 버리는 용기가 필요하다. 일정 기간 쓰지 않은 것, 입지 않은 것, 먹지 않은 것들은 과감하게 버리자. 그리고 남은 것들은 그 종류별로 분류하고 정해진 위치에 두자.

정리에는 분명 힘이 있다. 삶에 순풍이 불게 하고 때로는 막힌 문제를 푸는 열쇠를 주기도 한다. 정리의 힘을 최대한 활용한다면 삶에서 새로운 변화의 기회를 찾을 수 있게 될 것이다.

3. 모든 건 한 장으로 정리한다

PC 통신이란 것을 처음 알게 된 것은 중학교 1학년 겨울방학 때였다. 모뎀을 처음 구입해서 전화선에 연결하고 다이얼을 입력하는 순간 '삐~' 소리와 함께 PC 통신에 접속되었다. 당시에는 케텔이라는 온라인 포탈이 독보적이었다. 나중에 하이텔(HiTEL)로 이름이 바뀌었는데, 지금의 포털사이트처럼 동호회, 게시판, 자료실을 갖춘 곳이었다.

온라인 세상은 나에게 충격이었다. 정보가 넘쳐나고 볼거리도 많았다. 동호회나 게시판은 사람들이 전화선을 통해 소통하는 멋진 공간이었다. 지금의 인터넷과는 느낌이 달랐다. 투박한 텍스트 위주의 공간이었지만 나름 따뜻한 정이 있었다. 그런 온라인이 갖는 분위기가 재미있고 신기했다.

특히 공개자료실에는 내가 좋아하는 자료들이 많았다. 게임과 음악, 각종 유틸리티, 그리고 멋진 그림들이 가득했다. PC 통신의 매력에 푹 빠진 나는 학교에서도 온종일 그 생각뿐이었다. 수업 중에도 얼른 집에 가고 싶었다. 온라인에서 친해진 사람들을 만나고 싶었기 때문이다. 학교만 끝나면 곧바로 집으로 향했다. PC 전원을 켜면 그때부터 저녁 일과가 시작되었다. 그렇게 시간을 보내다 보면 금세 12시를 넘겼다. 많은 사람과 소통을 했고 원하는 자료들도 많이 모을 수 있었다.

하지만 그렇게 많은 시간과 노력을 쏟았음에도 지금 남아있는 자료는 거의 없다. 연락하던 사람들도 참 많았는데 지금은 연락처 하나 없다. 그때 나에게는 뭔가를 기록하고 보존한다는 개념 자체가 없었다. 적어야 할 것이 있으면 손이 닿는 곳 아무 데나 적었다.

그러다 보니 내가 했던 일들이 기억은 나지만 구체적으로 남은 건 하나도 없다. 그때 검색했던 글들, 받았던 자료들, 만났던 사람들에 대한 기록을 잘 해두었으면 커다란 재산이 되었을 것이다. PC가 제대로 보급되지 않았던 1990년에 PC 통신을 시작했으니 나도 나름 IT 분야의 선구자였다. 그러나 메모에 대한 개념이 없던 나에게 그런 경험들은 별다른 의미 없이 지나간 기억에 불과했다.

PC통신과 관련하여 당시 중학생이던 저자를 취재했던
일간신문 기사(1991.11.26)

메모의 가치를 알게 된 것은 몇 년이 지나서였다. 그때에도 컴퓨터에 관심이 많았지만, 고등학교 입시를 앞두고 머리가 복잡한 시기였다. 해야 할 일은 많은 데 잊어버리기도 잘하고 놓치는 것도 많았다. 그래서 시작한 것이 메모였다.

중학교 시절 교과서에 나온 수필 중에 '메모광'이라는 글이 있었다. 병적으로 메모에 집착하는 자신의 습관을 고백함으로써 은근히 자신의 개성에 대한 자부심을 드러냈던 수필이다. 이 글의 주인공처럼 나도 메모를 시작했다. 컴퓨터를 할 때도 공부를 할 때도 마찬가지였다. 내 방이나 소지품 곳곳에는 메모들로 가득했다. 이런 나를 두고 성환이라는 친구는 메모광이라고 부를 정도였다.

이후에도 나는 메모에 관심이 많았다. 닥치는 대로 적다 보니 여기저기 메모해둔 종이는 점점 늘어갔다. 그러나 그 많은 메모 속에서 정작 필요한 내용을 찾기란 쉬운 일이 아니었다. 나중에 알게 된 것이지만 중요한 것은 많이 적는 것이 아니라 핵심적인 것만 적는 것이었다.

아무리 긴 강의를 들어도 그것의 핵심만 적으면 양이 그리 많지 않다. 두꺼운 책을 읽었더라도 그것을 간단하게 정리하면 나중에 책을 다시 볼 때 쉽게 이해할 수 있다. 뭐든지 양으로 승부하다 보면 힘들고 나중에 그것을 찾아보기도 어렵다. 반면 핵심만 요약한다면 두고두고 유용한 노트를 만들 수 있다.

지금의 나는 어디를 가더라도 흰 종이를 가지고 다닌다. 가방에 여유가 있다면 노트를 가지고 가지만 여의치 않을 때는 흰 종이만 챙긴다. 뭔가 메모할 일이 생기면 바로 종이를 꺼내서 적기 시작한다. 이렇게 하는 이유는 간단하다. 백지는 새로운 것을 구상하거나 머릿속을 정리하는 데 최적의 도구다. 머릿속이 복잡할 때 백지를 꺼내놓고 적다 보면 생각이 정리되거나 새로운 아이디어가 떠오르는 경우도 많다.

우리의 뇌는 깔끔하고 정리된 것을 좋아한다. 마음이 불편할 때 깨끗하고 한적한 길을 걷다 보면 마음이 편안해지는 경험을 한 적이 있을 것이다. 눈이 내린 날 아침, 하얗게 쌓인 눈 위를 걸을 때 마음이 정화되는 것도 이러한 이유에서다.

길을 걷다가도 뭔가 생각나는 것이 있으면 바로 흰 종이를 꺼낸다. 아이디어나 일정이 떠오르면 그 자리에서 적는다. 그 시기를 놓치면 잊어버릴 가능성이 크다. 어떤 사람과 했던 대화 내용이나 할 말이 생각날 때도 마찬가지다. 이름이나 단어가 떠오르지 않으면 그림으로 남긴다. 가능하면 마인드맵[14]을 활용하는 것도 좋다. 이를 통해 정리한 내용은 텍스트로 적은 것보다 나중에 훨씬 기억하기 쉽다. 뇌는 텍스트보다 이미지를 좋아하기 때문이다.

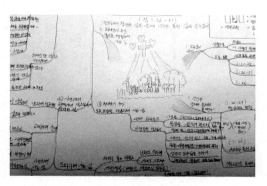

한 시간 분량의 기록을 마인드맵으로 정리한 모습

---

14) 떠오르는 생각들을 시각화하기 위해 범주별로 가지를 뻗어서 그에 따르는 생각들을 한 페이지에 정리하는 방법

다만 메모할 때 주의할 점이 있다. 앞에서도 언급했지만 한 장에 하나의 주제만을 적어야 한다. 바로 'One Theme, One Page' 원칙이다. 물론 긴 내용은 여러 페이지에 적을 수도 있다. 그러나 적다가 공간이 남았다고 해서 남은 공간에 다른 주제를 적는 것은 좋지 않다. One Theme, One Page 원칙을 지킴으로써 언제든 이를 모아서 주제별 노트를 만들 수 있다.

어떤 강의를 듣거나 회의를 하더라도 하나의 주제는 한 장에 요약하는 것이 좋다. 머릿속에 떠올렸을 때 기억하기도 쉽고 나중에 찾아보기도 깔끔하다. 다른 사람들과 내용을 공유하는 데도 도움이 된다. 아무리 좋은 내용을 적은 노트가 있더라도 그것이 어지럽게 정리되어 있다면 다른 사람에게 별 도움이 되지 않는다. 그러나 'One Theme, One Page' 원칙을 지킨다면 긴 설명이 필요 없는 최고의 매뉴얼이 될 것이다.

한 페이지에 노트를 작성할 때 내가 쓰는 형식은 이러하다. 우선 페이지의 상단과 하단에 약간의 공간을 남겨두고 메모를 시작한다. 3~4cm 정도면 적당하다. 여기에는 주제와 관련된 'before'와 'after'를 적는다. 'before'는 그 주제에 대한 본격적인 작성에 앞서 내용을 미리 한 번 떠올려보는 것이다. 상상을 통해 주제에 대한 친밀도를 높일 수 있다. 'after'는 주제에 대한 기록 이후에 키워드나 소감, 감상 등을 적는 곳이다. 나중에 그 기록을 찾아볼 때 내용의 핵심이나 작성 당시의 감정 등을 찾아보기 위한 것이다.

예를 들어 독서 노트를 작성한다고 하면 책을 읽기 전(before reading)에 제목이나 차례 등을 보고 내용을 상상해서 적어볼 수 있다. 그렇게 하면 실제로 책을 읽을 때 집중하기도 쉽고 재미도 한층 높아진다. 그리고 책을 읽고 난 후(after reading)에는 책에서 느낀 점이나 삶에 적용할 것들을 적어 놓을 수 있다.

그리고 메모에는 제목과 날짜, 장소, 강사에 관한 내용을 명확하게 작성
해둔다. 언제든 쉽게 찾아보기 위한 목적이다. 메모지 상단에 제목을 쓰
고 그 제목에 네모상자를 두른다. 제목 상자 우측에는 작성일자와 시간,
장소, 강사 이름 등을 적어둔다. 이것에도 크게 네모상자를 두른다. 여기
에 내가 앉은 자리 위치나 회의장 구도를 간단히 그림으로 그려 놓는 것
도 좋다. 그러면 시간이 흐른 뒤에도 그 날의 분위기나 이야기를 기억하기
쉬워진다. 뇌는 글보다 이미지를 잘 기억하기 때문이다. 여기까지 하는 데
1분도 채 걸리지 않는다.

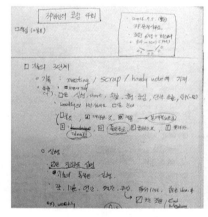

기록에 관한 간단한 메모
(제목과 날짜, 장소, 시간, 인원 등을
명확히 표시한다)

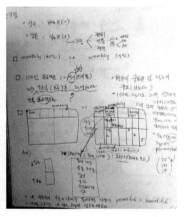

정리에 관한 메모
(도표나 색깔 등으로 표시하면
우리의 뇌는 더 잘 기억한다)

본격적으로 노트를 작성할 때에는 몇 가지 원칙만 지키면 된다. 우선 키워드 위주로 핵심만 적는다. 아무리 많은 내용을 적더라도 실제 활용되는 것은 핵심적인 몇 개의 단어에 불과하다. 우리가 학창시절 외우는 시험에 익숙하다 보니 모든 것을 외워야 하는 것처럼 메모하기 쉽다. 그러나 이렇게 메모하게 되면 오히려 기억에 잘 남지 않고 나중에 찾아보기도 어렵다. 따라서 내용마다 세 가지만 건진다는 생각으로 접근하면 알차게 메모할 수 있다. 즉 Why(이 글을 쓰는 목적), What(무엇에 대한 내용인지), How(어떻게 하는 것인지)가 바로 그것이다.

그리고 하나의 소주제에 한 개의 문단을 사용한다. 그리고 각 소주제들이 하나의 주제를 뒷받침할 수 있도록 유기적으로 작성한다. 예를 들어 사계절이라는 주제에 대해 쓴다면 첫 번째 문단에는 사계절에 대한 개관이 들어갈 것이다. 여기에는 사계절이 갖는 의미, 계절에 대한 추억 등이 들어갈 수 있다.

그리고 두 번째 문단부터 봄, 여름, 가을, 겨울에 대한 본격적인 내용이 들어간다. 여기에는 각 계절과 관련된 특징, 음식, 노래 등 다양한 내용이 쓰여질 수 있다.

끝으로 마지막 문단에서 전체를 정리하는 말, 강사가 강조하는 내용 등이 들어갈 것이다. 이렇게 몇 개의 문단이 모여 '사계절'이라는 큰 주제에 대한 글이 완성된다.

이 방식이 처음에는 익숙하지 않을 수 있다. 그러나 한 장에 한 주제를 쓰는 것이 익숙해지면 여러 가지 이점이 있다. 우선 전보다 체계적인 메모를 할 수 있다. 그리고 나중에 다시 찾아보기도 쉽다. 게다가 이렇게 메모

기적을 만드는 하루 10분 의 힘

한 노트는 곧바로 하나의 프레젠테이션 자료가 된다.

　제목부터 시간, 장소, before와 after, 본문까지 체계적으로 작성되어 있어서 이것만 놓고도 언제 어디서든 발표가 가능하다. 특히 한 장의 종이에 하나의 주제만 담겨 있기 때문에 핵심 위주로 발표할 수 있다. 곁가지 내용은 즉석에서 얼마든지 넣고 뺄 수 있다. 만약 정식 프레젠테이션 파일이 필요하다면 메모한 내용에 약간의 수정만 가하면 된다. 이때에는 메모지 한 문단을 프레젠테이션 한 페이지에 담으면 적당하다. 그러면 10~20페이지 정도의 프레젠테이션 자료를 만들 수 있다.

　또한, 나중에 보고서나 책을 써야 하는 상황이 발생한다면 메모해둔 자료는 크게 도움이 될 것이다. 특정 주제에 대해 체계적으로 축적된 자료는 보고서에 얼마든지 활용할 수 있다. 새로운 아이디어나 최근의 내용만 업데이트하면 길지 않은 시간에 보고서를 만들어낼 수 있다. 시간이 흘러 자료들이 쌓이면 그것은 한 권의 책으로 만들어질 수 있다. 자신만의 개성과 아이디어가 담겨있는 메모는 책을 쓸 때 훌륭한 자료가 된다.

　호아킴은 『난쟁이 피터』에서 '기록은 행동을 지배합니다. 글을 쓰는 것은 시신경과 운동 근육까지 동원되는 일이기에 뇌리에 더 강하게 각인됩니다. 결국, 우리 삶을 움직이는 것은 우리의 손인 것입니다.'라고 했다.[15]

　우리는 매일 수많은 것들을 접하며 살아간다. 그러나 그것들을 기록해두지 않는다면 우리의 기억은 그것들을 다 간직할 수 없게 된다. 시간이 지나면 희미한 기억만 남는다. 만약 그것들이 우리 삶에 소중하고 가치 있

---

15) 『난쟁이 피터』 (호아킴 데 포사다, 마시멜로)

는 것들이라면 이는 매우 큰 낭비가 아닐 수 없다. 그러나 우리가 메모를 시작한다면 이야기는 달라진다. 의미 있는 시간들을 나의 한편에 붙잡아 둘 수 있게 된다. 시간이 흘러도 그 날의 배움과 추억, 그리고 감동을 간직할 수 있게 된다.

다시 보지 않을 메모는 의미가 없다. 장황한 메모는 잡동사니에 지나지 않는다. 언제든 필요할 때 찾아보고 활용할 수 있는 메모가 필요하다. 이를 위해서는 키워드 중심의 간단하고 체계적인 메모가 되어야 한다. 이러한 메모는 시간이 흐를수록 소중한 자산이 된다. 잊지 못할 추억을 지켜줄 뿐만 아니라, 살아있는 콘텐츠를 제공해 주는 최고의 데이터베이스가 되어줄 것이다.

4. 관계가 풀려야 만사가 풀린다

10년 넘게 직장 생활을 하면서 중 가장 힘들었던 시기는 일이 많거나 몸이 아팠던 때가 아니었다. 바로 다른 사람과 갈등을 겪고 있을 때였다. 몇 년 전 나는 부서에서 가장 바쁜 팀에 소속된 적이 있었다. 그곳에서 열심히 일하는 모습이 인상 깊으셨는지 옆 팀의 관리자가 나에게 새로운 팀에서 일하자고 제안해왔다. 마음을 써 주신 데 감사했고 우리는 함께 열심히 해보자고 다짐했다. 그렇게 몇 개월이 지나서 팀은 꽤 괜찮은 성과를 냈다. 나도 최선을 다했고 팀 분위기는 좋았다.

그런데 시간이 지나면서 하나둘 문제가 발생하기 시작했다. 나이가 지긋한 팀원 한 분과 팀장 간에 사소한 오해가 발생한 것이다. 두 분은 상하 관계였지만 나이는 비슷했다. 그러다 보니 자존심에 상처를 입은 팀원은 팀장을 더욱 멀리하려 했다. 그럴수록 감정의 골이 더 깊어졌고 나중에는 갈등이 쌓여 서로 말도 하지 않는 사이가 되었다.

그러던 어느 날 나에게도 팀장님과 말할 기회가 찾아왔다. 그때를 놓치지 않고자 평소 갖고 있던 생각을 말씀드렸다. 마음이 다친 그 팀원의 상황을 잘 알고 있었기에 그분을 변호해드리고 싶은 생각이 컸다. 그러나 이 말은 오히려 화를 더 키우는 계기가 되었다. 한쪽 편만 든다는 인상을 드렸는지 팀장님과 나와의 사이까지 틀어진 것이다.

팀장님과 갈등이 심해지면서 팀 분위기도 안 좋아지고 내 기분도 엉망이 되었다. 세상이 온통 어둡게 보이고 만사가 귀찮아졌다. 집에 가서는 가족들에게 푸념을 늘어놓기도 했다. 그러나 그것도 그때뿐이었다. 근본적인 해결책은 되지 않았다.

시간이 흘러 인사이동으로 우리는 헤어지게 되었다. 그러면서 내 마음은 다시 안정을 찾기 시작했다. 특히 새로 모시게 된 상사는 나의 그런 아픔을 이해해주었다. 함께 하게 된 동료들도 따뜻하게 대해주었다. 새삼 관계의 중요성을 다시 생각하게 되는 계기가 되었다. 관계가 풀리니 세상이 밝게 보이기 시작했다. 이렇게 내 마음이 회복된 후에야 비로소 사이가 나빴던 그분과도 화해할 수 있었다.

생각해보면 회사에 다니면서 업무적으로 힘들 때는 많았다. 일이 너무 많아 보고서를 쓰느라 새벽 4시를 넘기기도 했다. 비상시에는 동료들과 밤을 꼬박 새우는 경우도 있었다. 그럴 때 몸은 힘들었지만, 마음만은 평안했다. 동료들과 의기투합해서 뭔가를 한다는 것은 오히려 희열을 가져다주기도 했다.

그러나 관계가 힘들어질 때는 아무리 작은 일에도 힘들었다. 일의 능률이 떨어지고 행복하지도 않았다. 내 마음을 컨트롤하기도 어려웠다. '잊어버려야지'라고 생각할수록 그 일이 더욱 생각났다. 그 사람 앞에서 하지 못한 말이 자꾸 떠올라서 마음이 괴로웠다. 마음속에 미움과 원망, 분노가 가득 차기도 했다.

군대를 다녀온 사람들에게 군대를 떠올리게 하면 치를 떨곤 한다. 힘들

기적을 만드는 하루 10분 의 힘

었던 기억, 좋지 않은 기억이 많기 때문이다. 그러나 나에게 있어 군 생활은 좋은 기억으로 남아있다. 내가 소속된 부대는 경기도 파주에 있었다. 나름 전방이라곤 하지만 휴전선이 있는 부대에서 보면 한참 후방이었다. 그러던 어느 날 부대에서 몇 명을 휴전선이 있는 최전방으로 파견을 보냈고 나도 그중 한 명에 속했다.

새로 파견을 가서 생활해야 할 곳은 내가 소속된 부대가 아니었다. 그래서 파견지에 있던 병사들과는 편하고 자유롭게 관계를 맺을 수 있었다. 상하관계가 아닌 상호 협조 관계다 보니 친구나 아저씨처럼 지내게 되었다. 우리는 마음 깊은 곳 이야기까지 쉽게 털어놓을 수 있었다. 전방부대다 보니 오고 가는 외부 사람이 많지 않았다. 그래서 본능적으로 사람이 귀하다는 걸 알았고 우리는 더욱 가까이 지내려고 노력했다.

물론 그곳도 군대다 보니 결코 쉬운 곳은 아니었다. 빡빡한 근무 일정에 툭하면 비상이 걸렸다. 고단한 일상이었지만 마음만은 편안했다. 사회에 있을 때는 생각도 많고 마음도 복잡했다. 그에 반해 이곳은 답답하긴 했지만 단출함이 있는 곳이었다. 세상과 떨어져서 마음이 맞는 사람들과 지내는 이곳은 오히려 편안함을 주었다. 낮에는 함께 일하고 밤에는 즐거운 이야기꽃을 피웠다. 비상이 걸려 작전에 투입될 때도 그들과 함께라면 즐거웠다.

제대 후에 술자리에서 많은 사람들이 군대에 대해 좋지 않게 이야기를 하곤 한다. 힘들게 일한 이야기, 상관한테 괴롭힘을 당한 이야기 등 아픔과 상처도 많다. 그럴 때마다 나는 속으로 비밀스러운 이야기를 한다. 나에게 군대란 '인간적인 것이 무엇인지 느끼게 해 준 공간'이었다고.

그때 나는 깨달았다. 행복은 지금 처해있는 현실이나 조건에 달려있는 것만은 아니라는 것을. 오히려 행복의 열쇠는 인간관계에 있다는 것을. 아무리 좋은 환경에 있더라도 관계에 문제가 생기면 그곳은 고통스러운 공간이 된다. 드라마 같은 곳에서도 이런 장면은 한 번쯤 봤을 것이다. 재벌가 고급 주택에 사는 사람들일지라도 그들 사이에 갈등이 생기면 그들은 행복하지 않다. 반면에 어려운 가정환경에서도 가족 간에 서로 위해주는 마음이 있다면 그들 사이에는 진정한 행복이 피어난다.

우리의 잠재의식은 나와 남을 구분하지 못한다. 따라서 상대방에게 느끼는 감정이 곧 나의 감정 상태를 나타내는 경우가 많다. 다른 사람이 잘되는 모습에 대해 '기분이 나쁘다', '속상하다'는 생각이나 말을 하게 되면 부정적인 에너지가 발생한다. 이는 나에게도 영향을 줘서 될 일도 안 되게 한다. 다른 사람에게 느끼는 부정적 감정이 나의 잠재의식에 심어지기 때문이다. 이러한 잠재의식의 특성을 생각할 때, 누군가를 진심으로 축하해주는 것은 나를 축복하는 것이다.

성경에 "원수를 사랑하라"는 말이 있다. 이 말을 처음 접했을 때 '원수라면 당연히 복수의 대상인데 그를 사랑하라니, 말이 되는 소리를 해야지'라고 생각했다. 그러나 이 말에는 놀라운 진리가 담겨 있다.

앞에서 언급했듯 관계가 틀어지면 행복은 우리에게서 멀어진다. 마음속에 다른 사람에 대한 원망과 복수심을 가지고 있는 한 결코 행복해질 수 없다. 다른 사람을 미워할 때 내 마음이 오히려 괴롭다는 것은 누구나 한 번쯤 경험해 보았을 것이다. 원망과 복수심이 부메랑이 되어 내 마음을 괴롭힌다. 사람과의 관계가 풀려야 비로소 행복이 찾아온다.

『미움받을 용기』[16]에는 이런 구절이 나온다.

'다른 사람을 기쁘게 만들어 보세요. 자신이 할 수 있는 일이 무엇인지, 어떻게 하면 다른 사람이 기뻐할지 고민하고 그것을 행동에 옮기는 것입니다. 그렇게 하면 슬픈 생각이나 불면증이 없어지고 모든 것이 해결될 것입니다.'

다른 사람을 기쁘게 하는 일은 남을 위하는 일이기도 하지만 결국 나의 몸과 마음을 치유하는 길이라고 저자는 이야기한다. 나는 이 말에 전적으로 동의한다. 다른 사람과의 관계가 좋아지면 기분이 좋아진다. 어떤 일을 하더라도 즐거워지고 입에서는 노랫소리가 나온다. 자기도 모르게 말에 힘이 들어가고 몸도 가벼워진다. 혈액순환이 좋아지고 건강해진다.

내 주변에 불면증에 시달리는 사람들을 보면 대체로 걱정이 많은 사람들이다. 그 원인을 따라가 보면 대체로 인간관계에서 기인하는 경우가 많다. 다른 사람과 갈등이 있다 보니 잡다한 생각이 많아진다.

그러면 밤에 잠들기도 어려워진다. 쉽지는 않겠지만 이럴 때일수록 "원수를 사랑하라"는 성경의 가르침을 되새겨볼 필요가 있다. 다른 사람을 위하는 쪽으로 마음을 바꾸게 되면 오히려 마음이 편안해지고 잠들기도 편안해진다.

얼마 전에 독거 노인들을 위한 봉사활동에 참여한 적이 있다. 혼자 사는 노인들의 방을 청소해주고 집을 고쳐주는 일이었다. 그때 우리를 안내해주는 자원봉사자 한 분이 계셨다. 그분의 표정이 무척 밝고 행복해 보였

---

16) 『미움받을 용기』(인플루엔셜 출판사)

다. 그래서 우리는 그분께 왜 이렇게 힘든 봉사를 하며 사는지 여쭤보았다. 그때 그는 대답했다.

"내가 그분들을 도와주는 것 같죠? 아닙니다. 그것은 내가 그분들로부터 받는 것의 10분의 1도 안 돼요. 실제로 그분들을 돕다 보면 뭐라 말할 수 없는 것들을 얻게 돼요. 내가 행복해지는 것은 말할 것도 없고요."

다른 사람과의 관계에 문제가 있으면 가장 힘든 사람은 나 자신이다. 남을 미워하는 마음을 품고 있으면 내 마음속에 커다란 돌덩이를 안고 사는 것과 같다. 그 돌덩이를 떨쳐 내려고 하면 할수록 더욱 나에게 달라붙는다. 그러다가 나중에는 그것이 온 마음을 차지해버린다.

남을 미워하는 것은 상대를 공격하는 것 같아도 실제로는 자신을 향해 화살을 쏘는 것이다. 내 주변에도 이런 분이 계신다. 그분은 아주 오래 전 낯선 집안으로 시집을 갔다. 그 시절 낯선 땅에서 그녀가 겪어야 할 것은 다름 아닌 시어머니의 시집살이였다.

그리고 오랜 시간이 흘렀음에도 여전히 그때 당했던 기억을 잊지 못하고 가슴에 원망을 안고 산다. 그러다 보니 항상 마음이 괴롭고 힘든 사람은 그 며느리다. 반면, 늙으신 시어머니는 과거 기억이 거의 없다. 오히려 세상 어느 누구보다 편안한 마음으로 살고 계신다.

우리는 돌덩이가 아주 작을 때 꺼내서 없애야 한다. 이를 위해 해야 할 것이 바로 용서이다. 용서는 결코 쉬운 일이 아니다. '눈에는 눈, 이에는 이'와 같은 생각이 득세하고 있는 현실 속에서 용서라는 것 자체가 비현실적이라고 생각할 수도 있다. 그러나 용서는 남을 위해서 하는 것이 아니다. 나를 위해서 용서해야 한다. 용서하지 않으면 상처받은 마음은 회복될 길

기적을 만드는 하루 10분 의 힘

이 없기 때문이다.

나도 모시던 상사와 갈등을 겪으면서 그분을 미워하고 원망했다. 생각하기도 싫은데 이따금 그분이 생각나고 그럴 때마다 분노가 치밀어 올랐다. 그러나 시간이 지나서 내 마음이 어느 정도 안정을 되찾았을 때 그분을 마음속에서 용서하기로 했다.

한번은 엘리베이터를 탔는데 우연히 그분과 둘만 남게 되었다. 그때 나는 반갑게 인사하며 안부를 물을 수 있었다. 그분도 어제 만난 사람처럼 반갑게 대꾸해주었다. 이후 내 마음은 홀가분해졌다. 뭔가 무거운 돌에 묶여있던 마음도 날아갈 듯 가벼웠다. 그리고 이상하게도 더 이상 그분이 잘 떠오르지 않았다. 용서하게 되면서 마음의 평화가 찾아오고 나를 묶고 있던 나쁜 기억에서도 해방됨을 경험했다.

용서는 결코 쉽지 않다. 나를 깎아내리는 일처럼 느껴질 수도 있다. 그러나 역설적이게도 나를 낮출 때 내가 살아난다. 진정한 용서가 선행될 때 마음에 달라붙어 있던 돌덩이는 조금씩 떨어져 나가게 된다.
나아가 다른 사람에게 먼저 다가가 관심을 갖고 공감해준다면 그 행복은 배가 되어 나에게 돌아온다. 우리의 잠재의식은 나와 남을 구분하지 못한다. 누군가를 진심으로 행복하게 하는 일은 나에게 더 큰 행복을 가져다준다.

5. 먼저 주라. 그러면 쏟아질 것이다

여의도는 각종 회사 건물들이 즐비한 곳이다. 증권회사, 은행을 비롯한 금융기관, 국회, 거래소와 같은 공공기관 등 그야말로 정치와 금융의 1 번지답다. 그만큼 직장인도 많고 식당도 많다. 건물마다 크고 작은 식당들이 빼곡하다. 경쟁도 치열해서 개업한 지 얼마 되지 않아 문을 닫는 곳도 많다.

그 중에도 장수하는 곳이 있으니, 내가 자주 가는 두 곳도 그중 일부다. 한 곳은 평범한 백반집, 다른 한 곳은 콩국수집이다. 두 집 모두 내가 여의도에 오기 전부터 있었던 전통 있는 식당이다. 두 집 모두 항상 줄을 서야 하는 소위 대박집이다.

첫 번째 집은 주변에 흔히 볼 수 있는 백반집이다. 특히 집에서 먹는 밥과 비슷해서 집밥 집이라 부르기도 한다. 메뉴도 한 가지라서 따로 주문할 필요도 없다. 줄을 서긴 하지만 그만한 이유가 있다.

일단 반찬을 내놓는 순간 그 가짓수에 놀란다. 7천 원짜리 점심이라면 여의도에서는 정말 싼 가격이다. 그런데도 닭볶음탕부터 잡채, 김, 된장찌개, 카레, 야채 무침에 이르기까지 한 상 가득하다. 소박하면서도 다양한 반찬을 먹다 보면 왠지 횡재한 느낌이 든다. 주인이 재료를 아끼지 않기 때문이다. 결국, 이런 주인의 마음이 손님에게 고스란히 전해져 발걸음을 이끈다.

두 번째 집은 콩국수 가게다. 이곳은 여름만 되면 수십 미터 줄을 선다. 한번은 12시부터 줄을 섰다가 점심시간이 끝날 때쯤에야 차례가 된 적도 있다. 게다가 콩국수 한 그릇이 만 원 정도 하니 그리 싼 편도 아니다. 그런데도 사람들의 발걸음이 끊이지 않는 데는 그만한 이유가 있다.

음식을 받아 보면 금방 알 수 있다. 일단 비주얼에 놀란다. 콩국수라고 하면 하얀 국물 속에 면이 들어있는 모습을 상상한다. 그러나 이 집은 좀 다르다. 일단 콩국수에 국물이 없다. 대신 걸쭉한 콩국 안에 탱탱한 면이 섞여 있다. 마치 면과 콩국이 하나가 된 것처럼 쫀득해 보인다.

맛을 보는 순간 다시 한 번 놀란다. 처음 접하는 콩국의 고소함에 면의 쫀득함이 더해진다. 국물을 먹는 느낌보다는 쫄면이 들어있는 콩죽을 먹는 것 같은 느낌이 든다. 한 번 먹어본 사람은 또 찾게 만드는 맛임에 틀림없다. 아무튼 이 집 맛의 비결은 뭐니 뭐니 해도 진한 콩국이다.

한 입 넣는 순간 음식에 콩을 아끼지 않고 듬뿍 넣었다는 것을 알 수 있다. 전해 들은 바로는 이 집만의 비결로 땅콩을 듬뿍 넣는다고 들었다. 이 집 역시 앞의 백반집처럼 재료를 아끼지 않는 곳이다. 줄을 서는 수고를 하더라도 다시 이 집에 오게 하는 비결이 바로 그것이다. 주인의 아낌없이 주는 마음이 더 많은 사람을 부르는 것이다.

입사 후 처음 부서 배치를 받았을 때의 일이다. 낯선 곳에 와서 모든 것이 새로웠다. 업무도 그렇고 아는 사람 하나 없었으니 두려움이 앞섰다. 그런데 부서원 중 한 명이 나에게 먼저 다가왔다. 그 부서의 변호사였는데, 알고 보니 나와 같은 고등학교를 나온 직속 선배였다. 이 낯선 곳에서 고등학교 선배를 만나다니 어찌나 반가웠는지 모른다. 푸근한 인상으로 나에게 말을 걸어주는 선배가 무척 든든했다.

시간이 흘러 업무나 사람들과도 어느 정도 익숙해질 무렵이었다. 이때 바라본 그 선배의 모습은 더욱 놀라웠다. 주변 사람들로부터 신망이 두터웠고 아래 직원들로부터는 존경의 대상이었다. 친한 동료들에게 물어봐도 마찬가지였다. 그를 칭찬하는 사람은 있어도 안 좋게 이야기하는 사람은 찾아보기 어려웠다.

사람들에게 어떻게 하기에 저런 평을 얻을 수 있을지 궁금했다. 한편으로는 '그분은 변호사라는 타이틀이 있다 보니 사람들이 좋아하나 보다'라는 생각이 들기도 했다. 그런데 알고 보니 회사에 자격증을 보유한 전문가는 많지만, 모두가 다 그렇게 좋은 평을 받는 건 아니었다.

나도 그분을 따라 해보고 싶다는 생각이 들어서 한동안 그를 관찰했다. 주변 사람들에게 그에 관해 물어보기도 했다. 그 결과 얻은 결론이 있었다. 그는 어느 누가 도움을 요청하더라도 진심으로 도와주는 사람이었다. 일하다 보면 어렵고 까다로운 질문이 생기게 마련이다. 이럴 때는 물어볼 사람을 찾기도 쉽지 않다. 그러나 그 선배는 군말 없이 도움을 주었다.
이런 진정성이 상대방에게 전해져 존경심이 들게 하는 것 같았다. 부서 변호사 일을 하게 되면 기본적으로 맡는 일의 양이 무척 많다. 그런데도

기적을 만드는 하루 10분의 힘

주변 사람들이 도움을 요청해올 때 언제나 적극적으로 도와주는 사람이었다.

나중에 동문들로부터 들은 후문이다. 그 선배는 학교 다닐 때부터 주변 사람들에게 컨설팅을 해주느라 늘 바빴다고 한다. 학교 고시반에서 공부하다 보면 자기 공부를 하기에도 정신이 없다. 그런데도 늘 동료들의 고민을 들어주는 역할을 마다치 않았다고 한다. 공부에 대한 고민부터 진로나 연애에 이르기까지 인생 컨설팅을 도맡아 했다고 한다.

세월이 흘러 얼마 전 그분은 퇴사했다. 그리고 법무법인으로 자리를 옮겼다. 그곳에서도 역시 많은 사람들로부터 좋은 평을 받고 있다고 들었다. 자신의 이익보다는 다른 사람을 도와주려는 마음이 우선인 것은 여전했다. 그러한 선배의 장점은 영업에도 큰 메리트가 되었다. 현재 회사에서도 꽤 좋은 실적을 내는 것으로 알고 있다.

위에서 언급한 대박 식당이나 선배의 사례를 통해 얻을 수 있는 교훈이 있다. 먼저 주는 것이 크게 얻는 것이라는 사실이다. 나 또한 그 식당들을 자주 간다. 오랫동안 줄을 선다는 것을 알면서도 매번 다시 찾게 된다. 재료를 아끼지 않고 듬뿍 담은 9첩 반상을 받는 순간 오길 잘했다는 생각이 든다. 콩을 아끼지 않은 콩국수를 먹으면 또 가고 싶다는 생각이 든다. 오래 기다려야 한다거나 가격이 비싸다는 사실은 까맣게 잊어버린다. 음식을 접했을 때 대접받고 있다는 느낌이 들면 다시 그 집을 찾게 된다.

사람도 마찬가지다. 그 선배를 만나면 기분이 좋다. 동문 선후배 관계를 떠나서 인간적으로 그런 기분이 든다. 뭐라고 딱히 말하긴 어렵지만 따스

한 마음이 전해진다.

요즘에도 가끔 그분과 통화를 하게 되면 어제 만난 사람처럼 반갑게 이야기를 나누곤 한다. 여전히 그 선배를 기억하고 보고 싶어 하는 직원들이 꽤 있다.

우리는 보통 뭔가를 주기 전에 받으려 한다. 이는 추운 겨울날, 차가운 난로 앞에 앉아 "난로야, 네가 나를 따뜻하게 해주면 내가 장작을 넣어 줄게"라고 말하는 것과 같다. 다른 사람이 먼저 나에게 호의를 베풀면 나도 그렇게 하겠다는 식이다. 세상의 많은 사람들이 이러한 원리가 정답인 것처럼 살아간다. 오늘날 도의가 사라진 정치판을 보면 그 결정판을 보는 것 같다.

하지만 이는 하나만 알고 둘은 모르는 이야기다. 물질이건 마음이건 먼저 베풀 때 얻는 것이 훨씬 크다. 물론 꼭 뭔가를 얻으려고 주는 것은 아니다. 지금 당장 베푼 것보다 작은 것이 돌아오더라도 상관없다.

그러나 진심을 다해 베풀 때 얻는 만족은 받을 때 얻는 즐거움과는 비교할 수 없을 만큼 크다. 사랑은 이 세상에 존재하는 최고의 가치이자 에너지이기 때문이다. 선행은 서로를 기분 좋게 하고 다른 사람과의 관계를 회복시킨다. 게다가 이것이 쌓이다 보면 자연히 더 큰 복이 되어 돌아온다.

『부자 아빠, 가난한 아빠』[17]의 저자 로버트 기요사키 역시 베푸는 삶의 중요성을 강조한다. 그에게는 부자 아빠와 가난한 아빠라는 두 명의 멘토[18]

---

17) 『부자 아빠, 가난한 아빠』(황금가지 출판사, 로버트 기요사키)
18) 두 아빠 중 한 명은 친아빠, 한 명은 친구의 아빠이다. 두 아빠는 부에 대한 상반된 시각을 통해 서로 다른 결과를 가져옴으로써 새로운 교훈을 준다.

기적을 만드는 하루 10분 의 힘

가 있었다. 가난한 아빠는 매번 "지금은 여유가 없으니 나중에 여유가 되면 그때는 베풀면서 살겠어"라고 말하곤 했다. 그러나 그분은 평생 그런 날을 맞이하지 못했다. 겨우 월급에 지출을 맞추면서 가난하게 살 뿐이었다.

반면 부자 아빠는 늘 남을 먼저 돕는 것을 중요하게 여겼다. 먼저 주는 것이 남는 것이라고 생각했다. 기부금이나 십일조와 같이 외부 단체에 내는 돈도 아끼지 않았다. 경제적으로 어려운 상황에 처했을 때도 이를 소홀히 하지 않았다. 결국, 시간이 흐를수록 더욱 부자가 되었고 많은 사람들로부터 존경을 받았다.

현대사회에서는 경쟁과 효율이 지나치게 강조되고 있다. 그러다 보니 우리 사회에는 무조건 하나라도 더 챙겨야 한다는 이기주의가 팽배해 있다. 심지어는 자기 것을 먼저 챙기지 못하는 사람은 어리석다는 인식까지 존재한다. 그러나 한발 물러서서 생각해보면 이러한 태도가 얼마나 근시안적인 것인지 알 수 있다.

주기 전에 받으려고만 한다면 훨씬 더 큰 것을 잃어버리게 된다. 이는 위에서 언급한 난로 앞의 욕심쟁이와 같다. 자기 것을 놓지 않으려고 움켜쥐는 순간 나를 향한 행복의 문도 닫혀 버린다. 대신 먼저 주려고 자기 손을 뻗게 되면 그때부터 선순환은 시작된다. 마음이 열리면 긍정적인 에너지가 생겨나고 사람들과의 관계도 좋아진다. 이러한 에너지의 흐름은 선한 가치를 만들어 내고 결국 자신에게로 돌아와 더 큰 복을 누리게 된다.

불황으로 인해 많은 자영업자들이 힘들어한다. 그러나 아무리 어려운 환경 속에서도 성공하는 사람은 늘 존재한다. 대박 음식점들을 보면 다 이유가 있다. 손님이 진정 원하는 가치를 찾아내고 이를 제공하는 것이다. 그것이 맛이 될 수도 있고 서비스가 될 수도 있다. 이러한 가치가 손님에게 전해지면 누가 시키지 않아도 다시 그 집을 찾게 된다.

우리도 가치 있는 삶을 위해 먼저 주는 것을 실천해보자. 커피를 사러 갔다가 고생하는 동료 생각에 한 잔을 더 챙기는 작은 친절부터 시작하자. 꼭 물질이 아니어도 좋다. 복도에서 마주친 동료에게 밝은 표정을 건네는 것 하나만으로도 상대에게 큰 가치를 선물한다. 어려움에 처한 지인에게 따뜻한 말 한마디 전하는 것은 물론이고 그냥 조용히 들어주는 것만으로도 큰 위안이 된다. 먼저 베푸는 것이 습관이 되면 우리 삶은 지금보다 몇 배 값진 보석이 될 것이다.

앤드류 카네기는 다음과 같은 말을 남겼다.
"받는 것보다 주는 것이 행복하다는 것은 진리이다. 힘이 닿는 데까지 남을 도와주었다고 느끼는 사람은 실로 행복한 사람이다. 덕은 외롭지 않다. 덕을 베풀면 반드시 결과가 있다. 친절을 베푸는 행위는 절대로 헛되지 않은 법이다."

6. 약속은 생명선이다

회사 입사 시험 때의 일이다. 필기시험 이후 최종 면접을 앞두고 있었다. 꼭 들어가고 싶었던 회사였기에 꽤 오랜 기간 준비했다. 동기들과 예상질문을 만들어서 모의 면접을 해보기도 했다. 특히 시험 전날은 몹시 초조해서 대본을 외우는 배우처럼 예상 질문을 혼자 중얼거리기도 했다. 면접때 외모도 중요하다는 말에 난생처음 마스크 팩을 사서 해보기도 했다.

마침내 면접일이 되었다. 긴장이 풀리지 않아 당일 아침까지 연습했다. 일찍 일어나 준비했으니 시간이 넉넉하리라 생각했다. 그런데 학교 주변을 벗어나 본 일이 잘 없었던 탓일까, 학교 앞 하숙집에서 회사까지 가는 시간은 예상보다 꽤 오래 걸렸다. 8시가 시험장 입실 시간이었는데 회사 근처 지하철 역에 도착하는 순간 벌써 시곗바늘은 7시 50분을 지나고 있었다.

당황한 나는 사력을 다해 달렸다. 이리저리 헤맨 끝에 회사에 도착한 시간은 8시가 살짝 넘었다.
'겨우 5분 늦은 건데 별일 있겠어?'라며 대수롭지 않게 넘겼다. 면접 장소에 들어서는 순간 이미 많은 지원자가 자리에 앉아 있었다. 다행히 인사담당자는 나를 웃는 얼굴로 맞아 주었다.
'그래, 5분밖에 늦지 않았으니 저분도 별로 대수롭지 않게 여기는 것 같아'라며 자신을 안심시켰다.

잠시 후 면접이 진행되었다. 나름 열심히 준비한 덕에 떨지 않고 임할 수 있었다. 토론 면접에서는 내가 잘 아는 주제가 나왔고, 임원 면접에서도 당황하지 않았다. 그렇게 모든 시험을 마치고 스스로 잘했다는 생각이 들었다. 게다가 최종 면접의 경쟁률은 그리 높지 않았으니 자신감이 충만했다.

며칠 후 합격자 발표가 있었다. 인터넷을 통해 합격자 명단을 보는 순간 나는 놀라지 않을 수 없었다. 내 이름이 없었다. 아무리 살펴봐도 마찬가지였다. 함께 준비했던 동료들은 대부분 명단에 있었다. 인정할 수 없는 결과였다.

기대가 컸던 만큼 실망도 컸다. 좌절한 나머지 그 자리에 서 있기조차 힘들었다. 풀린 다리에 힘을 주며 간신히 하숙집으로 달려갔다. 그리고는 방문을 걸어 잠근 채 한동안 이불 속에서 나오지 않았다. 하염없이 절망이 찾아왔고, 앞으로 시간을 어떻게 보내야 할지 앞이 캄캄했다.

며칠 후 정신을 추스르고 일어났다. 그리고 면접시험 과정을 머릿속에 되새겨보았다. 서류나 필기시험 성적은 괜찮았다. 면접도 더할 나위 없이 만족스러웠다. 그렇다면 무엇이 문제였을까? 찬찬히 돌이켜보는 가운데 문득 떠오르는 것이 있었다. 바로 입실 시간이었다. 아침에 늦은 5분이 마음에 걸렸다. 돌이켜보니 '겨우 5분 정도야 괜찮겠지'라던 나의 생각이 왠지 꺼림칙했다. 바로 그거였다. 지각이 낙방의 원인이었다. 그때 다시 한 번 깨달았다. 데드라인은 그야말로 생과 사를 가르는 생명선이라는 것을.

그다음 해에 다시 입사 시험을 봤다. 전년도에 실망이 커서인지 이번에는 면접시험을 그렇게 많이 준비하지 못했다. 작년에 준비했던 것에 새로워진 내용만 업데이트하는 수준이었다. 다만 시간만큼은 확실히 지키고 싶었다. 최종 입실 시간은 8시였지만 나는 이보다 훨씬 앞서 회사에 도착했다. 가장 먼저 도착해서 차분히 면접장을 둘러보았다.

그리고는 어제저녁에 준비했던 노트를 펼쳐보았다. 헐레벌떡 면접장에 들어와서 정신없이 이끌려 다녔던 작년과는 기분이 사뭇 달랐다. 마음이 편안하고 정신도 맑았다.

면접 절차는 작년과 비슷했지만, 이번에는 좀 담담하게 치렀다. 며칠 후 합격자 발표가 있었고 내 이름은 최종 합격자 명단에 있었다. 작년에 비해 특별히 준비한 것은 없었다. 다만 달라진 것이 하나 있었다. 바로 시간에 늦지 않고 미리 와서 준비했다는 것이었다.

군 제대 후 복학을 앞둔 시기의 일이다. 군대 말년에 내무반에 있던 스티븐 코비의 『성공하는 사람들의 7가지 습관』이라는 책을 읽었다. 우연히 받아 든 책이었지만 내용이 맘에 들었다. 특히 자기만의 원칙을 세우고 그에 따라 살 것을 주장한 저자의 생각이 무척 인상적이었다.

살다 보면 자기만의 원칙 없이 환경이나 다른 사람의 말에 휘둘리며 지내는 경우가 많다. 예를 들어 한 달에 한 번은 지방에 계신 부모님을 찾아뵌다는 원칙을 정했다고 하자. 그러나 바쁜 일상을 지내다 보면 은근슬쩍 이를 건너뛰기 쉽다.

회사의 잔무나 중요하지 않은 모임 때문에, 또는 게으름 때문일 수도 있다. 그러나 저자의 주장에 따르면 약속, 특히 자신과의 약속인 원칙을 지키며 사는 것이 장기적으로 훨씬 효과적이라고 한다. 이 책을 좋아했던 나는 제대 후에 꼭 한 번 그런 원칙 중심의 삶을 살아보고 싶었다.

대학에 복학하고 마케팅 과목을 수강했다. 학기가 시작되자마자 팀 프로젝트가 과제로 내려왔다. 여섯 명이 한 팀이 되어 나름대로 주제를 정하고 이를 연구해서 결과를 발표하는 것이었다. 팀이 정해졌고, 우리는 토요일 아침 9시에 첫 모임을 하기로 했다. 그날 모여 프로젝트 주제를 정하기로 한 것이다.

마침내 토요일이 되었다. 나는 모임시간에 맞춰나가기 위해 아침 일찍 일어나서 하숙집에서 식사를 했다. 함께 식사하던 하숙집 동료가 "무슨 일인데 토요일 아침부터 이렇게 일찍 나갈 준비를 하느냐?"고 물었다. 나는 자초지종을 설명했다. 그 친구는 웃으며 "그렇게 서두를 필요가 없을 것 같은데…. 일찍 나가봤자 소용없을걸"이라고 했다.

나는 설마 하고 모임 장소로 향했다. 9시가 가까워지고 있었다. 당황한 나는 학교 정문에서 모임 장소까지 열심히 뛰어갔다. 그랬더니 겨우 늦지 않고 도착할 수 있었다.

도착하는 순간 깜짝 놀랐다. 하숙집 동료의 말이 사실이었다. 9시가 넘었는데 아무도 도착하지 않은 것이다. 더 당황스러운 것은 30분이 흘러도 마찬가지라는 것이었다. 잠시 후 겨우 한 명이 모습을 보였다. 그리고 10시가 다 되어서야 대다수 팀원이 모였다. 실망스러웠지만 팀원들에게는 싫은 내색을 하지 않았다.

그 후에도 몇 번의 모임이 있었다. 그때마다 시간을 정확히 지키는 팀원은 거의 없었다. 강제성이 없다 보니 다들 '나 하나쯤이야 어때'하는 마음인 것 같았다.

그렇게 시간이 지나면서 왠지 나만 손해 보는 것 같다는 생각이 들었다.

기적을 만드는 하루 10분 의 힘

약속을 지키지 않는 팀원들이 나를 무시하는 것 같아 속상했다. 나도 그들처럼 30분 정도는 가볍게 늦고 싶었다.

그러나 시간을 지키겠다는 나름의 원칙을 깨고 싶지 않았다. 괴로웠지만 끝까지 시간에 늦지 않고 싶었다. 오히려 미리 와서 밑그림을 그려 놓거나 생각을 정리해보기도 했다.

처음엔 이런 나의 모습에 아무도 반응하지 않았다. 그러나 시간이 흐르면서 하나둘 시간을 지키는 팀원이 생겨났다. 그리고 얼마 지나지 않아 팀원들 모두가 제시간에 나오기 시작했다. 점점 그것이 당연한 분위기가 되어 가고 있었다.

스티븐 코비의 책에 나오는 습관을 한 번 따라 해보자는 생각에서 시작한 일이었다. 그러나 이를 통해 나는 소중한 것을 얻었다. 일단 시간을 지키다 보니 생활이 정돈되었다. 전에는 수업이나 약속 시각에 늦어서 헐레벌떡 뛰어다닌 적이 많았다. 그러나 정해진 시간보다 조금 일찍 다니는 것이 습관이 되다 보니 마음에 여유가 생겼다.

게다가 주변 사람들로부터 신뢰도 얻을 수 있었다. 시간을 잘 지키다 보니 어느새 나도 제법 믿을 만한 사람이 되어가고 있었다. 프로젝트를 함께 했던 사람들로부터도 그랬고, 가족들로부터도 그랬다. 내가 정해놓은 것들을 지키고자 하는 노력의 기운이 고스란히 다른 사람들에게도 전해졌다.

나 스스로도 자부심이 커졌다. 자신이 약속을 잘 지키는 사람이라는 생각이 들면서 자존감이 높아졌다. 시간을 조절해서 무엇이든 할 수 있다는 자신감도 생겼다. 이런 자신감이 다른 일도 잘할 수 있게 만들어주었다.

경험상 한 번 약속에 늦은 사람은 대체로 다음번에도 늦는 경우가 많다. 시간을 다루는 방식은 습관과 관련이 깊기 때문이다. 한 번 시간에 늦게 되면 잠재의식은 자기 스스로를 '항상 늦는 사람'으로 규정하기 쉽다. 그렇게 되면 자신감이 떨어지고 다음 약속에 또 늦기 쉽다.

이로 인해 여러 가지 부작용이 발생한다. 우선 마음이 불안해진다. 약속 장소에 가는 마음은 두려움이나 불안으로 바뀐다. 결국, 노심초사해서 약속 장소에 도착하지만 한 번 꼬인 일정은 다음 일정에도 영향을 줘서 하루를 망치기 쉽다.

반대로 약속을 정확히 지키면 여러모로 좋다. 우선 마음이 편안해진다. 약속 장소에 가는 시간도 즐겁다. 시간에 여유가 있다면 가는 도중 음악을 듣거나 책을 볼 수도 있다. 제시간에 도착하는 것만으로도 스스로에게 안심을 주고 자존감이 올라간다.

앤드류 카네기는 약속에 대해 다음과 같이 말했다.

"아무리 보잘것없는 것이라도 한 번 약속한 일은 상대방이 감탄할 정도로 정확하게 지켜야 한다. 신용과 체면도 중요하지만, 약속을 어기면 그만큼 서로의 믿음이 약해진다. 그래서 약속은 꼭 지켜야 한다."

카네기의 말처럼 약속은 신뢰의 문제이다. 신뢰는 자산이다. 약속을 지키면 신뢰는 커진다. 그러나 아무리 작은 약속이라도 이를 어긴다면 신뢰는 크게 손상된다. 손상된 신뢰를 회복하는 일은 이를 쌓기보다 훨씬 어렵다. 약속했다면 단 1분, 단돈 백 원이라도 지켜야 한다.

비즈니스를 하는 사람에게 신뢰는 생명과도 같다. 아무리 작은 금액이라도 약속된 날짜에 갚지 못하면 부도 처리되고 만다. 설사 채권자와 협의

가 잘되어 부도가 늦춰진다 하더라도 무너진 신뢰는 되살리기 어렵다. 이런 점에서 많은 부자들은 약속을 지키지 않는 사람과는 비즈니스를 하지 말라고 조언한다.

약속은 생명선이다. 내가 겪은 면접시간처럼 약속은 성공과 실패를 가른다. 그런데도 우리는 때때로 약속의 중요성을 간과한다. 몇 분 늦는 것쯤은 대수롭지 않게 여기는 경우도 많고, 빌린 돈을 약속 날짜보다 며칠 늦게 갚기도 한다. 하지만 약속은 자신을 평가하는 잣대이자 신뢰의 척도이다. 아무리 보잘것없는 약속이라도 일단 한 번 한 것은 지켜야 한다.

이를 위해서는 꼭 필요한 약속만 하는 것이 중요하다. 나폴레옹 보나파르트는 "약속을 잘 지키는 최고의 방법은 약속하지 않는 것이다"라고 했다. 평소에 공수표를 남발하는 것은 스스로 신뢰를 깎아먹는 지름길이다. 약속하기 전에 자신이 이를 지킬 수 있을지 다시 한 번 생각해보자.

약속을 지키기 위해 또 중요한 것 중 하나가 미리 준비하는 것이다. 돈을 잘 모으지 못하는 사람들의 특징은 돈이 생기면 그것을 함부로 쓴다는 것이다. 시간도 마찬가지이다. 약속을 잘 지키지 않는 사람들은 대체로 시간을 함부로 쓴다. 특히 여유가 있을 때 더욱 그러하다.

그러나 시간이 있을 때 미리 준비하게 되면 중요한 것을 놓치지 않고 준비할 수 있다. 물론 살다 보면 늦을 수밖에 없는 경우도 있다. 어떤 때는 '이제부터 서두르더라도 이미 늦었어'라는 생각이 들 때도 있다. 그럴 때는 아예 포기하고 싶어진다. 행동이 느려지거나 뭘 할지 막막해지기도 한다.

이럴 때는 곧바로 시작하는 것이 답이다. 누구나 아는 격언이지만 '늦었다고 생각할 때가 가장 빠른 때'임에는 틀림없다. 포기하고 싶은 생각이 들 때는 기억하자. 이때가 바로 당장 시작해야 할 때라는 것을.

시간을 지키는 것은 타인과의 신뢰를 쌓게 해주는 지름길이다. 스티븐 코비는 이를 두고 감정은행 계좌에 적립한다고 표현했다. 즉, 은행 계좌처럼 다른 사람이 나에 대해 가진 감정이라는 계좌에 신뢰를 적립해준다는 것이다. 이를 통해 타인은 물론 나 자신으로부터도 진정한 신뢰를 회복할 수 있다. 약속은 생명선이다.

기적을 만드는 하루 10분 의 힘

PART
04

건강을 지켜주는
하루 10분

1. 내가 먹는 음식이 바로 나

나는 어려서부터 허약한 편이었다. 날씨만 좀 추워져도 편도선이 붓고 감기도 자주 걸렸다. 초등학교 1학년 때는 한 학기를 통째로 다니지 못했다. 어느 날 감기가 왔는데 낫질 않았다. 몇 날 며칠을 덜덜 떨면서 이불 속에서 지냈다. 병원에 갔는데 뜻밖의 진단을 받았다. 이름도 낯선 신장염이라는 병명이었다. 신장에 이상이 생겨 감기 같은 증상이 나타난다는 것이었다. 소변 색깔도 콜라를 연상시키는 진한 갈색이었다.

한 학기 동안 꼼짝없이 병원에 입원해야 했다. 이후에도 건강에는 별로 자신이 없었다. 초등학교 기간 내내 골골대며 지냈으며 중학교에 올라가서도 별반 다르지 않았다. 이런 나를 두고 삼촌들은 '물태'라고 놀려댔다. 그때까지만 해도 내가 제일 좋아하는 음식은 치킨과 콜라, 라면 같은 인스턴트 식품이었다. 초콜릿이나 과자만 보면 사족을 못 썼고, 적은 돈만 생겨도 슈퍼마켓으로 달려가곤 했다.

그러다가 고등학교에 올라가면서 식성이 바뀌었다. 자발적인 것은 아니었다. 기숙사 생활을 하면서 여간해서는 인스턴트 식품을 먹기가 어려워졌다. 오로지 영양사가 짜놓은 정해진 음식만 허락되었다. 고등학교 1학년 말부터 기숙사 생활을 했으니 이런 식단을 꽤 오래 유지해야 했다.

신기하게도 한 번 잡힌 이 식습관은 대학에 가서도 그대로 유지되었다. 식사는 정해진 시간을 지키며, 아침은 어떤 일이 있어도 빼먹지 않는다. 밤늦게 저녁을 먹거나 늦은 간식을 하지도 않는다. 술, 담배는 더욱 하지 않는다. 자연히 콜라나 피자 같은 인스턴트 음식도 멀어지게 되었다. 외식보다는 집에서 먹는 밥이 익숙해졌고, 외식하더라도 된장국이나 비빔밥 같은 한식을 주로 선택한다. 육식보다는 채식을 선호하게 되고 한 번에 많이 먹지 않는 것도 습관이 되었다.

고등학교 이후로 이런 식습관을 유지한 나의 건강 상태는 어떨까? 누가 봐도 마른 체형인 건 여전하다. 그러다 보니 오랜만에 만난 친척들은 어린 시절 골골대던 나를 떠올린다.

그러나 실제 건강상태는 그때와 많이 달라졌다. 크고 작은 병이 사라지고 체력도 좋아졌다. 다른 사람들과 운동을 할 때도 잘 지치지 않고 자신감이 있다. 몸도 가벼워져서 높은 산을 오르거나 계단을 오르는 것도 거뜬하다.

건강검진 결과가 이를 뒷받침한다. 주변 친구들을 보면 마흔에 접어들면서 각종 성인병들이 나타나고 있다. 특히 지방간이나 복부비만은 기본으로 달고 있다. 그러나 나는 아직 배도 나오지 않았고 성인병도 없다. 위장을 비롯한 장기들도 깨끗한 편이다. 콜레스테롤과 각종 수치들도 정상이다.

일 년 중 병원 가는 횟수도 무척 적은 편이다. 겨울에 감기도 잘 걸리지 않고 시름시름 앓는 일도 잘 없다. 검진 센터에서 진단한 내 신체 나이는 실제 나이보다 다섯 살 이상 젊게 나온다. 이제 건강에는 자신 있다.

나와 가까운 사람 중에 만성피로를 달고 사는 사람이 있다. 그는 피곤하다거나 몸 이곳저곳이 아프다는 말을 자주 한다. 운동이나 취미를 같이하자고 하면 돌아오는 대답은 한결같다. 피곤하고 귀찮다는 것이다. 내 경험을 이야기하며 음식을 좀 바꿔보라고 해도 말을 듣지 않는다.

그의 식생활은 이렇다. 일단 집에서 음식 먹는 것을 싫어한다. 귀찮고 맛이 없다는 이유에서다. 외식을 좋아하고 인스턴트 음식을 가까이한다. 피자나 콜라, 치킨, 맥주 같은 것을 특히 좋아하며, 과자나 단 음식을 입에 달고 산다. 커피도 빼놓지 않는다. 종류를 가리지 않고 하루 몇 잔이고 마신다.

그 역시 나와 비슷하게 마른 체형이지만 건강 상태는 좀 다르다. 만성피로 증후군에 시달리며 내장 비만도 심각하다. 몸이 자주 아프고 콜레스테롤 수치도 높다. 심리적으로도 건강에 자신이 없다. 음식만 좀 바꿔도 훨씬 나을 텐데 도무지 말을 듣지 않으니 안타깝다.

사실 나도 키에 비해 체중이 부족해 고민이 많았다. 어떻게든 체중을 늘려보고자 노력도 많이 했다. 밤에 라면 먹고 바로 자보기도 했고, 치즈에 삼겹살을 싸 먹어보기도 했다. 그러나 이런 노력은 별 도움이 되지 않았다. 타고난 체질 탓에 잘 찌지 않았다.

그래서 운동으로 살을 찌워 보기로 했다. 대학 1학년 때 야심 차게 학교 앞 헬스클럽에 등록했다. 살이 빠지지 않도록 유산소 운동은 최소화하고 근육운동을 열심히 했다. 이런 노력에도 살은 찌지 않았다. 다만 이때부터 해온 운동 덕분에 몸은 더 건강해졌다. 이제는 일부러 살을 찌우려 하지 않는다. 오히려 알맹이를 실하게 만들려고 노력한다. 그런 나를 만들어

준 고마운 식습관을 다른 사람들에게도 알려주고 싶다.

우선 세 끼니는 반드시 정해진 시간에 먹는다. 그 중에도 아침은 꼭 챙겨 먹는다. 아침을 먹지 않으면 점심이나 저녁에 과식하기 쉽다. 집중력이나 기억력을 유지하는데도 아침 식사는 필수다. 아침 시간에는 밤새 공복으로 뇌 활동의 에너지원인 포도당이 부족해지기 때문이다.

아침을 제대로 먹기 위해 기상과 동시에 따뜻한 물을 한 잔 먹길 권한다. 밤새 활동이 느려진 장을 깨우는 데 이보다 좋은 것도 없다. 특히 아침은 오랜 공복 이후에 먹는 첫 끼니인 만큼 속이 부담되지 않도록 가볍게 하는 것이 좋다. 고단백과 식이섬유로 포만감을 줘서 군것질 욕구를 줄여줘야 한다.

또한, 뇌의 에너지원인 포도당을 공급해주기 위해서는 당질 음식을 먹어야 한다. 하지만 과자나 설탕 등 단순당질은 금세 허기를 느끼게 해 체중 증가의 요인이 된다. 아침에는 복합당질을 먹는 것이 좋다. 대표적인 것이 현미를 비롯한 잡곡밥, 감자, 고구마 등이다.

물론 바빠서 아침을 먹기 힘든 사람도 있을 것이다. 20~30대의 40%가 아침을 거른다고 하니 많은 직장인들이 식사보다 잠을 선택하고 있다. 바쁜 생활로 아침을 챙길 여유가 없을 때는 간단한 식단을 권한다. 우유와 달걀, 견과류와 요거트, 사과나 바나나 같은 과일이면 충분하다. 주말에 미리 냉장고에 넣어두면 거의 조리하지 않고도 쉽게 챙길 수 있는 것들이다.

우유나 요거트는 대표적인 고단백 음식으로 당뇨와 심장병 등 성인병 예방에도 좋다. 달걀은 간편하면서도 비타민과 미네랄이 풍부하다. 마그네슘, 철분, 비타민B군 등 영양소가 골고루 함유된 견과류는 뇌와 심장, 피부 미용에 좋아 아침에 한 줌만 먹어도 효과가 좋다.

나도 급할 때는 일어나자마자 달걀 한 개를 삶는다. 전날 밤 요거트 제조기로 만들어 놓은 요거트 한 그릇, 견과류 한 봉지, 그리고 사과를 씻어 바나나와 함께 챙긴다. 운전할 때 간단히 먹거나 지하철 타기 전에 먹으면 간편하다.

음식을 한 번에 많이 먹지 않고, 늦은 밤에는 잘 먹지 않는다. 장수와 건강을 위해 꼭 필요한 것이 소식이다. 과거에는 먹을 것이 부족해서 많이 먹으라는 것이 좋은 인사였다. 그러나 요즘처럼 먹을 것이 넘쳐나는 시대에는 그렇지 않다. 오히려 꼭 필요한 영양소 위주로 적게 먹는 것이 현명하다. 조선 시대 천민의 평균 나이는 44세지만 양반들은 60세였다고 한다. 이런 차이의 원인은 소식에 있었다. 양반들은 의료 혜택을 누리며 적당히 먹지만, 천민들은 먹을 기회만 있으면 과식을 하는 습관이 있었다.

인류 최대의 적은 각종 염증이라고 한다. 소식은 바로 이 염증을 줄여주는 역할을 한다. 과식하면 체내에 영양물질이 과도하게 쌓인다. 이를 처리하는 과정은 만성적인 염증을 조장한다. 염증이 오래되면 나중에 암으로 번지기도 한다.

물론 무조건 덜 먹는다고 좋은 것은 아니다. 필수영양소는 제대로 섭취하면서 칼로리만 적정선으로 줄이는 것이 중요하다. 양은 줄이되 질을 높이는 소박한 식사를 해야 한다.

우리 몸이 요구하는 질 높은 영양소를 공급하기 위해서는 일단 인스턴트 음식은 자제해야 한다. 콜라, 피자, 라면을 비롯하여 탄산음료나 커피, 이온음료 등이 대표적이다. 특히 이런 음식들에 많이 들어있는 단당류와 트랜스 지방이 문제다.

우선 탄산음료 등에 많이 함유된 단당류는 잠깐 힘을 내게 하나 일시적인 효과일 뿐이다. 곧 혈당이 떨어지고 뇌는 더 굶주리게 된다. 인슐린 과다 분비로 당뇨병과 심혈관 질환에도 취약하게 만든다. 이보다는 느리고 지속적인 에너지를 공급하는 현미나 통밀과 같은 복합 탄수화물이 훨씬 좋다.

또한, 피자나 치킨과 같은 음식에 많이 들어있는 포화지방과 트랜스 지방은 여러 질병을 유발하고 두뇌 건강에도 해롭다. 정육점의 고깃덩어리에 보이는 하얀 부분이 바로 포화지방이다. 트랜스 지방은 원래 액체 기름이었던 것을 마가린이나 제빵에 사용하기 위해 가공해서 만든 고체 기름이다. 이 두 가지 지방은 염증을 심화시키고 혈액 순환을 좋지 않게 한다. 콜레스테롤과 당뇨병 위험도 증가시키니 최대한 섭취를 자제하는 것이 좋다.

육류 대신 과일과 채소 섭취에 노력을 기울여야 한다. 과일과 채소에는 비타민과 미네랄뿐 아니라 2만 5천여 가지의 화학물질이 들어있다. 파이토케미컬이라 불리는 이 물질들은 심혈관 질환과 암을 예방하고 신경계의 중요한 세포들을 보호한다.

이를 위해 다양한 색깔의 과일과 채소를 섭취하는 것이 좋다. 당근 같은 오렌지 색 채소, 브로콜리나 케일 같은 진한 녹색 채소도 좋다. 고추나 토마토 같은 붉은색, 옥수수나 시금치 같은 녹황색 채소도 꼭 필요하다. 언젠가부터 나도 마트를 가면 무의식적으로 과일과 야채, 해산물 코너 주위를 뱅뱅 돈다. 이런 음식들이 좋다는 것을 알고 있기 때문이다.

'당신이 먹는 음식, 그것이 바로 당신 자신이다'라는 속담이 있다. 물론 질 낮은 음식과 패스트푸드를 섭취하면서도 살아갈 수 있다. 그러나 이러한 식단은 시간이 흐를수록 우리의 몸을 약하게 만든다. 우리 몸은 질 좋은 고급 연료를 원하는데 많은 사람들이 자신의 몸에 저급 연료를 주입하고 있다. 이로 인해 많은 사람들이 만성 피로와 각종 염증, 우울증과 같은 정신적 문제를 호소하기도 한다.

바쁘게 지내다 보면 소홀하기 쉬운 것이 음식이다. 하지만 건강을 위해 음식만큼 중요한 것도 없다. 좋은 식습관을 갖는 것은 삶의 질 향상에 필수적인 요소이다. 이제 먹는 것도 내 몸이 알아서 챙기도록 습관을 만들어보자. 훌륭한 영양소를 챙기는 습관을 갖는다면 어렵지 않게 건강을 유지할 수 있다.

일단 아침 식사를 놓치지 말고 하루 세끼를 꼭 챙기자. 저녁 식사 이후에는 음식을 자제하고 적게 먹도록 하자. 육식 위주의 식단 대신 다양한 과일과 야채를 선택하자.

달콤한 인스턴트 음식보다는 잡곡밥이나 고구마와 같은 복합 당분을 섭취하자. 작은 식습관의 변화가 우리의 건강을 탄탄하게 지켜줄 것이다.

2. 회사에서는 자연스럽게

바쁜 일상에 쫓기다 보니 회사에서 식사하는 경우가 자주 있다. 어떤 때는 하루 세끼를 모두 회사에서 먹기도 한다. 그럴 때는 보통 식사하고 바로 사무실로 들어가곤 한다.

자리에 앉아서 웹 서핑을 하거나 남은 업무를 처리하면서 시간을 보낸다. 그런데 어느 때부터인가 식사하고 바로 의자에 앉는 것이 불편해졌다. 왠지 더부룩하고 소화가 안 되는 것 같았다. 음식이 소화되려면 장기가 연동 운동을 해야 하는데 그럴 여유 없이 바로 앉아버리니 당연한 일이다.

이런 불편함을 덜어보고자 산책을 시작했다. 식사하고 나서 짧게라도 회사 주변을 걸었다. 주변의 아파트 사이를 걷기도 하고 근처 공원에 가기도 했다. 한때 목동 근처로 파견을 나갔을 때는 근처가 아파트 단지여서 여유가 생길 때마다 아파트 단지를 걷곤 했다.

어느 날인가 식사를 하고 바로 앉았더니 속이 영 불편했다. 배를 좀 꺼트리고자 살짝 자리에서 일어섰다. 회사 정문을 나와 주위를 걷기 시작했다. 혹시 아는 사람이라도 마주칠까 봐 살짝 긴장되는 마음이었다. 마침 그날은 날씨도 좋아 도로에서 살짝 꺾어 근처 아파트 단지로 들어갔다.

한참을 가고 있는데 왠지 낯익은 사람이 보였다. 우리 회사의 한 부서장이었다. 친한 분은 아녔지만, 사석에서 인사한 적이 있는 분이었다. 왠지 부담스러워 하실 것 같아 못 본 척 슬쩍 지나갔다. 그리고는 얼른 산책을 마치고 들어갔다.

1년이 지난 후 인사발령으로 그분을 부서장으로 모시게 되었다. 어느 날인가는 그분이 부서원들에게 훈화하는 날이 있었다. 그 날 하시던 말씀 중에 귀에 들어오는 말이 있었다. "여러분, 업무도 좋지만 일하다가 중간중간에 회사 주변을 좀 걸어 보세요. 몸과 마음에 아주 좋습니다."

그분의 말에는 왠지 모를 여유가 있었다. 산책하다 만났던 사이라 그런지 몰라도 그분에게는 왠지 정감이 느껴졌다. 그리고 그분을 모시는 1년 간 참 따뜻하고 좋은 분이라는 것을 느꼈다.

'산책을 즐기는 분이라 그런지 역시 다르군.'

외부에서 파견 근무를 할 때의 일이다. 회사를 떠나 낯선 곳에서 일하다 보니 나름 힘든 일도 많았다. 특히 다른 조직의 사람들과 지내다 보면 크고 작은 갈등이 생기곤 했다.

그러던 중 우리와 함께 일하던 책임자가 갑자기 외부로 발령이 났다. 워낙 급하게 나다 보니 후임자가 채워지질 않았다. 사무실에는 나를 비롯한 몇몇 파견 직원들만 남게 되었다. 지시하는 분이 없다 보니 아무래도 생활이 좀 편해졌다. 모두 이 시기를 잘 활용해야겠다는 생각은 하고 있었다. 하지만 막상 자유가 주어지니 누구 하나 시간을 보람되게 활용하지는 못했다.

그러던 어느 날 동료 한 명이 독한 감기에 걸렸다. 최근 들어 몸이 차다고 하소연을 하기도 했다. 소화도 안 되고 혈압도 높아졌다고 했다. 마침

내가 사상체질에 대해서 공부하고 있던 때였다. 남은 파견 기간 동안 동료의 몸을 좀 회복시켜주겠다는 소박한 목표를 세웠다.

우선 매일 아침 차를 끓이기 시작했다. 몸을 따뜻하게 하는 재료들을 준비했다. 생강과 대추, 계피, 그리고 고향에서 보내온 작두콩을 가져왔다. 책상 위에 있던 홍삼 엑기스도 넣었다. 차를 끓이는 일은 의외로 간단했다. 집에서 안 쓰는 전기 포트를 가져와서 재료를 넣고 정성껏 끓였다. 얼마 지나지 않아 어디에서도 맛보기 힘든 순도 100% 한방차가 탄생했다.

그해 겨울엔 이 차를 마시면서 같은 방 사람들과 따뜻한 시간을 보냈다. 그 덕에 몸이 안 좋던 동료는 감기가 나았고 혈압도 많이 좋아졌다. 게다가 우리 방에서 끓인 차가 다른 방까지 소문나서 여기저기서 손님이 찾아왔다. 얼마 지나지 않아 우리 방은 동네 사랑방이 되었다. 평소 이야기 나누기 힘들었던 사람들과 이런저런 정을 나누는 기회가 되었다. 그때의 따뜻한 추억은 내 기억 속에 아련히 남아있다.

사실 직장이란 곳이 만만한 곳은 아니다. 조직에는 목표가 있고 조직원에게 그에 맞는 임무가 부여된다. 임무에는 데드라인이 주어진다. 이것을 달성하기 위해 항상 시간에 쫓긴다. 업무에 몰입하다 보면 몸을 돌볼 여유도 없다. 여기서 더 욕심을 내면 몸을 축내면서까지 일하기 쉽다. 특히 오랫동안 앉아서 일하는 사무직의 경우 목과 허리, 눈이 약해지기 쉽다. 그리고 오래 앉아 있으면 허벅지 근육도 약해져서 하체가 부실해질 수 있다.

가끔 일하다 쓰러졌다는 사람들의 이야기를 들을 때가 있다. 특히 뇌출혈이나 급성 심근경색 같은 심장질환이 많다. 신체가 과다한 스트레스를 견디다 못해 반응한 것이다. 그러나 우리가 일하는 이유는 행복해지기 위해서다. 따라서 아무리 일이 급하더라도 자신의 몸을 챙기는 것은 잊지 말아야 한다.

직장이라는 특수성 때문에 시간을 내서 몸을 챙기긴 쉽지 않다. 따라서 평소에 건강을 챙기는 습관이 중요하다. 이러한 습관을 세 가지로 나눠서 살펴볼 것이다. 운동과 스트레스 관리, 음식 습관이 바로 그것이다.

먼저 운동이다. 앞에서도 언급했지만, 식사 후 가벼운 산책은 직장인에게 최적의 운동이다. 점심식사 후에 가볍게 회사 주변이나 공원을 걷는 것도 좋다. 걷다 보면 스트레스도 해소되고 몸도 가벼워진다. 동료와 함께한다면 이야기꽃을 피울 수도 있다.

만약 산책이 어렵다면 건물 내 계단을 걷는 것도 좋다. 바쁘게 지내다 보면 계단을 걸을 일이 없어진다. 엘리베이터 생활이 일반화되었기 때문이다. 그러나 계단을 자주 걷게 되면 좋은 점이 많다. 매일 작은 등산을 하는 것과 같아서 심폐기능이 좋아지고 허리 근육이 발달한다. 요통이 예방되고 소화기능도 좋아진다. 골밀도가 높아져서 골다공증까지 예방된다고 하니 돈 안 드는 보약임이 틀림없다.

업무 중 잠깐 짬을 내서 스트레칭을 해주는 것도 좋다. 일하면서 위축된 근육들의 긴장이 풀리고 장기의 운동이 촉진된다. 방법은 간단하다. 곧게 서서 양팔을 머리 위로 쭉 잡아당긴다. 하늘 위로 뻗은 양팔을 좌, 우로 뻗어서 각각 10초간 버틴다. 허리를 앞뒤로 충분히 숙이거나 젖혀서 10초간 버틴다(허리 스트레칭).

그리고 머리를 손으로 잡고 양옆으로 지그시 눌러준다. 양손 중지끼리 붙잡아 살짝 뒷목에 대고 버틴다. 그 상태에서 머리를 앞, 뒤로 지그시 눌러준다(목 스트레칭).

마무리로 천천히 목과 허리, 그리고 어깨를 돌려준다. 느리지만 큰 동작으로 끝까지 돌려주는 게 좋다. 이 정도 하는데 10분이면 족하다. 짬이 날 때마다 10분만 투자해도 지친 몸을 재충전할 수 있다.

운동 중에 빼먹기 쉬운 것이 있다. 바로 눈 운동이다. 컴퓨터를 많이 보는 사무직의 경우 눈에 무리가 가기 쉽다. 그러다 보면 모르는 사이에 눈 건강을 해칠 수 있다. 건강할 때 눈에 관심을 가져야 한다.

스트레칭을 할 때 눈도 함께해주면 좋다. 양손을 기도하듯 모은 다음 큰 원을 그리며 움직인다. 이때 두 눈은 그 손을 따라가며 상하좌우로 돌린다. 무한대 표시(∞)를 그리면서 돌려주기도 한다. 세 번 정도 반복한다. 그러고 나서 눈 주위 근육을 손가락으로 지그시 눌러준다. 눈 주위에는 신경 세포들이 많이 있어 이를 자극해 주면 눈의 피로를 줄이고 눈 건강을 유지할 수 있다. 잠시 먼 데 풍경을 바라보는 것도 잊지 말아야겠다(안구 스트레칭).

다음으로 스트레스 관리다. 사실 현대사회에서 스트레스는 일상화된 측면이 강하다. 그래서 피한다기보다는 적절하게 관리한다는 표현이 정확할 것이다. 이를 위해 가장 중요한 것이 마인드 컨트롤이다. 마음은 자신만의 신성한 영역이기에 다치기 쉽고 다스리기 어렵다. 그래서 좋은 쪽으로 마음이 움직이게 하고 싶다고 해서 잘되지는 않는다.

다만 마음에는 경향성(inclination)이라는 것이 있다. 어떤 일이 생겼을 때 한 번 짜증을 내게 되면 다음번에도 그 방향으로 흐를 가능성이 크다. 반대로 여유를 갖고 긍정적인 면을 찾으려고 노력하면 유사한 상황에서도 같은 방식으로 반응할 가능성이 높다.

　주변에 가까운 사람 한 명을 떠올려보자. 그리고 그 사람의 평소 태도나 행동을 생각해보자. 아마도 긍정적인 쪽이건 부정적인 쪽이건 대체로 특정한 방향으로 반응하고 있음을 알 수 있을 것이다. 삶의 질을 한 단계 높이기 위해서는 경향성의 나침반을 긍정적인 방향으로 맞추려는 노력이 필요하다. 아무리 절망적인 상황에서도 희망이라는 작은 보물은 어딘가에 늘 숨어있다.

　스트레스 관리에 낮잠과 맑은 공기도 도움이 된다. 사람은 수면이 부족하면 업무 효율이 떨어지고 스트레스 수치도 올라간다. 점심 후에 15분 정도만 눈을 붙여도 몸은 부쩍 가벼워진다. 머리도 맑아지고 일의 능률도 올라간다.

　또한, 일정 시간 일을 한 후에는 잠시 맑은 공기를 마시는 것도 좋다. 회사 옥상이나 테라스 같은 곳이 있다면 금상첨화다. 이런 곳이 없더라도 어디든 창문 가까운 곳으로 가자. 잠시 신선한 공기를 마시고 재충전한다면 한층 스트레스가 해소될 것이다. 이때 스트레칭이나 눈 운동을 함께 해줘도 좋다.

　끝으로 음식 습관이다. 회사에서 먹는 것을 챙기는 일은 쉽지 않다. 일에 몰두하다 보면 그럴 여유가 없기 때문이다. 그래서 최대한 간단히 습관을 들이는 것이 중요하다.

　우선 물 마시는 습관이다. 하루 성인에게 필요한 물의 양은 2L라고 한다. 하지만 부담을 가질 필요는 없다. 우선 아침에 일어나서 따뜻한 물 한 잔을 마신다. 잠들어 있던 장기를 깨우고 장 속에 쌓인 노폐물을 배출시키는 데 좋다. 그리고 회사에서는 자신만의 머그잔과 작은 물통을 책상 위에 올려놓기만 하면 된다. 일하다가 잠깐의 여유가 생길 때 컵에 눈길만 주면 금세 물통을 비울 수 있다.

회사에서는 외식을 자주 하다 보니 몸에 필요한 영양소를 채우기가 쉽지 않다. 대신 건강보조 식품을 통해서라도 필수 영양분을 보충하는 것이 좋다. 나도 책상 한쪽 눈에 잘 띄는 곳에 건강식품을 놔두었다. 틈이 날 때마다 한두 개씩 챙겨 먹는다. 그 중에도 얼라이브라고 하는 종합비타민과 요오드, 그리고 유산균은 빼먹지 않고 먹는다.

종합비타민은 각종 비타민과 무기질 보충을 위해 먹는다. 무기질은 칼슘, 인, 마그네슘, 칼륨 등 우리 몸의 각 기관을 구성하는 중요한 성분들이다. 요오드는 우리 몸에 쌓인 납, 수은 등 중금속을 제거하고 암을 예방해준다. WHO 통계에 따르면 전 세계 20억 명이 요오드 결핍 상태라고 한다. 몸속에 쌓인 중금속을 제거하기 위해서라도 이를 챙겨 먹는 것이 좋다. 유산균은 장 건강에 도움을 준다. 장내 유익균을 증가시켜 소화와 배변 기능에 도움이 된다.

앙리 아미엘은 "건강이 있는 곳에 자유가 있다. 건강은 모든 자유 가운데 으뜸이다."라고 했다. 일도 중요하지만, 거기에 너무 몰두한 나머지 건강을 잃어버린다면 그보다 어리석은 일이 없을 것이다. 직장에서는 작은 실천으로 건강 습관을 만드는 것이 필요하다

우선 짬이 날 때마다 걸어보자. 휴식과 마인드 컨트롤을 통해 스트레스

를 관리하는 것도 필요하다. 몸이 뻐근할 때는 스트레칭을 하고 눈 운동도 빼놓지 말아야 한다. 이런 작은 행동들이 모이면 바쁜 일상에서도 삶의 여유를 찾고 건강을 지킬 수 있다.

『동의보감』에서 허준 선생이 남긴 말이다.

"약보(藥補)보다 식보(食補)가 낫고, 식보보다 행보(行補)가 낫다."

약보다 귀한 것이 있다면, 그것은 제대로 된 음식을 먹고 틈나는 대로 몸을 움직이는 것이다.

기적을 만드는 하루 10분 의 힘

3. 제대로 자야 잠도 보약이 되지

　남자라면 누구나 군대를 한 번 더 가라고 하면 치를 떨 것이다. 나름의 추억이 있는 곳이지만 한 번 더 경험하고 싶어 하지는 않는다. 육체적으로나 정신적으로나 힘들기 때문이다. 그러나 군대에 단점만 있는 것은 아니다. 최대의 장점을 꼽으라면 규칙적인 생활을 들 수 있다. 특별한 사정이 없으면 아침 6시에 일어나 10시에 취침하는 생활이 규칙적으로 돌아간다. 반면에 사회에서는 잠자고 일어나는 시간이 불규칙하다. 밤 시간에 활동이 많은 현대사회에서는 대체로 잠자리에 드는 시간이 늦은 편이다.

　나는 군에서 제대한 직후에 아버지 일손을 돕고자 고향에 내려왔다. 제대한 지 얼마 안 되어서 아직 군 생활의 패턴을 유지하고 있었다. 더 이상 일찍 일어날 필요도 없는데도 10시에 잠들고 6시에 일어나는 것이 습관이 되어 있었다. 이 습관은 제대 후 쉽게 무너질 수 있었던 생활 방식을 잡아주었다.

　그 덕에 아침 일찍 일어나 운동도 하고 식사도 할 수 있었다. 남는 시간에는 조간신문을 스크랩해 가면서 여유 있게 하루를 시작했다. 이런 나의 모습을 가장 좋아했던 사람은 부모님이었다. '자식이 군대를 다녀오더니 사람이 되었네'라고 생각하시는 것 같았다. 침대에서 종일 나뒹굴 수도 있을 텐데 일찍 일어나 운동도 하고 일도 도우니 기뻐하실 만도 했다.

나도 맘이 편했다. 일단 규칙적인 수면으로 몸이 가뿐했다. 아침을 일찍 시작하니 하루도 길었다. 긴 시간 동안 부모님도 돕고, 평소 하고 싶었던 것들도 할 수 있었다. 최상의 컨디션이 유지되던 시기였다.

그렇게 한두 달 아버지 일손을 돕다 보니 어느새 학교에 복학할 시기가 되었다. 서울로 올라와 복학신청을 하고 새로운 도전을 시작했다. 전부터 생각해오던 고시 준비를 시작한 것이다. 아직 군에서의 생활 방식이 남아 있어서 새벽 6시만 되면 일어나 공부를 시작했다. 사람들이 아직 일어나지 않은 시간에 활동하는 것은 기분 좋은 일이었다. 왠지 남들보다 앞서간다는 생각이 들고 머리도 잘 돌아가는 것 같았다.

시간이 흘러 본격적으로 고시에 몰입하기 위해 신림동 고시촌으로 가게 되었다. 그때까지만 해도 일찍 자고 일찍 일어나는 생활 패턴이 유지되었다. 그런데 학원을 다니면서 패턴이 무너지기 시작했다.

학원 수업은 저녁 6시에 시작해서 밤 10시가 넘어서야 끝이 났다. 그게 다가 아니다. 배운 것을 복습하다 보면 꼬박 새벽 1시를 넘기곤 했다. 그 시간에 귀가하면 다음 날 아침 8시는 되어야 일어날 수 있었다.

물론 복습을 밤에 하지 않고 다음 날 아침으로 미룰 수도 있었다. 다만 나는 배운 것을 당일에 끝내는 방식을 선택했을 뿐이었다. 하지만 이로 인해 나의 생활 패턴은 무너지기 시작했다. 일단 늦게 일어나니 하루에 여유가 없었다. 이것저것 준비하다 보면 아침 9시가 넘어서야 하루를 시작했다. 몸도 뻐근하고 왠지 남들보다 뒤처진다는 생각도 들었다. 머리가 제대로 돌아가지도 않았다.

이런 나의 모습이 맘에 들지 않았지만, 이 생활에 한 번 적응되니 바꾸기가 어려웠다. 일찍 자고 일찍 일어나는 패턴으로 바꿔보고자 몇 차례 시도했지만, 번번이 실패했다.

그렇게 시간은 흘러갔고 잘못된 습관은 위기를 불러왔다. 일단 체력이 급격히 떨어졌다. 고시는 머리싸움이라기보다는 육체의 싸움이라는 말이 있다. 그만큼 체력이 중요하다는 말이다. 특히 시험을 앞둔 막판에는 더욱 그렇다. 그동안 기력이 많이 떨어져서 쉽게 피곤해지고 두뇌 회전도 느려지기 때문이다.

평소 늦게 자는 습관으로 불필요한 에너지를 많이 써서 그런지 막판에는 오랫동안 의자에 앉아있기도 버거웠다. 당연히 자신감도 떨어졌다. 이런 이유로 인해 결국 그해 시험은 최악의 결과로 끝이 났다. 멀리 내다보지 못하고 당장의 만족에만 치중했던 선택의 결과가 나타난 것이다.

좋은 신체 리듬을 유지하는 데 있어 잠은 무엇보다 중요하다. 잠을 잘 자고 나면 기분이 좋아지고 일도 잘 풀린다. 미인은 잠꾸러기라는 말처럼 피부도 부드럽고 탱탱해진다. 두뇌 회전도 원활해져서 창의력과 기억력도 제대로 발휘된다.

그러나 현재 우리나라는 수면 부족에 빠져 있다. 한 연구결과에 따르면 한국인들의 평균 수면 시간은 6시간 15분 정도라고 한다. 미국 7시간, 영국 6시간 45분에 비하면 턱없이 부족한 숫자다. 우리나라 고교생의 평균 수면 시간은 4.8시간에서 6시간 사이라고 한다. 고교생에게 권장되는 수면시간이 8시간 이상이라고 하니 문제가 꽤 심각하다.

6시간 이내로 잠을 자는 것이 오랫동안 지속하면 인지 기능이나 판단력, 업무 수행력이 저하된다. 두통이나 짜증, 눈 흐림, 우울증도 심해질 수 있다.

한 연구결과는 수면시간이 우리의 수명과 직결되어 있음을 보여준다. 수면시간을 기준으로 6시간 이하, 7시간, 8시간 이상의 세 그룹을 나누었다. 그리고 20년 후 생존율을 살펴보았더니 7시간을 자는 그룹이 가장 오래 살았다. 특히 3.5~4.5시간을 자는 그룹과 8.5시간 이상을 자는 그룹은 사망 확률이 15% 이상 증가했다. 잠을 너무 적게 자는 것뿐 아니라 너무 많이 자는 것도 몸에 좋지 않다.

그러나 절대적인 수면 시간 외에 수면의 질도 중요하다. 앞에서 이야기한 것처럼 나는 고시공부를 할 때 새벽 1시부터 아침 8시까지 7시간을 잤다. 그러나 그렇게 7시간을 잔다고 해서 결코 컨디션이 좋아지지 않았다. 같은 7시간이지만 밤 10시부터 5시까지 자는 것과는 전혀 달랐다.

몇 시간을 자느냐보다 언제 어떻게 자느냐가 더 중요하다. 최근 연구에 의하면 우리는 성인이 되어도 뇌세포가 새로 태어나고 성장한다고 한다. 이러한 뇌세포의 성장은 수면과 관계가 있다. 잠을 제대로 자야 성장호르몬이 충분히 분비되어 뇌세포도 성장한다.

밤 10시에서 새벽 2시 사이에 성장호르몬이 가장 왕성하게 분비된다. 따라서 뇌의 건강을 위해서는 밤 10시 정도에 자는 것이 가장 좋다. 다만 현대인들의 생활 패턴을 감안했을 때 늦어도 자정 이전에는 잠자리에 들어야 뇌의 성장과 몸의 회복을 기대할 수 있다.

또한, 잠깐이라도 낮잠을 자는 것은 몸에 훌륭한 보약이다. 짧은 시간에

피로도 풀고 전반적인 신체 컨디션을 회복시킬 수 있기 때문이다. 다만 낮잠을 너무 늦게 또는 오래 자는 것은 좋지 않다. 너무 늦은 낮잠은 밤잠을 방해할 수 있다. 너무 오래 자는 것은 오히려 몸의 기력을 소모할 수 있다.

따라서 오후 3시 30분 이전에 15~30분 정도 자는 것이 가장 좋다. 이때 책상에 엎드려 자는 것은 허리나 목에 부담을 주고 피로 회복을 방해한다. 허리에 등받이를 하고 의자를 뒤로 편하게 기울인 자세에서 발을 올리고 자는 것이 가장 좋다.

영어에 뷰티 슬립(beauty sleep)이라는 단어가 있다. 건강과 아름다움을 지켜주는 충분한 수면이라는 뜻이다. 잠을 제대로 자게 되면 건강과 아름다움을 지킬 수 있다. 아침에 상쾌한 기분으로 일어나기 위한 팁을 몇 가지 소개한다.

우선 수면 공간에는 빛을 차단해야 한다. 잠자는 공간에 작은 불빛만 있어도 질 좋은 수면을 방해한다. 불빛으로 인해 수면 유도 호르몬인 멜라토닌 분비가 방해받기 때문이다. 오히려 감정조절 호르몬인 세로토닌 분비가 활성화된다. 이렇게 되면 아침에 일어났을 때 개운하게 일어나기 어렵다. 전등은 물론이고 전자제품에서 나오는 작은 불빛도 차단하는 것이 좋다.

대신 방의 커튼은 10센티 정도 열어놓고 자는 것이 좋다. 아침에 자연스럽게 햇빛이 들어오도록 하기 위해서다. 우리 몸의 코르티솔은 잠을 깨게 하는 호르몬이다. 아침이 되면 코르티솔이 분비되고 햇살이 비친다. 이때 세로토닌이 분비되어 잠에서 깨어나게 된다. 그런데 빛이 없으면 우리 몸은 아직도 밤이 끝나지 않은 것으로 인식하고 이 호르몬들을 제대로 분비하지 않는다.

커튼만 조금 열어놔도 아침에 방 안이 밝아지고 자연스럽게 세로토닌이 분비될 수 있다. 그래야 개운하게 일어나고 뇌도 활발하게 움직일 수 있다. 낮 시간에 졸리고 정신이 몽롱한 사람은 대체로 아침에 햇빛을 제대로 못 보고 일어난 경우가 많다. 아침에는 일정량의 햇볕을 쬐면서 일어나는 것이 좋다.

다음으로 잠들기 1시간 전에는 TV나 스마트폰을 자제한다. 요즘은 스마트폰의 시대이다. 손에서 잠시라도 스마트폰을 놓고 있으면 왠지 불안해하는 사람이 많다. 잠들기 직전까지 SNS를 하거나 뉴스 기사를 보느라 잠드는 시간이 늦어지기도 한다. 그러나 이는 수면의 방해 요소이다. 스마트폰을 보게 되면 1시간 정도는 뇌가 각성 상태가 된다. 따라서 몸이 아직 활동하고 있는 것으로 인식하여 잠에 빠져들지 못한다.

마지막으로 잠들기 전에 따뜻한 물로 샤워하는 것이 좋다. 잠들기 전 온수 샤워는 숙면을 취하는 데 도움이 된다. 종일 긴장되었던 근육이 이완되고 손발 모세혈관의 혈류가 좋아진다. 다만 너무 차가운 물이나 뜨거운 물은 좋지 않다. 과도한 자극이 수면을 방해할 수 있기 때문이다.

셰익스피어는 "좋은 잠이야말로 자연(신)이 인간에게 부여해주는 살뜰하고 그리운 간호사다"라고 했다. 잠이 우리 신체는 물론이고 정신에도 그만큼 중요한 역할을 한다는 것이다. 그럼에도 우리는 잠자리에서 뭔가를 하느라 늦게까지 잠들지 못하는 경우가 많다. 이런 생활 패턴 속에 많은 사람들이 수면 부족에 시달리는 것은 어찌 보면 당연한 결과일지도 모른다.

잠을 제대로 자야 우리가 가지고 있는 능력을 제대로 발휘할 수 있다.

집중력과 기억력, 인지 능력도 충분한 수면이 뒷받침되어야 발휘될 수 있다. 잠을 잘 자면 심혈관 질환은 물론 치매, 우울증, 비만과 같은 여러 질병도 예방할 수도 있다.

　좋은 수면 습관을 갖기 위해 가장 중요한 것은 생체시계를 일정하게 만드는 것이다. 즉, 정해진 시간이 되면 몸이 알아서 반응하도록 일정한 패턴을 유지해줘야 한다는 것이다. 이를 위한 첫걸음은 규칙적인 시간에 일어나는 것이다. 늦게 잤다고 해서 늦게 일어나다 보면 몸의 리듬이 깨지기 쉽다. 가급적 일정한 시간에 깨어나서 활동을 시작하는 습관을 갖는 것이 꼭 필요하다. 좋은 수면 습관은 인생을 성공과 건강으로 이끄는 훌륭한 동반자이다.

4. 자동차에 기름칠하듯 몸도 움직여줘야

　나는 고등학교 시절 기숙사 생활을 했다. 그때 미국 월드컵이 한창이었다. 우리는 저녁만 되면 축구를 했고 저녁 식사 시간이 끝날 때까지 경기는 이어졌다. 친구들과 하는 축구는 정말 즐거웠고 마치 우리가 월드컵 선수라도 된 것처럼 열심히 뛰었다.

　경기가 한창인 어느 날이었다. 최전방에 있던 나에게 모처럼 공이 왔다. 기회는 이때다 싶어서 열심히 드리블했다. 골대가 가까워지는 순간 수비수였던 현호라는 친구가 나를 막아섰다. 나는 공을 뺏기지 않기 위해 안간힘을 썼고, 누가 먼저랄 것도 없이 앞만 보고 달려들었다. 그러다가 우리는 서로 부딪혔고 나는 뒤로 나뒹굴었다. 털썩 하는 순간 뱃속이 흔들리는 것 같았다. 많이 아팠지만 참았다. 축구 하다가 눈물이라도 흘리면 기숙사에 소문이 날까 봐 두려웠다.

　다음날에도 이따금씩 배가 아팠다. 왠지 두려운 생각이 들었다. 땅에 떨어지는 순간 장에 구멍이라도 나진 않았을지. 왠지 배가 차갑게 느껴지면서 안에 뭔가 액체가 흐르는 것 같기도 했다. 결국 다음 날 수업을 마치고 어머니와 병원에 갔다.

　복부 엑스레이를 찍었는데 의사 선생님 말씀이 뜻밖이었다.

기적을 만드는 하루 10분 의 힘

"장에는 문제가 없어요. 그런데 허리가 살짝 휘었네요. 이러면 소화가 안 되고 이상한 느낌이 들 수도 있어요. 다만, 이건 축구하고는 상관이 없어요."

예상 밖의 진단에 나는 어리둥절했다. 두렵기도 했다.

'허리가 휘었으면 내 몸이 점점 휘는 거 아냐?'

그러나 나는 고등학교 2학년, 대학 입시에 바쁜 시기였다.

'언젠간 고칠 수 있겠지'라고 생각하며 당분간 잊고 지내기로 했다.

시간이 흘러 대학에 갔다. 내 허리 상태에 대해 알아볼 절호의 시기가 온 것이다. 그때부터 척추에 용하다는 곳을 찾아다녔다. 대학 병원부터 활기원, 활법, 요가 할 것 없이 이름난 곳은 모조리 찾아다녔다. 인터넷도 없던 시절이라 묻고 물어 어렵게 찾았다. 그런데 막상 가보니 그곳은 주로 60대 이상의 어르신들이 찾는 곳들이었다. 대학 새내기라는 꿈 같은 시간과 어릴 적부터 모아두었던 세뱃돈까지 투자했다. 그러나 결국 허리는 조금도 펴지지 않았다.

나중에 알게 된 것이지만 허리는 한 번 휘면 성인이 되어서는 펴는 것이 불가능하다고 한다. 그리고 척추가 20도 이상 휘지 않으면 살아가는 데 거의 지장이 없다고 한다. 그냥 관찰만 하면서 악화되지만 않으면 최선이라는 것이다. 대신 척추를 둘러싼 근육을 단련시키면 얼마든지 건강하게 살 수 있다고 했다. 결국, 내가 다녔던 그 많은 '허리 펴는 곳'들이 다들 이런 사실을 몰랐거나 숨겼던 것 같다.

이후 나는 방향을 바꾸었다. 허리를 펴는 데 힘쓰기보다는 헬스클럽을 다녀 허리 근육을 강화하기로 했다. 당장 학교 앞 헬스클럽에 등록했다.

노력 끝에 허리도 제법 튼튼해지고 심폐기능도 좋아졌다. 꽤 건강한 몸이 된 것이다.

그러나 고시 공부를 하고 직장에 들어가면서 운동은 차츰 후 순위로 밀리기 시작했다. 공부나 일을 하면서 운동은 의무감으로 해야 하는 숙제 같은 것이었다. 헬스클럽에 등록을 해도 일주일에 한두 번 가기도 버거웠다. 가끔은 큰 맘 먹고 '1주일에 5번씩 매일 가겠다'고 다짐을 했지만 그때뿐이었다. 두세 번 가다가 무슨 일이 생기면 내일로 미루고, 그러다가 아예 포기하는 것이 반복되었다.

그러던 내가 달라졌다. 더 이상 거창한 계획을 세우지 않는다. 일주일에 몇 번 하겠다는 다짐도 하지 않는다. 그 변화의 시작은 집에서 간단히 할 수 있는 헬스 동작 세 가지를 배우면서부터였다. 팔굽혀 펴기와 스쿼트, 그리고 윗몸 일으키기가 그것이다. 그것도 부담이 안 되는 횟수만 했다. 굳이 헬스클럽에 가지 않아도 저녁에 샤워하기 전에 가볍게 할 수 있는 것들이다. 결국, 모든 습관의 해답은 나에게 부담을 주지 않는 것, 작은 것부터 하는 것이었다.

그렇게 세 가지 운동을 하는 데 10분 정도밖에 걸리지 않는다. 부담스럽지 않기 때문에 잘 빼먹지 않는다. 잊고 있다가도 샤워하기 전에 후딱 해치우고 들어간다. 그런데 신기하게도 이렇게 시작한 '집 운동'은 결국 더 큰 것에 도전할 수 있는 힘을 주었다. 인터넷에서 방 문틀에 걸고 할 수 있는 철봉을 구입했다. 이제 종목이 한 개 더 늘었다. 턱걸이다.

이렇게 4종목을 조금씩 하다 보니 욕심이 생기고 자신감도 붙었다. 그

기적을 만드는 하루 10분의 힘

러면서 자연스럽게 회사에 있는 헬스클럽으로 발길을 향했다. 전과 다른 게 있다면 이제 더 이상 욕심내지 않는다는 것이다. 5분이라도 좋으니 언제든 시간 날 때 가벼운 마음으로 간다. 결국, 이 가벼운 마음이 지금까지 운동을 지속할 수 있게 해주었다.

우리 몸에 꼭 필요한 운동이 세 가지 있다. 힘을 키우는 운동, 심폐 지구력과 유연성을 기르는 운동이다. 헬스클럽에서 하는 운동은 주로 힘과 관계가 있다. 근육 단련을 통해 힘을 키우는 것이다. 이때는 자신이 버틸 수 있는 무게 이상을 들 때 힘은 커진다. 임계치라고 하는 어느 선 이상의 힘을 버텨내는 순간 기존의 근섬유가 파괴되면서 새로운 근육이 형성되는 것이다. 이러한 근육 운동은 일상생활에서 힘을 쓰고 몸을 지탱하는 데 도움이 되지만 이것만으로는 부족하다.

바로 심장과 폐 기능이 강해져야만 신체에 지구력이 생긴다. 특히 뛰거나 오래 걸을 때 숨이 덜 차고 힘이 덜 들게 된다. 다만 이 운동에 있어서도 과한 욕심은 지속적인 운동을 방해한다. 매일 조깅 하기, 1주일에 다섯 번 걷기와 같이 부담스러운 마음을 갖게 되면 작심삼일로 끝나기 쉽다. 대신 가벼운 마음으로 '짬이 날 때 빼먹지 말고 하자' 정도가 좋다.

이를 위해 권하고 싶은 것은 산책과 계단 걷기다. 앞에서도 이야기한 것처럼 식사 후 산책을 생활화하는 것이 좋다. 아침이나 저녁 식사 후에도 바로 의자에 앉는 것은 피하자. 바로 앉는 순간 소화기능은 느려진다는 것을 명심하고 잠깐이라도 걸어보자. 그러면 위장이 기분 좋은 자극을 받아 운동을 시작한다. 게다가 상쾌한 마음으로 생각을 정리할 시간도 갖게 되니 일석이조라 할 수 있다. 계절이 바뀌는 모습도 즐길 수 있어 영혼의 휴식이 되기도 한다.

계단 걷기는 직장에서 틈나는 대로 할 수 있는 최고의 운동이다. 식사 후에 시간이 없을 때는 잠깐 엘리베이터를 탄다. 그리고 1층으로 내려가서 계단으로 올라오면 끝이다. 이렇게 20층까지 올라오는 데 10분 정도면 충분하다.

반면에 그 효과는 꽤 크다. 일단 심폐기능이 몰라보게 좋아진다. 처음에는 5층만 올라가도 숨이 가쁘다. 그러나 몇 번 하다 보면 금세 10층이나 20층도 가뿐해진다. 기초 대사량이 올라가서 체중이나 뱃살 관리에도 도움이 된다. 허벅지 근육도 단련되어 '꿀벅지'를 만드는 데 이보다 좋은 운동은 없다. 골밀도가 높아져 골격이 튼튼해지고 엉덩이 근육이 단련된다. 무엇보다 우리 몸의 중심인 척추가 바로 세워진다. 대충 세어 봐도 그 효과는 다섯 가지는 넘는다.

주말에는 산책형 등산도 괜찮다. 등산하면 왠지 거창하게 느껴진다. 높은 산에 가야 할 것 같고 장비도 갖춰야 할 듯하다.

나도 그랬다. 어느 날 회사 동기와 함께 북한산에 갔다. 등산에는 취미가 없던 터라 마지못해 끌려갔다. 그런데 막상 등산을 마치고 나니 기분도 좋고 나와 딱 맞는 취미인 것 같았다. 그래서 본격적으로 등산을 시작해 보자는 마음을 먹게 되었다. 주말마다 아는 친구들에게 등산을 가자고 졸라댔다. 그런데 대부분 이런저런 핑계를 대며 손사래를 쳤다. '등산은 거창한 것', '나이 드신 분들의 취미'라는 이전의 나와 같은 생각을 하고 있었다. 결국, 나도 덩달아 등산에 대한 열정이 식어 포기하게 되었다.

몇 년 후 안양으로 이사 가게 되었는데 거기서 대학 선배를 만났다. 그

형은 매주 빠지지 않고 등산하러 다니고 있었다. 비결을 물었더니 "꼭 다른 사람과 함께 가야 한다는 부담을 버려. 그냥 가고 싶을 때 혼자라도 가면 돼. 산책하는 것처럼 편안한 차림으로 말이야"라고 했다.

그때부터 나도 그 형을 따라 했다. 다른 장비가 필요 없었다. 등산화에 반팔 티 하나면 충분했다. 겨울에는 가벼운 패딩 하나만 입고 간다. 꼭 누군가와 함께하지 않아도 된다. 동행할 사람을 찾다가 본인까지 포기하는 우를 범할 필요는 없다. 오히려 혼자 하는 등산은 사색에 잠기거나 생각을 정리하는 데 도움이 된다. 자신의 체력에 맞게 페이스를 조절하는 것도 가능하다.

다음으로 유연성을 기르기 위한 운동이다. 나는 이를 위해 스트레칭을 즐긴다. 특히 오랫동안 컴퓨터 앞에 앉아서 작업하는 직장인의 경우 스트레칭이 습관화되면 좋다. 한두 시간 작업 후에는 잠시 몸을 쉬게 해준다. 일단 조용한 곳으로 가서 잠시 억눌렸던 몸 이곳저곳을 늘려준다.

마지막으로 신체 리듬과 맑은 정신을 유지하기 위한 운동으로 국선도를 추천한다. 국선도는 고대부터 이어져 내려온 우리나라 고유의 단전호흡법이다. 왠지 이름에서 풍기는 이미지가 종교를 연상시킨다. 그러나 국선도는 종교와는 무관하다. 오히려 운동이나 정신 수양법에 가깝다. 예전에 비해 그 이름이 많이 알려지긴 했지만 아직은 다소 생소하게 느끼는 사람이 많다.

국선도는 가벼운 동작으로 굳어진 몸을 풀고 아랫배로 호흡함으로써 몸의 기운을 북돋는 수련법이다. 아랫배에 집중해서 호흡하다 보면 잡념이 사라지고 마음이 편안해진다. 게다가 몸의 기운이 좋아져 신체와 정신의 컨디션이 함께 올라간다. 꾸준히 해서 상당한 효과를 봤다는 분들이 주변에 많다. 특히 50대 이상의 어르신들께 가장 권해주고 싶은 운동이다. 몸에 부담을 주지 않으면서도 심신을 건강하게 유지하는 데 좋은 운동이다.

요즘 헐리웃 액션영화에서 최고의 주가를 올리고 있는 배우가 있다. 영국 다이빙 국가대표 선수 출신이며, 대역을 쓰지 않고 직접 스턴트 연기를 하는 것으로 잘 알려져 있는 제이슨 스타덤이다.

그는 이런 말을 한 적이 있다.

"몸을 만들고 싶으면 말로 떠들지 말고 30분이라도 체육관으로 가서 몸으로 떠들어라."

나는 이 말에 동감한다. 특히 '30분이라도'라는 말에 주목하고 싶다. 작게 시작하는 것이 오래 하는 것임을 알기 때문이다. 운동에서 거창한 다짐은 최고의 적이다. 나 자신에게 부담을 주지 않는 수준에서 가볍게 시작하자. 짬이 날 때마다 틈틈이 하기로 나와 약속하자. 이 작은 다짐이 오랫동안 운동을 즐길 수 있게 하는 강한 힘이 될 것이다.

기적을 만드는 하루 10분의 힘

5. 취약시간 내 몸 지키기

2011년 겨울은 유난히 혹독했다. 어느 날 편도선이 부어 이비인후과에 갔다. 목감기라고 했다. 몇 번 병원을 찾은 끝에 간신히 몸이 회복되었다.

그런데 며칠 지나지 않아 감기가 다시 찾아왔다. 목이 아프고 콧물이 나는 같은 증상이었다. 귀찮긴 했지만 빨리 낫기 위해 다시 병원을 찾았다. 고생 끝에 감기가 나았다. 그런데 이럴 수가, 얼마 지나지 않아 또다시 감기가 찾아왔다. 나를 본 의사 선생님이 더 놀라는 눈치였다.

의아했다. 전에도 병치레한 적은 있었지만 연속해서 세 번이나 감기에 걸리기는 처음이었다. 뭔가 몸에 이상이 생긴 건 아닐까 싶어 의사 선생님한테 묻고 인터넷도 찾아보았다. 결론은 면역력이 약해졌다는 것이다. 문득 내 생활 패턴을 돌이켜보았다.

언제부턴가 물도 잘 마시지 않고 아침도 제대로 먹지 않는 등 나를 제대로 돌보지 않고 있었다. 특히 수면 시간이 부족하고 잠자리도 부실했다. 그러다 보니 아침에 일어나면 뭔가 개운치 않았다. 주로 밤이 취약했다.

이렇게 가다가 감기를 달고 사는 건 아닌가 싶어서 면역력을 높여야겠다는 생각이 들었다. 첫 번째로 시작한 것은 물 마시기였다. 일단 아침에 일어나면 공복에 따뜻한 물을 마셨다. 처음에는 습관이 안 되어 자주 잊어버리기도 했다. 그러나 물을 마신 날에는 왠지 화장실 가는 것도 편하고 소화도 잘되는 것 같았다. 아침에 일어나 마시는 물 한 잔은 밤새 쉬고 있던 장에 활력을 주고 노폐물을 제거해준다.

다음으로 한 것이 몸을 따뜻하게 하는 것이었다. 체온이 올라가면 면역력이 올라가 병에 잘 걸리지 않게 된다. 암세포나 바이러스, 세균을 퇴치하는 힘이 생기기 때문이다.

우리가 잠을 잘 때 체온이 보통 1~1.5℃ 정도 내려간다. 체온이 1도만 내려가도 면역력은 25%, 기초 대사량은 15~25%나 내려간다고 하니 잠자는 동안 우리 몸은 병에 취약한 상태가 되는 셈이다.

간단하면서도 체온을 높이는 데 좋은 것이 바로 맨손 체조다. 근육은 우리 몸의 혈액을 나르는 펌프 역할을 한다. 맨손 체조를 하게 되면 근육이 움직이고 정맥이 눌린다. 이때 혈액이 심장을 향해 흘러가서 혈액순환이 좋아진다.

나에게 가장 부담을 주지 않고 할 수 있는 것이 무엇일지 생각했다. 그래서 시작한 것이 침대 체조다. 아침에 눈 뜨면 그 자리에서 잠깐 체조를 한다. 잠들기 전에도 마찬가지다. 이렇게 하면 잊지 않고 할 수 있다. 처음에는 의식적으로 하지만 몇 번 하다 보면 '잠들기 전에는 체조를 하나 보다'하고 몸이 기억한다.

맨손 체조가 건강에 좋다는 말은 전에도 들어봤다. 몇 번 시도해 본 적도 있었다. 그러나 그때마다 오래가지는 못했다. 뭔가를 해야 한다는 부담감 때문이었다.

이번만큼은 가벼운 마음으로 접근하기로 했다. 그냥 자기 전에 몸을 풀

기적을 만드는 하루 10분 의 힘

고 잔다는 생각이었다. 이렇게 몇 번 하다 보니 자연스럽게 몸이 기억했다. 침대에 누우면 자연스럽게 체조를 하게 되었다. 그래야 하루를 제대로 끝냈다는 생각이 들기 때문이다.

사무실에서 근무하는 직장인으로서 이 체조는 상당히 도움이 되었다. 그 전에는 의자에 오래 앉아 있으면 허리나 어깨가 뻐근하고 당기기도 했다. 그러나 이 체조를 꾸준히 하다 보니 이제는 그런 증상이 거의 사라졌다. 지금은 상당히 편안하다. 척추를 둘러싼 양옆 근육, 척추 기립근이 강화되었기 때문이다.

내가 하는 침대 체조는 여섯 개의 동작으로 이루어져 있다. 누워서 하는 세 동작, 엎드려서 하는 세 동작이다. 하지만 꼭 다 할 필요는 없다. 하기 싫을 때는 한 동작 정도만 해도 된다.

누워서 하는 첫 번째 동작은 롤링 동작이다. 누워서 다리를 가슴 쪽으로 구부리고, 구부린 두 다리를 팔로 감싸안는다. 목을 구부려서 허리가 완전히 둥근 활모양이 되도록 안아준다. 그 상태로 10초간 머무른다. 이 동작은 허리 곡선을 유지하고 척추의 유연성을 길러준다.

둘째로 브릿지 동작이다. 누워서 머리와 다리를 바닥에 대고 배를 들어 구름다리를 만들어 준다. 동작이 잘 되면 정수리와 다리만 땅에 딛고 배와 어깨까지 들어준다. 그 상태로 10초간 유지한다. 이 동작은 평소 굽어서 지내는 허리를 반듯이 펴주는 역할을 한다. 허리가 굽는 것을 예방할 수도 있다.

세 번째로 다리 들고 버티기이다. 누운 채로 두 다리를 30도 이상 들어

준다. 그 상태로 10초간 머무른다. 반복해서 5회 정도 실시한다. 배에 힘이 들어가면서 척추를 둘러싼 근육들이 단련된다.

엎드려서 하는 첫 번째 동작은 고양이 자세다. 고양이처럼 두 다리와 팔로 땅을 짚고 엎드린다. 배에 힘을 주고 배 앞쪽으로 쭉 내민다. 그렇게 10초간 머무른 후에 반대로 배를 쭉 넣어 등이 굽게 만든다. 10초간 버틴다. 이 동작은 배와 등 근육을 이완시키고 단련시켜준다.

둘째로 어깨 늘여주기이다. 무릎을 꿇고 앉아 양팔로 바닥을 짚고 엎드린다. 바닥을 짚은 채 양쪽 팔을 번갈아 늘여준다. 이 동작은 어깨를 스트레칭함으로써 뭉친 근육을 풀어준다.

마지막으로 슈퍼맨 동작이다. 엎드린 상태에서 배꼽만 땅에 붙이고 양팔과 다리를 동시에 들어준다. 10초간 버틴다. 원 상태로 돌아온 다음 다시 팔과 다리를 쭉 편다. 이를 5회 이상 반복한다. 이 동작은 척추 기립근을 강화하는 최고의 동작이다. 바쁠 때는 이 동작만 해도 다음 날 허리가 아플 일은 거의 없다.

▼ 누워서 하는 침대 체조 동작들

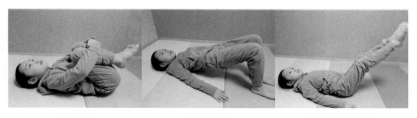

| 롤링 동작 | 브릿지 동작 | 다리 들고 버티기 |

▼ 엎드려서 하는 침대 체조 동작들

고양이 자세   어깨 늘여주기   슈퍼맨 동작

　이 체조들은 많은 사람이 알고 있는 동작들이다. 그러나 핵심은 매일 하는 것이다. 이를 위해 동작을 부담스럽지 않게 3+3으로 단순화했다. 그 랬더니 신기하게도 매일 하게 되었다. 심지어는 여행을 갔을 때도 한다. 침 상이나 침구만 있으면 작은 공간에서도 할 수 있다. 하기 싫은 마음이 들 다가도 5분이면 된다는 생각에 얼른 해 버리고 잠에 든다.

　그 밖에 몸을 따뜻하게 하는 방법 몇 가지를 소개한다. 우선 몸이 좀 피 곤하다 싶을 때는 샤워기에 목 뒤쪽을 대고 물을 맞는다. 잠을 잘 때도 수 건으로 목을 감싼다. 목은 우리 몸의 체온 조절과 깊은 관련이 있다. 추울 때 목만 제대로 감싸도 온몸이 따뜻해지는 것을 경험한 적이 있을 것이다. 그리고 밤에 잘 때는 수면 양말을 신는다. 발은 우리 몸의 축소판이다. 발 을 따뜻하게 하면 잠자는 동안 체온이 떨어지는 것을 막을 수 있다.

　예로부터 동양에서는 신체가 건강해지기 위해서 '두한족열', '수승화강'을 강조했다. 머리는 차갑고 발은 따뜻하게 하면 혈액순환이 원활해져 병에 걸리지 않는다는 것이다. 이런 의미에서 건강을 위해 배꼽까지만 담그는 반신욕이 효과적이다. 대중목욕탕에 가면 몸을 목까지 담그는 사람들이 대부분이다. 그러나 이렇게 하면 온몸에 체온이 올라가 혈액순환을 자극하는 효과는 거의 없어진다. 반면 반신욕을 하게 되면 상반신과 하반신의 온도 차가 생겨 혈액순환이 좋아진다.

또한, 반신욕을 하게 되면 숙면에도 도움이 된다. 중추신경의 긴장을 풀어주고 자율신경도 조절하여 에너지 소비를 촉진하기 때문이다. 게다가 수족냉증이나 생리통, 허리통증에도 도움을 주고 모공이 열려서 독소 배출에도 도움이 된다.

반신욕은 체온보다 약간 뜨거운 40도 정도로 30분 이하로 하는 것이 좋다. 끝나고 나서는 따뜻한 물로 샤워하고 바지나 수면 양말을 신는 것이 좋다. 반신욕의 효과를 오랫동안 유지할 수 있기 때문이다. 덥다고 찬물을 뒤집어썼다가는 순식간에 체온을 빼앗기게 된다.

마지막으로 면역력을 높이기 위해 정신의 에너지를 잘 관리하는 것도 중요하다. 오늘날과 같이 스피드가 강조되는 사회에서 우리는 여러 스트레스에 노출되어 있다. 그러다 보니 상당한 양의 정신적 에너지를 소모하면서 하루를 보내곤 한다. 자신을 돌아보거나 마음을 추스를 여유도 없이 매일을 보내는 경우가 대부분이다. 현대사회에 우울증과 자살이 많이 나타나는 것도 이러한 원인이 상당 부분 작용했을 것으로 보인다.

정신 에너지를 관리하는 방법 중 하나가 명상이다. 명상의 핵심은 '마음을 정결히 하고 정신을 한 곳에 집중하는 것'이다. 우선 마음을 정결히 한다는 것은 내려놓는 것이다. 살아가면서 겪는 대부분의 고통은 욕심에서 나온다고 한다. 만족하지 못하고 욕심을 낼수록 마음은 힘들어진다.

이런 마음을 다스리겠다고 일부러 누르게 되면 반대로 튀어나오는 마음이 더욱 커진다. 뭔가를 하면 안 된다고 생각할수록 우리의 마음은 더욱 하고 싶어진다. 예를 들어 다이어트를 하는 사람에게 '음식을 먹어서는 안 돼'라는 생각이 강할수록 다이어트에 실패할 확률이 높다. 우리의 잠재의식은 긍정과 부정을 잘 구분하지 못하기 때문이다. 그래서 뭔가를 하면 안 된다고 생각할수록 그것에 더욱 관심을 둔다. 그러다가 마음의 고삐가 느슨해지는 순간 억눌렸던 욕구를 더욱 강렬하게 실행하게 된다.

마음을 억누르는 대신 마음의 상태를 바라봐주는 것이 좋다. 마치 제3자가 바라보는 것처럼 나의 마음을 읽어주는 것이다.

'지금 내 마음이 화가 많이 나 있구나. 그래. 지금 같은 상황에서는 당연한 거야.'

'아, 지금 많이 억울해하고 있구나. 그래, 맞아. 너는 잘못한 게 없는데 억울하겠구나.'

내 마음을 알아주는 사람에게 이를 털어놓는다면 좋겠지만, 이것이 여의치 않은 경우도 있다. 위로를 받으려고 말을 꺼냈다가 오히려 상처를 받을 수도 있다. 우리는 다른 사람의 말에 공감해주기보다 충고하거나 질책하는 데 익숙하기 때문이다.

'그러니까 네가 잘했어야지.'

'내가 그럴 줄 알았다.'

위로가 필요한 사람에게 이런 말들로 쉽게 상처를 주기도 한다.

이럴 때는 차라리 내가 나의 마음을 읽어주고 인정해주는 편이 낫다. 지금 나의 마음이 화가 나 있는지, 억울해하고 있는지를 살피고 이를 있는 그대로 인정해주는 것이다. 우리가 화를 내고 좌절하는 이유 중 하나는 아무도 나의 마음을 알아주지 않기 때문이다. 나는 억울한데 상대방이 이를 인정하지 않는다면 얼마나 화가 쌓이겠는가.

이 경우 크고 작은 다툼이 일어나기 쉽다. 이때는 오히려 나 스스로 내 마음의 상태를 잘 관찰하고 인정해줘야 한다. 마음의 상황을 있는 그대로 바라보고 인정해줄 때 억울함과 울분은 차츰 가라앉게 된다.

여기서 주의할 점이 있다. 내 마음의 상태를 읽어준다는 것이 화난 마음 안으로 빨려 들어가는 것을 의미하지는 않는다. 화난 상황을 떠올려 오히려 분이 커지는 것은 제대로 된 바라봄이 아니다.

대신 전혀 이해관계가 없는 제3자가 보는 것처럼 객관적 시각으로 봐주는 것이 필요하다. 감정이 격해졌을 때 객관적 시각으로 바라보기가 쉬운 일은 아니다. 하지만 그럴 때일수록 감정을 가라앉히고 한 발짝 떨어져서 그 감정을 관찰해야 한다. 이것이 습관이 되면 일이 생겼을 때 평온함을 되찾는 데 오랜 시간이 걸리지 않는다.

이를 종교적으로 표현하면 절대자의 시각에서 나를 바라보는 것이다. 이는 마음에 커다란 위로를 안겨준다.

명상은 정결한 마음으로 한 곳에 집중하는 것이다. 눈을 감고 오감에 집중하는 것이 대표적이다. 지금 앉아있는 방석의 촉감, 멀리서 들려오는 작은 벌레 소리, 손끝을 지나는 바람 한 점, 눈앞에 보이는 색깔 하나에도 집중하는 것이다.

깊이 있게 집중하다 보면 작은 소음조차 들리지 않는 경지에 이른다. 그러면 마음에 평안이 찾아오고 더욱 깊이 들어갈 수 있게 된다. 특정 종교를 의식하지 않더라도 마음을 다스리는 데 있어 명상은 좋은 방법이다.

우리 몸에는 취약 시간이 존재한다. 특히 잠자는 시간에는 체온이 내려가 병균의 공격에 노출되기 쉽다. 그러나 평소에 면역력 향상을 위해 조금만 신경 쓴다면 이를 극복할 수 있다. 따뜻한 수면을 하게 되면 성인병의 위험이 낮아지고 면역력도 높아져 감기나 암 질환을 예방할 수도 있다.

우선 침대 체조와 반신욕 등을 통해 체온을 높이고, 목이나 발의 온도를 잘 유지하는 것이 필요하다. 틈나는 대로 물을 마시고 명상이나 마음 바라보기를 통해 마음의 에너지를 잘 보호하는 것도 중요하다.

이러한 노력을 통해 좋은 수면이 습관화된다면 바쁜 생활 속에 잃어버린 면역력을 되찾을 수 있게 될 것이다.

6. 아무리 좋은 것도 내 체질에 맞게

지난여름 지하철에서 겪었던 일이다. 아직 반 팔을 입기에는 조금 이른 시기였다. 지하철에서는 가볍게 에어컨이 나오고 있었고, 나는 속으로 '에어컨 바람이 아직 쌀쌀한데'라고 생각하고 있었다. 그 순간 경로석에 앉아 있던 한 어르신이 갑자기 지하철 벽면에 있는 비상 수화기를 들었다. 무슨 일인가 싶었다. 어르신이 기관사에게 한 말은 뜻밖이었다.

"날씨가 이렇게 더운데 에어컨이 왜 이리 약해요? 세게 좀 틀어요!" 하면서 화를 내셨다. 나는 이 정도면 쌀쌀한 편인데 왜 그럴까 싶었다. 잠시 후 에어컨의 세기는 더 세져서 강한 바람이 나오기 시작했다. 좀 춥긴 했지만 어르신 체면도 있고 해서 그냥 참고 있었다. 그런데 시간이 지날수록 객실 온도는 내려갔다. 나는 조용히 다른 객실로 옮겼다. 옆 객실은 에어컨이 약하게 나오는 칸이었다. 그런데 잠시 후 다른 승객이 비상 수화기를 들었다. 너무 춥다고 온도 좀 낮춰달라는 것이었다. 잠시 후 에어컨 바람은 다시 약해졌다.

실제로 지하철 공사에 접수되는 민원 1위는 '너무 더워요', 2위는 '너무 추워요'라고 한다. 그 이유는 무엇일까? 너무 덥다고 한 사람은 건강이 좋고, 춥다고 한 사람은 반대일까? 아니면 춥다고 한 사람은 참을성이 없는 사람들일까?

한 번은 모임에서 MT를 간 적이 있다. 남자 네 명이서 방 배정을 받았는데, 그중에 두 명은 같은 회사에서 온 사람이었다. 그래서 미리 술과 오징어를 비롯한 각종 안주를 준비해왔다. '오랜만에 회사를 벗어나 화합의 시간을 가지려나 보다. 우리도 안주라도 좀 얻어먹겠네'라고 생각했다. 그런데 저녁 시간이 되어도 그들은 음식을 풀지 않았다.

우리는 주최 측에서 준비한 행사를 모두 마치고 밤 10시 반이 넘어서 방에 돌아왔다. 그리고 그때가 되어서야 술과 안주를 풀어놓았다. 나는 속으로 '이 시간에 먹으면 언제 소화를 시키지?'라고 생각했다. 술자리에 참여는 했지만, 술은 거의 마시지 않고 안주는 먹는 시늉만 했다. 그런데 다른 멤버들은 전혀 개의치 않고 배부르게 먹는 것 같았다.

그리고 아침이 되었다. 속은 좀 괜찮은지 물어보았다. 그들이 대답했다.
"당연하죠. 배고픈데 빨리 아침이나 먹으러 가죠."

직장에서 단체로 음식을 주문할 때 종종 한 가지 메뉴로 통일할 때가 있다. 주로 윗사람들의 의중이 반영되어서 "여기 자장면으로 통일이요", "여기 추어탕 열 개요" 이런 식이다. 그러나 일부 직원들은 겉으로 표현은 안 하지만 속으로 '나한테는 안 맞는 음식인데…'라고 생각하기도 한다. 그들의 식성이 까다로워서일까? 그 음식을 좋아하는지 아닌지를 떠나 실제로 그들에게 안 맞는 음식인 경우가 많다.

우리는 체질이라는 말을 자주 쓴다. "나는 물만 마셔도 살이 찌는 체질이야.", "나는 술이 몸에 안 받는 체질이야.", "나는 돼지고기만 먹으면 머릿속이 뒤집혀."
한때는 혈액형으로 사람을 분류하는 것이 유행하기도 했다. 심지어는 띠를 가지고 사람을 판단하기도 한다.

"쟤는 잔나비 띠라서 못 믿어."

그러나 이런 분류로는 사람의 체질을 파악하는 데 한계가 있다. 오히려 근거 없는 선입견만 갖기 쉽다. 반면 우리 고유의 체질 분류법인 사상체질은 이보다 훨씬 체계적이고 유용하다.

무엇보다 자신의 체질을 알면 질병 관리나 음식, 취미, 직업을 고르는 데도 도움을 받을 수 있다.

또한, 다른 사람의 체질을 읽을 수 있다면 상대방의 특성을 잘 이해하고 그에 맞게 대접할 수 있다. 예를 들어 귀한 손님을 만나야 하는데 그분이 소음인이라고 하자. 몸이 냉한 소음인에게는 차가운 음식보다는 따뜻한 음식이 잘 맞는다. 실제로 삼계탕이나 청국장과 같이 따뜻하고 발효된 음식을 좋아할 가능성이 크다.

그런데 체질에 대한 지식이 없다면 상대에게 비싼 음식을 대접한답시고 생선회 같은 차가운 음식부터 내놓을 수 있다. 물론 사람에 따라 생선회를 좋아할 수도 있겠지만, 체질 관점에서 현명한 선택은 아니다.

체질에 대한 올바른 지식은 나와 주변 사람들의 건강을 지키고 타인을 이해하는 데 도움이 된다. 다만 사상체질만을 맹신하여 다른 의학적 지식을 무시하는 것은 금물이다.[19]

---

19) 사상체질이 모두에게 일률적으로 적용되는 것은 아니며, 사람에 따라 동시에 여러 체질을 갖고 있거나 잘 맞지 않는 경우가 있을 수 있다.

기적을 만드는 하루 10분 의 힘

사상체질이란 동무 이제마(1836~1900) 선생이 쓴 『동의수세보원』에서 유래한다. 인간은 오장육부의 강약에 따라 태양인, 태음인, 소양인, 소음인으로 분류한다. 태어나면서부터 오장육부 가운데 일부는 강하고 일부는 약하게 태어난다. 이에 따라 체형, 성격, 선호도 등 사람의 특성이 결정된다. 이러한 특성을 알면 그에 맞는 체형 관리, 질병 예방, 가입해야 할 보험, 옷 색깔의 선택, 스트레스 해소방법 등 다양한 응용이 가능하다.

자신이 어떤 체질인지 정확하게 알기 위해서는 오링 테스트나 펜듈럼, 문진 등을 활용한 진단이 필요하다.

그러나 간단한 컬러 테스트나 귀금속에 대한 몸의 반응을 통해서도 체질을 예측해 볼 수 있다. 컬러 테스트의 경우 한 손에 특정 색깔의 종이를 들고 다른 한 손으로는 오링(O-ring)[20]을 만든다. 다른 사람이 그의 오링을 열려고 힘을 줄 때 얼마나 잘 버티느냐에 따라 그 사람의 체질을 알 수 있다.

예를 들어 피실험자가 손에 빨간색 종이를 들고 있을 때 잘 버틸 수 있었다면 그는 소음인일 가능성이 크다. 소음인은 빨간색을 접할 때 강해지는 특성이 있기 때문이다. 태음인은 하얀색이나 노란색, 소양인은 검정색, 태양인은 녹색이나 보라색 등이 잘 맞는 색깔이다. 체질별 특성만 제대로 알아두어도 자신이 어떤 체질인지 예측할 수 있다.

일단 통계적으로 우리나라 사람의 절반은 태음인으로 알려져 있다. 목욕탕에 가 보면 가슴부터 배, 골반까지 일자형인 소위 '드럼통' 몸매가 많다. 우리나라의 많은 아저씨들이 갖고 있는 몸매이다. 자신이 배가 나온

---

20) 손바닥을 편 상태에서 엄지와 검지만 붙여서 동그란 모양을 만든 상태

일자형 몸매에 땀이 많은 뚝심의 사나이라면 태음인일 가능성이 크다.

태음인은 기본적으로 배 부위가 발달해있다. 상대적으로 몸통이 커 보이는 삼각형 또는 둥근형의 체형이다. 간이 발달한 대신 폐가 약하다. 회사에서 회식하면 폭탄주를 돌리고 끝까지 살아남는 사람들은 대부분 태음인이다.

반면에 폐가 약해서 달리기나 등산을 하면 쉽게 숨이 가빠진다. 따라서 호흡기 질환은 물론이고 심근경색과 같은 심혈관 질환, 뇌경색이나 뇌출혈과 같은 뇌 질환을 조심할 필요가 있다. 가족력이 있다면 뇌와 관련해서는 미리 보험에 가입해두는 것이 좋다. 밤에는 베개만 대도 잠이 들 정도로 잘 자는 편이다.

이들의 성격은 대체로 포용적이다. 오래 참고 견디며 매사를 신중하게 생각한다. 일을 맡으면 끝까지 해내는 성격이라 타인의 신뢰를 받는다. 반면 게으르고 보수적이며 안정 지향적인 삶을 살아가려는 성향이 강하다. 이러한 특성으로 인해 정치인이나 사업가와 같이 성취 지향적인 직업을 가진 사람들이 많다.

웬만한 음식은 잘 먹고 소화도 잘 시키며, 야식도 많이 먹는다. 이들에게는 고지방보다는 고단백 음식이 좋다. 열이 많아서 닭고기보다는 소고기가 잘 맞는다. 연근, 우엉, 도라지와 같은 뿌리 야채, 현미, 밀, 콩도 잘 맞는 편이다.

참고로 나는 소음인이다. 소음인은 통계적으로 우리나라 사람의 약 4분의 1을 차지한다고 한다. 이들의 체형은 날씬하고 가슴이 좁은 편이다. 대신 엉덩이를 비롯한 하체가 발달해있다. 신장의 기운이 세고 소화액을 분

기적을 만드는 하루 10분의 힘

비하는 비장의 기운이 약하다. 따라서 소화기능이 약해 많이 먹지 못하며 입맛이 짧은 미식가들이 많다. 전반적으로 손발이 차고 마른 체질이다.

성격적으로는 차분하고 분석적이며 논리적인 편이다. 매사를 정확하고 원칙적으로 처리하는 성향이 강하다. 활동적인 일보다는 앉아서 하는 일을 좋아하고 온순한 편이다. 여성적인 면을 가지고 있지만 내면은 강하다. 경쟁 심리나 질투심이 강하다는 단점도 있다.

소음인들은 위장과 심장의 기능이 약하다 보니 이들을 두고 '골골백년'이라고도 한다. 크게 아프지도 않지만, 만성적인 질병이 많다는 것이다. 특히 위장 장애가 많고 신경을 많이 쓰다 보니 신경성 질환도 많은 편이다. 따라서 소음인은 소화와 보온에만 신경을 잘 써줘도 평생을 건강하게 살 수 있다

음식은 당연히 따뜻하고 소화가 잘되는 것이 좋다. 소고기나 돼지고기보다는 열이 많은 닭고기가 좋다. 대추, 생강, 인삼, 닭고기가 들어간 삼계탕은 소음인에게 최적의 식단이라 하겠다. 추어나 흑염소, 장어와 같은 보양식이나 청국장과 같은 발효 음식이 좋다. 카레, 사과, 귤, 복숭아, 토마토, 오렌지, 유자 등도 잘 맞는다.

다음으로 소양인이다. 이들도 우리나라 인구의 약 4분의 1을 차지하고 있다. 대체로 가슴과 어깨 부위가 발달했지만, 엉덩이가 작아서 역삼각형의 체형을 가지고 있다. 외형적으로는 입술이 얇고 뾰족한 경우가 많고 눈초리가 위로 올라가는 등 직선적이고 날카로워 보인다. 장기에서는 소음인과 반대로 비장의 기운이 강한 반면, 신장의 기운이 약하다. 위장이 강하

여 대식가가 많고 몸도 뜨거운 편이다.

소양인은 말과 몸가짐이 민첩하고 날카롭다. 교제가 뛰어나고 행동이 활발하다. 창의력이 뛰어나고 봉사 정신도 강하다. 반면 성격이 급하고 지구력이 부족하여 싫증을 잘 내고 쉽게 체념하는 편이다. 경솔하다는 말을 자주 듣고 감정 변화도 심하다.

이들은 신장과 방광의 기능이 약해 신장 질환이나 전립선 등에 조심해야 한다. 소음인과 달리 병의 진행 속도가 빠르지만, 쾌유 속도도 빠르다. 자극적인 음식에도 탈이 잘 나지 않는 체질이며 속 열이 많으므로 돼지고기나 푸른 야채와 같이 차가운 음식이 좋다. 대신 현미나 생강, 카레, 감자, 닭고기와 같은 따뜻한 음식은 피하는 것이 좋다. 등 푸른 생선을 비롯한 각종 해산물, 수박, 참외, 포도, 딸기, 바나나와 같은 차가운 과일이 잘 맞는다.

마지막으로 태양인이다. 태양인은 다른 체질에 비해서 우리나라에 많지 않다. 대략 인구의 5% 내외로 알려져 있다. 이들은 주로 머리와 목덜미 부위가 발달했지만, 허리와 엉덩이 부분은 약하다. 얼굴형은 광대뼈가 나오고 이마도 넓어서 전체적으로 둥근 편이다.

체질별 신체 구조상 특징

태양 / 피부 두뇌 / 폐대간소(肺大肝小)

태음 / 피하지방 소장 / 간대폐소(肝大肺小)

소양 / 근육 위 / 비대신소(脾大腎小)

소음 / 골격 대장 / 신대비소(腎大脾小)

기적을 만드는 하루 10분의 힘

성격은 리더십이 뛰어나고 저돌적이다. 사람들 앞에도 잘 나서고 일 처리가 시원시원하다. 다른 사람과 잘 사귀고 선동적이지만, 거침없이 행동하는 성향으로 인해 제멋대로 행동한다고 오해를 받기도 한다. 이러한 성격 덕분에 태음인 중에 군인이나 연예인이 많은 편이다.

이들은 태음인과 반대로 간 기능이 약하다. 따라서 간암, 지방간과 같은 간 질환을 조심해야 한다. 속 열이 많은 편이어서 담백하고 서늘한 음식이 좋다. 지방이 많거나 열량이 높은 음식을 피하고 채소류나 지방질이 적은 해산물이 좋다. 현미보다는 백미가, 뿌리 음식보다는 푸른 잎 채소가 잘 맞는다. 고기는 쇠고기보다는 양고기가 좋고, 붕어, 새우, 조개, 오징어와 같은 해산물도 좋다.

사상체질을 배우고 나서 많은 궁금증이 풀렸다.
'내 동료는 봄부터 반 팔을 입는데 나는 왜 11월만 되어도 내복을 입기 시작할까?'
'어떤 친구들은 고기나 우유를 먹어도 금세 소화를 시키는데 왜 나는 오랜 시간이 흐른 후에야 소화가 시작될까?'
'나는 왜 돼지 족발보다는 청국장이나 닭고기가 더 당길까?'와 같은 질문들이었다.

그리고 그동안 내 체질과 맞지 않음에도 억지로 해왔던 일들을 돌이켜보았다. 돼지고기가 맞지 않는 체질임에도 살찌려고 일부러 돼지고기로 배를 채워보기도 했다. 추위에 강해지겠다고 한겨울에 내복을 안 입었다가 감기로 고생하기도 했다.

하지만 이제는 알고 있다. 사람마다 타고난 체질이 다르다는 것을. 따라서 체질에 맞는 것을 취하고 맞지 않는 것은 가볍게 인정하면 된다는 것을. 다른 사람을 대할 때도 각자 다른 특성이 있음을 인정하고 그에게 맞는 것을 해주는 것이 배려의 첫걸음이다. 내가 좋아하는 것을 다른 사람도 좋아해 줄 거라는 생각은 착각인 경우가 많다.

이제마 선생은 『동의수세보원』에서 이렇게 말했다. "사람이 진실로 타고난 성품과 감정을 잘 조절하여 어느 한쪽에 치우치지 않고 조화를 이룰 수 있다면, 그가 사상인 중 어디에 속하더라도 병이 없을 뿐 아니라 장수하고 복을 받으며 부귀하여 이름이 하늘에 오르게 된다."

우리도 각자 타고난 체질을 알고 한쪽에 치우치지 않도록 해야 한다. 남들이 좋다고 해서 체질에 맞지 않는 것을 억지로 할 필요도 없다. 자신에게 맞는 것을 찾고 이를 즐기는 것이 중요하다. 부모님이 물려주신 체질을 소중히 여기고 잘 지켜 나갈 때 우리 몸과 마음은 가장 건강한 상태를 유지할 수 있게 될 것이다.

체질별 음식 궁합

	좋은 음식	덜 좋은 음식
태양인	백미 푸른 잎 야채 생선, 양고기	현미 뿌리음식 육류
소양인	백미 푸른 야채 돼지고기	현미 생강, 카레 감자, 닭고기
태음인	현미 밀, 뿌리야채 소고기	푸른 잎 야채 대부분의 패류 등 푸른 생선
소음인	현미 카레, 생강, 양파, 닭고기, 추어	오이, 포도, 우유 영지버섯, 개똥쑥 돼지고기

기적을 만드는 하루 10분의 힘

● 사상체질 구분 방법

	소양인	태양인	소음인	태음인
체 형	가슴 부위가 발달 어깨가 딱 벌어진 느낌 엉덩이 부위가 빈약	가슴 윗부분이 발달 목 덜미가 굵고 건실 머리가 큰 편 허리 아래 부분이 약함	엉덩이가 발달 앉아 있는 모습 안정적 가슴 부위 빈약 움츠리고 있는 느낌	허리 부위가 발달 서 있는 자세가 굳건 목덜미의 기세가 약함
인 상	인상이 밝고 재미있어 보인다.	카리스마가 강하며 욕심이 많아 보인다.	생각이 많고 기가 죽어 보인다.	착하고 마음이 넓어 보인다.
건열 냉습	열체질 보통 체격에 열이 있는	건체질(건조) 조금 마르고 열이 있는	냉체질 마르고 차가운	습체질(땀체질) 살이 찌고 땀이 많은
사 우 나	사우나 후 힘이 빠지고 사우나를 좋아하지 않음	사우나를 싫어하고 기관지는 튼튼함	사우나는 보통 정도이나 오래는 못 견딤	사우나를 즐기면서 땀 흘리고 나면 힘이 남
몸 상 태	변비 없이 대변 잘 봐서 기분 좋으면	소변을 잘 봐서 기분 좋으면	소화가 잘 되어 기분 좋으면	땀이 잘 나서 기분 좋은

목, 머리, 턱이 발달했으면
태양인

엉덩이나
아랫배가
발달했으면
소음인

어깨나 가슴이
발달했으면
소양인

허리와 배가
발달했으면
태음인

PART
05

부를 늘려주는
하루 10분

1. 현금흐름부터 잡아라

초등학교 5학년 때 광주로 전학을 가게 되었다. 어린 마음에 광주라는 도시는 무척 낯설고 외로운 곳이었다. 그때 나에게 힘이 되어준 친구가 있었다. 전교에서 싸움을 제일 잘하고 의협심이 강한 친구였다. 희한하게 그 친구와는 마음이 잘 통했고 결국 단짝이 되었다.

어느 날 친구가 신문 배달 아르바이트를 하자고 제안했다. 용돈도 벌고 새벽에 운동도 하자는 것이었다. 나도 그 친구와 보내는 시간이 즐거워서 주저 없이 제안을 수용했다. 우리는 학교 근처 동아일보 배급소를 찾아갔다. 그리고 다음 날 아침부터 배달을 시작했다.

한 달 배달을 하고 받는 돈은 5만 원이었다. 월급을 받으면 사고 싶었던 것이 있었다. 비비탄을 사용한 M-16 소총 장난감, 가격은 만오천 원이었다. 5만 원이라는 돈은 초등학생에게 무척 큰돈이었다. 그 어마어마한 돈을 받았을 때 우리는 이런 이야기를 나누었다.

'100만 원이라면 M-16을 70개나 살 수 있는 돈이지. 나도 어른이 되어 100만 원을 벌 수 있다면 얼마나 행복할까, 그러면 원하는 것은 뭐든지 살 수 있을 텐데.'

그로부터 20년이 지나서 나는 실제 100만 원을 넘게 버는 어른이 되었다. 물가 상승률을 감안하더라도 그렇다. 그런데 이상했다. 뭐든지 할 수 있을 것 같았던 돈이 이제 보니 충분한 돈이 아니었다. 월급이 나오기 바쁘게 카드 요금으로 나갔다.

이런저런 생활비를 지출하고 나면 남는 게 별로 없었다. 저축은 생각하기도 어려웠다. 나는 월급이 적다고 투덜댔다. 그런데 시간이 흐르면서 월급이 올라도 그런 패턴은 마찬가지였다. 나중에 알고 보니 월급 액수가 문제가 아니었다. 돈이 모이는 것을 방해하는 요소들이 문제였다.

나에게 있어 돈 모으는 데 방해가 되는 요소 중 하나는 매달 일정치 않은 월급이었다. 홀수 달 받는 돈이 짝수 달의 2배이다. 그렇다고 홀수 달에 더 얹어 주는 것은 아니다. 정해진 연봉을 단순히 2/3와 1/3로 쪼개서 줄 뿐이다. 그러다 보니 많이 나온 달에는 왠지 부자가 된 느낌이 든다. 그래서 별 부담 없이 카드를 긁고 사고 싶었던 것들을 산다.

그러다가 다음 달에 정신을 차려보면 카드 요금은 감당하기 어려울 정도로 커져 있다. 월급이 적은 짝수 달에는 부족한 생활비를 충당하기도 버거워진다. 이런 생활이 반복되다 보니 점차 돈 모으는 것을 포기하게 된다.

왜 이런 악순환이 계속될까? 바로 현금흐름을 관리하지 못했기 때문이다. 돈을 모으는 일의 시작은 현금흐름 관리이다. 아무리 좋은 재테크 방법이 있다고 해도 현금흐름을 관리하지 못하면 돈은 한 줌의 모래처럼 스르르 빠져나가 버린다.

복권 1등 당첨자 대부분이 결국 파산하거나 신용불량자로 끝난다는 이야기를 들어본 적이 있을 것이다. 그 이유는 현금흐름을 관리하지 못했기 때문이다. 일시에 큰돈을 만지다 보니 그 돈이 영원할 것으로 착각하게 된다. 그래서 수입과 지출을 관리하지 않은 결과 그런 불행을 맞게 된 것이다. 현금흐름 관리가 얼마나 중요한지 보여주는 대목이다.

현금흐름 관리의 첫 단계는 들어오고 나가는 돈에 이름표를 다는 것이다. 바로 통장 분리이다. 나의 경우 홀수 달 씀씀이가 짝수 달에 비해 큰 이유는 홀수 달 월급이 많이 나오기 때문이다. 보너스도 마찬가지다. 만약 보너스를 받지 않았다면 어떻게든 기본 급여에 맞춰서 살아갈 것이다. 그러나 보너스를 받는 달에는 꼭 필요한 것이 아니어도 사곤 한다.

특히 월급 통장과 생활비 통장이 분리되어 있지 않다면 현금이 드나드는 흐름을 파악하기가 어렵다. 따라서 뭔가 사야겠다는 생각이 들면 월급 통장에서 쉽게 써버리고 만다. 그러면 월급을 받아도 순식간에 통장을 거쳐 바로 사라진다.

이를 방지하기 위해 통장에 이름표를 달아줘야 한다. 바로 월급 통장과 생활비 통장으로 분리하는 것이다. 월급을 받으면 일정액을 생활비 통장으로 이체해서 여기서만 생활비를 쓰는 것이다. 나머지는 고스란히 월급 통장에 남긴다. 지출(생활비)과 여유 자금(월급 통장, 저축)을 분리함으로써 통장 잔액을 마음대로 쓰는 우를 피할 수 있게 된다.

이렇게 몇 개월 운영해보고 익숙해지면 한 단계 더 나아가 보자. 바로 네 개의 통장으로 분리하는 것이다. 월급 통장, 저축 통장, 생활비 통장, 저수지 통장이 그것이다. 이 순서는 돈이 이동하는 순서이기도 하다.
각 통장의 역할이 분명하다 보니 이 방식을 사용하면 돈을 모으기 훨씬 수월해진다. 구체적인 방법은 다음과 같다.

① 월급 통장은 베이스캠프 역할을 한다. 보너스, 월급 등 모든 수입은 일단 이곳으로 모인다. 이는 마치 국가의 모든 세금이 하나의 국고로 모이는 것과 같은 이치다.

② 공과금 등 고정비용(공과금, 이자, 보험료, 관리비 등)은 월급 통장에서 자동이체되도록 한다. 기본적으로 나가는 비용은 먼저 털어내고 실제 가용한 자금으로 지출하고 저축하기 위한 목적이다.

③ 저축할 돈은 각 적립통장(예금, 적금, 펀드, 연금 등)으로 자동 이체되게 하여 매달 저축한다.

④ 생활에 필요한 한 달 비용(식비, 교통비, 문화비 등)의 예산을 세워 그 액수를 생활비 통장으로 이체하고 여기서 생활비를 지출한다.

⑤ 생활비 통장으로 이체 후 남은 돈이나 보너스 등은 저수지 통장으로 이체한다. 이는 비상 예비자금이나 추가 투자를 위한 씨앗 자금으로 활용할 수 있다.

초기에는 저수지 통장에 예비자금을 어느 정도 넣어두는 것이 필요하다. 저수지 통장의 가장 큰 목적은 갑작스러운 의료비나 경조사와 같이 예상치 못한 비용을 지출하기 위함이다.

초기에 저수지가 비어있는 상황에서 이런 비용이 발생하면 저축 통장이나 생활비 통장에서 쓰게 된다. 그러면 시스템 전체가 무너지기 쉽다. 따라서 초기에 월급의 2~3배 정도를 저수지 통장에 넣어놓는 게 좋다. 일정기간 머무는 자금임을 감안할 때 CMA 통장에 넣어두면 추가적인 수익도 챙길 수 있다.

이러한 시스템을 전투에 빗대어 보면 이해가 쉽다. 재테크라는 전투의 승리를 위해 매달 월급이라는 보급품을 받게 된다. 이 보급품은 월급 통장이라는 베이스캠프에 보관된다.

이때 지출이라는 공격이 들어온다. 그러면 생활비 통장으로 최대한 막아냄으로써 방어가 이루어진다. 적의 공격을 막아낸 이후에는 우리가 공격할 차례다. 저축을 통해 최대한의 자금을 만들어냄으로써 재테크 전투에서 승전고를 울릴 수 있다.

이때 남은 병력은 다음의 전투를 위해 예비군으로 남겨둔다. 급하게 병력이 필요할 때에는 이들을 보내 위기를 막아내야 한다. 또한, 필요시에는 이들만으로 구성된 공격 부대를 만들어 전투의 승리를 이끌어내기도 한다.

결국, 한정된 보급품을 이용해 적의 공격을 막아내고 최대한의 공격을 통해 재테크라는 전투에서 승리해야 한다. 아래 그림에는 월급 250만 원을 받는 월급쟁이의 예를 통해 통장 분리 시스템을 설명해보았다.

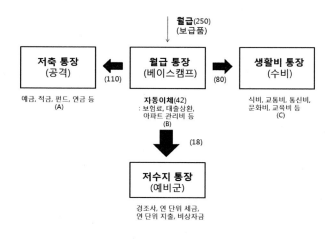

〈통장분리 시스템의 예〉

기적을 만드는 하루 10분 의 힘

돈을 모으는 데 가장 방해되는 것을 꼽으라면 나는 단연코 신용카드를 꼽는다. 카드빚의 악순환은 누구나 한 번쯤 경험해 봤을 것이다. 사실 돈이 없으면 지출을 하지 못하는 것이 기본이다. 그런데 신용카드는 이를 가능하게 만들어 놓았다. 미래에 들어올 돈을 미리 빌려 쓸 수 있기 때문이다.

지출에 제약이 거의 없고 청구서가 나올 때까지는 얼마나 썼는지 체크하기가 쉽지 않기 때문에 과소비할 가능성이 커진다. 그러니 많은 사람들이 월급을 받게 되면 대부분 카드 대금을 갚는 데 충당한다. 그렇게 되면 사용할 현금이 없어서 다시 신용카드를 쓰는 악순환에 빠지게 된다.

신용카드의 본질은 빚이다. 그런데도 이를 빚이라고 생각하는 사람은 많지 않다. 지출은 편리하지만 건전한 소비를 저해한다. 돈을 모으기 위해서는 신용카드의 늪에서 빠져나와야 한다.

이를 위해 체크카드를 쓰는 것을 권장한다. 그것도 잘 쓰기를 권한다. 생활비 통장과 용돈 통장[21]은 별도의 체크카드를 만드는 것이 좋다. 미리 그달 생활비와 용돈을 정해놓고 그 범위에서 사용한다. 만약 예상치 못한 사정으로 금액이 부족하다면 저수지 통장에서 끌어올 수 있다.

체크카드를 사용하면 강제적으로 제한된 예산하에서 소비를 하게 된다. 게다가 체크카드 사용 내역 자체가 하나의 가계부 역할을 한다. 일정 기간 지출 내역이 모두 기재되기 때문이다. 요즘에는 체크카드를 사용할 때마다 날아오는 문자메시지를 활용하여 자동으로 가계부를 작성해주는 애플

---

21) 생활비의 일부로서 자유롭게 쓸 수 있는 돈을 넣어두고 지출하는 통장이다. 결혼한 가정의 경우 남편과 아내, 자녀의 용돈은 각각 생활비 항목 중 하나가 된다.

리케이션도 있으니 활용해볼 만하다.

여기에 잔액통보 SMS를 신청하면 돈을 쓸 때마다 잔액이 얼마 남아 있는지 확인할 수 있다. 이는 돈을 쓸 때마다 약간의 긴장감을 준다. 지출할 때마다 잔액이 줄어드는 것을 느끼게 해줌으로써 자연히 소비를 줄이는 결과를 가져온다.

재테크의 기본은 현금흐름 관리이며, 현금흐름 관리의 첫걸음은 지출을 꽉 붙잡는 것이다. 효과적인 지출 통제를 위해 통장을 용도별로 분리하는 것이 꼭 필요하다.

지출은 예산에 맞춰 체크카드로 하고, 잔액 통보 SMS나 가계부 앱과 같은 도구를 활용하여 점차 소비를 줄여나간다. 이러한 지출 습관만 제대로 갖춰도 목돈을 만들어가는 탄탄한 기초를 만들어 갈 수 있게 될 것이다.

2. 나가는 돈을 사수하라

많은 사람들이 돈을 아껴 종잣돈을 만들어보고자 노력한다. 그러나 성공하는 사람은 드물다. 목돈이 생기는 것은 먼 미래의 일이지만 그 수고는 지금 당장 감내해야 하기 때문이다. 돈을 아끼기 위해서는 소비를 억제하는 고통을 감내해야 한다. 그러다 보니 '이 돈 아껴서 뭐가 달라지겠어?', '이 달까지만 쓰고 다음 달부터 아끼자'는 식으로 자기합리화에 빠지기 쉽다.

특히 사회 초년기에는 어느 때보다 사고 싶은 것이 많은 시기다. 학창시절 사지 못했던 것들을 살 수 있는 경제력이 생겼기 때문이다. 최신 스마트폰부터 명품 가방, 승용차에 이르기까지 온갖 소비 욕구가 들끓는다. 그런 만큼 이 시기에는 소비에 더욱 주의를 기울여야 한다. 깜빡하는 사이 동료들보다 뒤처질 수 있기 때문이다.

당연한 말이지만 돈을 모으려면 지출을 잘 관리해야 한다. 그리고 최대한 많이 남겨 저축으로 보내야 한다. 이를 통장 분리 시스템에 적용해보면 생활비 통장에서 돈을 남겨서 저축 통장에 쌓는 것이다. 지출을 관리하는 데 있어 지출 규모 파악이 우선이다. 즉, 비용들이 실제 어디에 얼마나 쓰이는지 최대한 정확하게 산정해야 한다.

이를 위해 지난 몇 개월간의 생활비 내역을 살피는 것이 필요하다. 그리고 각 항목에 얼마나 지출했는지 적어본다. 전기세나 가스요금 같은 자동이체 항목은 물론이고 식료품비, 경조사비 등 각 비용이 한 달에 얼마나 쓰이는지 계산해 본다. 이렇게 하면 다음 달 예산을 짤 때 어느 정도 금액을 배정해야 할지가 나온다. 이 정도면 계획성 있는 소비를 위한 최소한의 틀이 잡힌 셈이다.

앞에서도 언급했지만, 돈을 모으는데 가장 큰 방해물은 신용카드이다. 아직 소비할 여유가 없는 상황에서 소비할 수 있게 만들어주기 때문이다. 대출은 절차가 까다롭고 복잡해서 접근이 쉽지 않다. 하지만 신용카드는 다르다. 어느 정도 신용만 있다면 손쉽게 발급할 수 있다.

당장 주머니에 돈이 없어도 쉽게 카드를 긁게 된다. 쓰는 순간은 달콤하지만 머지않아 혹독한 대가를 치러야 한다. 적은 금액의 지출들이 모여 큰 부담으로 돌아온다. 한 번에 거액이 결제되고 나면 돈을 모으려던 계획은 무너지기 쉽다.

나도 돈 모으는 계획을 세웠다가 무너진 경우가 많았다. 원인은 신용카드 때문이었다. 그런 시간들을 거쳐 이제는 좀 달라졌다. 하나의 계기가 있었다면 생활비 봉투를 활용하면서부터였다. 생활비 봉투란 생활비 항목별로 봉투를 만들어 정해진 예산 금액을 넣어놓고 꺼내 쓰는 방법이다.

이를 위해 생활비는 현금만 쓰기로 했다. 그리고 외식비, 마트비, 교통비, 문화생활비 등 지출 항목별로 큰 봉투와 종이를 마련했다. 미리 정한 예산 금액을 현금으로 인출해서 봉투에 넣었다. 한 달에 식비 30만 원, 문화생활비 10만 원, 교통비 20만 원, 쇼핑비 20만 원 이런 식이다. 그리고 온 가족이 이 봉투에서만 돈을 꺼내 쓰고 내역은 봉투 앞에 붙은 종이에

기적을 만드는 하루 10분 의 힘

적게 했다. 신용카드는 일절 사용하지 않는다.

그 결과 훨씬 효과적으로 지출을 통제할 수 있었다. 몇 가지 장점을 나열하자면, 일단 미리 정한 생활비 이상으로 소비하는 일이 줄어들었다. 항목별로 정해진 한도가 있다 보니 가급적 그 금액을 넘지 않으려는 고집이 생겼다.

예를 들어 아직 20일밖에 안 지났는데 식비가 5만 원밖에 안 남았다고 하자. 그러면 남은 10일 동안은 그 돈으로 살아야 한다. 이를 위해 가급적 하루 5천 원 범위에서 해결하려고 노력하게 된다. 그 한도를 지키지 못할 수도 있다. 그러나 그런 제한이 아에 없을 때와는 마음 자세가 많이 다르다.

둘째, 자동으로 가계부가 작성되어 지출 통제가 쉬워진다. 봉투에 종이를 붙여 놓고 돈을 꺼내 쓸 때마다 기재하면 잊지 않고 쓰게 된다. 봉투에 붙은 종이를 떼서 정리하면 훌륭한 가계부가 된다.

셋째, 현금이 줄어드는 것이 눈에 보여 돈을 쓸 때마다 긴장감을 느끼게 된다. 생존을 위해 아껴야겠다는 생각이 들기 때문이다. 또한, 현금이 없으면 당겨서 쓸 수가 없다. 이 점이 신용카드와 특히 다른 점이다. 이렇게 지내다 보면 돈을 아끼는 습관이 자리 잡기 시작한다.

마지막으로 온 가족이 같은 봉투에서 꺼내 쓰다 보니 하나의 공동체라는 경제적 유대감이 생긴다. 누군가 돈을 낭비하는 순간 가족의 자산이 줄어들게 된다. 내가 많이 쓰면 다른 가족들이 쓸 수 있는 여지가 줄어드는 것을 알게 된다. 따라서 자연스럽게 가족 간에 경제적 유대감이 생겨난다.

나도 생활비를 과도하게 지출하는 사람이었다. 게다가 비용 항목도 구분하지 않아 돈이 어디에 쓰이는지도 잘 몰랐다. 돈을 아껴 쓰려고 해도 의외의 항목에서 지출이 발생해서 돈을 모으려는 의지가 꺾이곤 했다.

그러나 생활비 봉투로 지출을 관리한 이후로는 계획이 쉽게 무너지지 않았다. 오히려 봉투에 돈을 채우고 한 달이 다 되어갈 즈음 봉투에 돈이 남아있으면 무척 뿌듯하다. 그때부터는 점점 돈을 아끼게 된다. 어떻게든 조금이나마 남기겠다는 일념하에 돈을 남기게 된다. 뭔가 큰일을 해낸 것 같은 자부심이 느껴지기도 한다.

한 단계 나아가 한 달이 아닌 주 또는 일별 봉투를 쓰는 방법도 있다. 주별 봉투의 경우 주 단위로 생활비를 나눠서 봉투에 담고 그 금액 내에서만 사용하는 것이다. 지출 내용이나 영수증은 봉투에 모은다. 이 방법 또한 지출 항목을 구분하는 것은 마찬가지다.

일별 봉투는 비교적 많이 알려진 방법이다. 벽에 달력처럼 생긴 상황판을 만들어서 사용하는 방식이다. 매 일자에 주머니를 만들고 거기에 하루 생활비(만 원짜리 한 장 정도를 많이 사용한다)를 넣는다. 그리고 가급적 그 범위에서 사용하고 남는 돈은 주머니에 다시 넣는다. 이 방법은 절약을 습관화하기 위한 훈련의 일환이다. 각자 상황에 맞는 방법을 찾아 사용하면 될 것이다.

절약의 기본은 작은 비용도 아끼려는 노력이다. 대부분의 직장인들은 점심을 먹고 자연스럽게 테이크 아웃 커피숍을 찾곤 한다. 커피 한 잔 정도 들고 오는 것이 습관이 되어 의례적으로 들르게 된다. 요즘 스타벅스 커피 한 잔 가격이 5천 원에서 7천 원 정도 하다 보니 한 끼 비용이 꽤 나간다.

만약 이 커피 값을 아낀다면 한 달에 10만 원가량은 아낄 수 있다. 30년 정도 일한다고 가정하면 대략 5천만 원 가까이 된다. 커피 한 잔 가격이 이 정도인데 이런저런 비용들을 절약하면 얼마나 많은 돈을 모을 수 있을까? 이제 작은 비용들을 아껴서 재테크를 위한 종잣돈을 모으는 데 보태는 건 어떨까?

일단 식사 후에는 테이크 아웃 커피보다는 사무실 커피를 이용해보는 것도 좋다. 담배 대신 산책이나 담소를 나누는 시간을 가지면 건강도 지키고 또 다른 5천만 원이 절약된다. 승용차를 타고 오래 앉아있으면 허리나 목 건강에 좋지 않다. 대신 대중교통을 이용해 걷는 것을 생활화한다면 또 수천만 원이 생기는 셈이다.

꼭 자동차를 운전할 일이 있다면 다음의 세 가지만 지켜도 기름값을 아낄 수 있다. 일단 급정거나 급가속 대신에 60~80 Km/h 정도의 정속 주행을 하게 되면 불필요한 기름 낭비를 막을 수 있다. 또한, 차 내에 무거운 짐을 줄이고 창문을 닫아서 공기 저항을 최소화한다. 연료는 금액이 아닌 리터 단위로 넣어서 연료가 소비되는 상황을 언제든 모니터링할 수 있어야 한다. 자연스럽게 연료를 절약하려는 유인이 생기도록 하기 위해서다.

집에서 쓰지 않는 코드는 바로 뽑고, 멀티탭은 On/Off 버튼이 달린 콘센트를 구입하여 언제든 끄기 쉽게 만든다. 특히 열을 발생시키는 전기 기구들은 대체로 전력소비가 많다. 따라서 비데나 각종 난방 기구는 사용 후 바로 전원을 제거한다. 전기밥솥으로 밥을 지은 후에는 오랜 기간 보온 상태에서 보관하기보다는 바로 얼리는 게 좋다. 그리고 필요할 때마다 전자레인지에 데워 먹으면 갓 지은 밥맛을 살릴 수 있다.

집안을 잘 정리해두면 어떤 물건이 어디에 있는지 파악이 가능해 불필요한 지출을 막을 수 있다. 또한, 예상치 못한 수입이 발생하면 어느 통장에 넣을지 미리 생각해두어야 한다. 그렇지 않으면 그때그때 생긴 돈을 공돈으로 여기게 되어 순식간에 쓰기 쉽다. 나중에 돈이 필요한 순간에 대비해 가급적 저수지 통장에 넣어 두는 것이 좋다.

이 외에도 요즘 짠 테크 족이 사용한다는 '3 NO 절약법'도 눈여겨볼 만하다. 우선 노 머니 데이(No Money Day)다. 별생각 없이 지내다 보면 하루에 몇만 원 정도는 쉽게 쓰게 된다. 일주에 한 번 정도는 돈을 쓰지 않는 날로 정해서 사는 것이 노 머니 데이다. 점심은 가볍게 도시락이나 구내식당을, 커피숍 대신 사무실 커피를 이용한다. 택시나 자가용 대신 교통 카드로 대중교통을 이용한다.

아예 돈을 쓰지 않는다는 것이 현실적으로 어려울 수도 있다. 그러나 노 머니 데이의 장점은 돈을 쓰지 않는 것에만 있지는 않다. 이것 자체가 자신의 소비 습관을 돌아볼 수 있는 계기가 된다. 안 써도 될 것에 돈을 쓰는 습관이 있는지 점검할 수 있고 불필요한 자리가 줄어드는 효과도 있다. 한 주에 가장 술자리가 많은 목요일이나 금요일을 노 머니 데이로 정한다면 가정도 화목해지고 지출도 줄이는 일석이조의 효과를 누릴 수 있다.

다음으로 '없어도 되는 돈' 만들기(No Need Money)이다. 처음부터 연봉의 몇 %는 아예 없는 돈이라고 생각하고 사는 것이다. 이는 일종의 잠재의식의 힘을 빌리는 방법이다.

예를 들어 연봉이 5천만 원이라면 20%는 아예 없는 돈으로 간주하고 4천만 원으로 저축하고 생활한다. 그 20%는 월급이 나오는 즉시 별도의 통장에 이체되도록 해놓는다. 이렇게 지내다 보면 점점 20%가 없어도 생활할 수 있도록 우리 뇌는 적응하게 된다. 금융기관에 맡겨놓은 돈은 필요할 때 쉽게 해약해버리지만, 이 돈은 그렇지 않다. 시간이 흐를수록 우리의 잠재의식은 이 돈을 원래 손댈 수 없는 돈으로 인식하게 되기 때문이다.

끝으로 '결제 일에 결제하지 않는 카드' 만들기(No Payment Card)이다. 신용카드를 사용하는 사람들에게 현금을 사용하라고 하면 대부분 난색을 보인다. 신용카드가 편한 측면도 있지만, 포인트나 할인 혜택을 포기하는 것도 싫기 때문이다. 이런 사람들에게 적당한 방법은 지출하는 즉시 결제하는 것이다. 선결제가 부담된다면 신용카드를 사용하고 나서 바로 용돈 계좌에서 카드 결제 계좌로 이체하는 방법이 있다. 번거롭긴 하지만 카드 결제 일에 받을 고통을 미리 조금씩 받는 셈이니 좋다.

이는 신용카드를 건전하게 사용하는 습관을 기른다는 측면에서도 바람직하다. 단, 이를 위해서는 신용카드 한 개만을 정해진 예산 내에서 쓰는 것을 권한다. 이를 벗어나는 순간 씀씀이는 늘어나기 쉽다. 또한, 카드를 사용한 날이 넘어가기 전에 사용 금액을 반드시 결제 통장으로 이체해야 한다. 그 날을 넘기면 순식간에 결제 금액이 쌓여 결국 포기하게 된다.

세네카는 절약을 두고 "불필요한 비용을 피하는 과학이며 우리의 재산을 지키는 기술"이라고 말했다. 절약하는 습관을 갖게 되면 나도 모르는 사이에 사라지는 돈을 지킬 수 있다. 부담하지 않아도 될 비용을 피할 수 있다. 무엇보다 건전한 생활습관을 갖게 된다. 너무 인색한 것은 문제겠지만 절약하는 것 자체는 소중한 습관이다.

다만, 절약에 있어 주의할 점이 있다. 지출을 줄여 목돈을 모으는 것도 중요하지만, 자기 계발에 대한 투자를 소홀히 하는 것은 바람직하지 않다. 소득의 10% 정도는 자기 계발에 투자하는 것을 권한다. 이는 자신의 미래에 대한 투자이기 때문이다. 자신의 가치를 높여 미래에 더 많은 수입과 성장을 가져오는 발판을 마련해야 한다. 이런 면에서 '최고의 재테크는 자기 계발'이라는 말에 전적으로 동의한다.

절약을 소홀히 하면 우리 주머니에 있던 돈은 쉽게 빠져나간다. 올바른 전략을 세우고 합리적으로 소비해야 한다. 저축을 늘리고 종잣돈을 마련해야 한다. 내게 주어진 것을 아껴서 조금씩 늘려나가는 습관을 갖게 될 때 내일의 풍요를 위한 발판이 단단하게 자리잡게 될 것이다.

3. 진짜 자산을 구입하라

가까운 친지 중에 이것저것 자산 늘리기를 좋아하는 사람이 있다. 한때는 새로 나온 휴대폰을 구입하는 것이 그의 취미였다. 스마트폰이 나오기 전까지 휴대폰은 여러 진화 과정을 거쳤다. 초반에는 휴대용이라는 이름이 무색할 정도로 무거운 무선 전화기였다. 그다음에 나온 것이 폴더 폰, 한때는 초콜릿 폰이 유행하기도 했다.

이후 주류를 이루었던 제품은 삼성전자의 햅틱이었다. 김연아가 광고모델로 나와 더 잘 알려졌으며, 워낙 히트를 해서 나중에 햅틱 시리즈가 나왔다. 그는 이 휴대폰들을 한 번씩 손에 넣어 본 사람이다. 매번 그를 볼 때마다 휴대전화가 바뀌어 있었던 기억이 난다.

그의 취미는 점점 규모가 커졌다. 어느 때부턴가 자동차를 바꾸기 시작했다. 그렇게 넉넉한 형편은 아니었음에도 리스를 이용해 멀쩡하게 잘 타던 자동차를 바꾸곤 했다. 처음에는 국산 차를 타더니 나중에는 수입차로 바꿨다. 다른 사람은 평생 한 번 타보기도 힘든 차를 수시로 바꿔가며 타고 있었다. 나는 그런 상황을 이해할 수가 없었다. 저 돈만 모아도 꽤 큰돈이 모였을 것 같아 안타까웠다.

왜 그렇게 비싼 자동차를 타느냐고 물으면 "이것도 다 자산이야. 빚도 자산이라고 하잖아"라고 답했다. 큰 부담이 안 된다는 것이었다. 그러나 아무리 목돈이 들지 않더라도 매달 리스 비용으로 일정한 금액이 빠져나 간다. 월급에서 꼬박꼬박 나가다 보니 목돈이 쌓일 리 없다. 점점 그의 현금 사정은 나빠졌고 결국 본인이 가지고 있던 자산까지 까먹는 처지에 이르렀다.

나의 이모 중 한 명은 좀 다른 길을 택했다. 젊었을 때 미용 기술을 배운 그녀는 일찌감치 시골에 미용실을 차렸다. 남편도 탄탄한 직장을 다니고 있어서 비교적 안정된 생활을 할 수 있었다. 보통 사람 같으면 미용실에서 번 돈으로 여유 있게 즐기며 살았을 것이다. 집도 늘리고 새 차도 뽑고, 외식도 하면서 여유로운 삶을 즐길 수 있었을 것이다.

그러나 그녀는 좀 달랐다. 미용실에서 버는 돈은 따로 모았다. 처음에는 가까운 은행에 적금을 들었다. 시간이 흘러 만기가 되자 그 돈을 어디에 넣을지 고민했다.

그때 마침 내가 서울 문래동에 있는 사택에 입주해 살고 있었다. 가끔 서울에 올라오셨던 나의 어머니는 그 집을 맘에 들어 하셨다. 고향에 내려가서는 이모에게 그 이야기를 했던 모양이다. 목돈을 어디에 묻을지 고민하던 마침내 그 오피스텔의 옆 동 한 채를 매입해서 월세를 놓게 되었다.

시간이 지난 후 이모 소식을 들었다. 그 사이 오피스텔 가격은 크게 올라 있었다. 철공소가 많았던 문래동이 도시 정화 사업으로 주거지역으로 바뀌고 있었기 때문이다. 그동안 오피스텔에서는 매월 알짜 수익이 발생하고 있었고, 그 돈을 모아 다시 다른 자산을 매입했다. 주로 월세를 받는 수익형 부동산으로 다달이 통장에 돈을 채워주는 자산을 샀다.

기적을 만드는 하루 10분 의 힘

이제 미용실을 안 해도 충분히 먹고 살 정도가 되었다. 그러나 이모는 여전히 미용실을 운영하고 있다. 특별한 경조사가 있는 때를 제외하고는 거의 문을 닫지 않는다. 그리고 미용실에서 번 돈은 계속해서 자산에 투자하고 있다. 이제는 어느 정도 삶의 여유를 누리고 있다. 굳이 미용실 수익을 손대지 않더라도 매달 들어오는 임대 소득만으로도 소비할 수 있게 되었다.

『부자 아빠, 가난한 아빠』의 저자 로버트 기요사키는 자산과 부채를 독특하게 정의한다. 자산은 주머니에 돈을 넣는 어떤 것이다. 부채는 주머니에서 돈을 빼는 어떤 것이다.[22]

이는 그동안 우리가 알아왔던 자산, 부채의 정의와는 좀 다르다. 우리가 생각하는 대표적인 자산은 주택과 자동차이다. 이외에도 각종 가구, 전자제품, 운동기구, 콘도 회원권 등 우리에게 편익을 주는 것들이다.

그러나 이것들은 우리에게 현금을 가져다주지는 않는다. 특히, 주택의 경우 전기세, 공과금, 대출이자 등 지속해서 현금을 가져간다. 자동차 역시 세금, 주유비, 수리비 등을 가져간다. 고급 가구나 전자제품 역시 한 번 구입해서 상자를 여는 순간 중고가격이 된다. 이후에는 수리비나 가져갈 뿐 돈을 가져다주지는 않는다. 이런 측면에서 기요사키의 정의에 따르면 주택, 자동차 등은 부채에 해당한다. '주머니에서 돈을 빼는 어떤 것'이기 때문이다.

따라서 더 크고 좋은 집에 살기 위해 이를 구입하거나 더 비싼 차를 사는 것은 풍요로운 미래를 추구하는 것과는 거리가 멀다. 이런 것들을 사

---

22) 『부자 아빠 가난한 아빠』(황금가지, 로버트 기요사키, 샤론 레흐트)

게 되면 지속해서 비용이 발생한다. 그리고 이 비용은 다시 내가 가진 자산을 감소시킨다.

앞에서 내 친지의 경우처럼 리스로 자동차를 구입하게 되면 그 순간은 좋을지 모른다. 그러나 이는 계속해서 비용을 발생시킨다. 매월 리스 비용도, 주유비도 내야 한다. 모르는 사이에 지갑에서 돈을 야금야금 꺼내 간다. 이렇게 비용이 증가하다 보면 현금이 부족해진다. 결국, 기존에 가지고 있던 자본까지 가져다 쓰게 되어 자산이 감소한다. 점점 가난해지는 길로 들어서는 것이다.

반면에 기요사키가 말하는 진짜 자산은 무엇일까? 우선 그의 정의에 따르면 자산이란 '주머니에 돈을 넣는 어떤 것'이다. 대표적인 것이 수익형 부동산이다. 위에서 '부채'의 하나로 언급했던 주거용 부동산은 돈을 가져가는 주범이다. 물론 주택 가격이 오르면 매매 차익을 안겨줄 수도 있다. 그러나 수익·비용 측면에서 본다면 이는 계속해서 비용을 발생시키는 부채일 뿐이다.

반면 수익형 부동산은 이모의 사례에서 본 것처럼 매달 일정한 돈을 가져다주는 자산이다. 여기서 나온 수익을 다시 투자하게 되면 또다시 자산이 불어나게 된다. 부동산만 이야기하는 것은 아니다. 적립식 펀드나 채권 같은 금융상품도 마찬가지다. 특허권이나 지적 재산권, 상표권과 같이 내가 일을 하지 않아도 자체적으로 수익을 창출하는 것은 모두 포함된다.

돈이 생길 때마다 진짜 자산을 구입하는 습관, 이것이 기요사키가 말하는 부자 되는 방법의 핵심이다. 많은 사람들이 주거를 위한 아파트의 평수

기적을 만드는 하루 10분 의 힘

를 늘리는 데 모든 재테크의 초점을 맞추고 있다. 그리고 종종 그 부작용이 나타난다.

우리는 2008년 글로벌 금융위기 때에 주택 가격의 폭락을 경험한 바 있다. 빚내서 집을 샀던 많은 사람들이 주택 가격 하락으로 하우스 푸어가 되었다. 이제는 주택 가격이 무조건 오르기만 하던 시절은 끝난 것 같다. 세계 경제 흐름과 국내 부동산 정책 등에 따라 등락을 거듭한다. 시점에 따라, 위치에 따라 가격이 천차만별인 시대가 온 것이다.

이런 시기일수록 '부채'가 아닌 '자산'을 사는 데 집중할 필요가 있다. 좋은 집에 살기 위해 비싼 주택을 사고 그 가격이 오르기만 기다리는 것은 위험하다. 대신 매달 수익을 안겨주는 수익형 부동산이나 금융상품은 안정적인 수익을 만들어 내고, 이는 다시 새로운 자산을 구입할 수 있는 기회를 가져다준다.

당장 돈이 없는데 어떻게 수익형 부동산을 사느냐고 반문하는 사람도 있을 것이다. 간혹 재테크를 위해 생업을 그만두겠다는 사람들도 있다. 그러나 이는 바람직하지 않다. 본격적인 투자를 위해서는 근로소득이나 사업소득을 통한 종잣돈 마련이 필요하다. 벌어들인 소득을 현금흐름 관리와 절약의 기술을 통해 일정한 덩어리 금액으로 만들어야 한다.

작은 종잣돈이 마련되면 눈덩이 굴리듯 지속해서 이를 키워나가야 한다. 당장을 위한 소비를 지양하고 자산 매입에 노력을 기울여야 한다. 적은 돈으로도 시작할 수 있는 ETF[23]나 적립식 펀드, 우량 채권에 투자해 보는 것도 좋다.

좀 더 여유가 생기면 빌라나 오피스텔, 상가와 같은 수익형 부동산 투자에도 관심을 둔다. 그리고 여기서 나오는 월세 수입은 다시 자산을 사는 데 투자한다. 이를 통해 자산이 수익을, 수익이 자산을 낳는 선순환 구조가 만들어지는 것이다.

앞에서도 강조한 것은 '자산'을 먼저 사는 습관이다. 이런 습관이 없다면 적은 돈으로 자산을 만들기는 어렵다. 예를 들어 어느 날 갑자기 5백만 원의 보너스가 생겼다고 하자. 이때 많은 사람들은 자동차나 전자제품을 바꾸는 데 쓴다. '부채'를 사는데 써버리는 것이다. 어떤 사람들은 공돈이라는 생각으로 흥청망청 소비에 쓰기도 한다. 보너스도 탔으니 외식과 유흥에 탕진해 버리는 것이다.

그러나 어렵게 번 소중한 돈인 만큼 소비에 신중해야 한다. 가끔 보면 백 원만 생겨도 돼지저금통으로 달려가는 아이들이 있다. 어려서부터 소비를 지연시키는 습관이 길러진 아이들이다. 이들처럼 우리도 소비에 앞서 자산을 먼저 생각하는 습관을 길러야 한다. 이렇게 만들어진 자산이 창출하는 수익으로 소비를 즐긴다면 바람직한 선순환이 이루어질 수 있다.

로버트 기요사키는 『부자 아빠 가난한 아빠』에서 "부자들은 자산을 취득한다. 가난한 이들과 중산층은 부채를 얻으면서 그것을 자산이라고 여

---

23) ETF(상장지수펀드)는 KOSPI200을 비롯한 다양한 지수의 수익률을 따라 설계된 지수연동형 펀드로서, 거래소에 상장되어 일반주식처럼 자유롭게 사고팔 수 있는 상품이다. 원재료, IT, 부동산, 해외 등 다양한 섹터에 대한 투자가 가능하다.

기적을 만드는 하루 10분의 힘

긴다"라고 했다. 그만큼 많은 사람들이 현금흐름에 도움이 안 되는 자산을 구입하는 데 노력을 기울인다는 것이다. 이는 불필요한 비용을 발생시키고 건전한 자본 형성에 도움이 되지 않는다. 더 편한 것, 더 좋은 것을 추구하는 인간의 욕망은 끝이 없다. 그리고 이런 욕망은 장기적인 풍요를 방해한다.

풍요로운 미래를 바란다면 현금흐름에 도움을 주는 진짜 자산을 구입해야 한다. 내 손에 들어온 돈을 재투자하여 그것이 일하도록 만들어야 한다. 그렇게 만들어낸 수익이 진정 내가 소비할 수 있는 과실이다. 이러한 선순환 구조가 만들어질 때 우리는 풍요로운 삶에 한 발짝 가까이 다가설 수 있게 된다.

4. 성공한 사람과 가까이하라

얼마 전 유튜브에서 재미있는 동영상을 봤다. 몰래카메라였는데, 미리 바람잡이 10명이 1층에서 엘리베이터를 탄다. 모두가 뒤로 돌아서서 엘리베이터 문을 등진 채 고개를 숙이고 서 있다. 잠시 후 엘리베이터가 10층에 도착하고, 이 상황을 전혀 모르는 한 명이 엘리베이터에 탄다. 이때 그 사람은 어떤 반응을 보일까?

한동안은 당황해서 어찌할 바를 몰라 한다. 그러나 얼마 지나지 않아 그 '이상한' 분위기에 적응한다. 머뭇머뭇하더니 얼마 후에는 눈치를 보면서 슬쩍 다른 사람들을 따라 한다. 엘리베이터 문을 등진 채 뒤로 돌아서는 것이다. 엘리베이터를 탔는데 모두가 고개를 숙인 채 뒤를 돌아보고 서 있으니 제3자가 보면 무척 우스꽝스러운 상황이다.

실험이 끝나고 피실험자에게 왜 그런 이상한 짓을 따라서 했느냐고 물었다. 그러나 그 자신도 정확한 이유를 몰랐다. 그냥 왠지 그렇게 해야만 할 것 같았다고 했다. 대부분의 피실험자가 유사한 반응을 보였다.

이와 비슷한 경험은 누구나 한 번쯤 있을 것이다. 뭔지는 잘 모르지만, 남들이 하니까 따라서 한다거나, 남들이 줄을 서니 영문도 모른 채 따라서는 경우이다. 그런데 이런 상황이 장기간 지속된다면 어떻게 될까? 엘리베이터 안의 바람잡이들과 오랜 기간 함께 지내야 한다면 처음에 그들을 이상하게 보던 의심은 점점 약해질 것이다. 그들의 이상한 행동이 어느새 내게도 당연한 것이 되어 자연스럽게 받아들이게 될 것이다. 인간은 그만큼 주변으로부터 영향을 잘 받는다. 함께하는 시간이 늘수록 그 영향은 커진다. 자신도 모르는 사이에 가까이 있는 사람들의 생각과 행동을 따라서 하게 된다.

다음은 1세대 인터넷 의류 쇼핑몰 '바가지 머리'의 창업자 손석호 대표의 사례이다. 그는 2005년 의류 전문 쇼핑몰 바가지머리를 오픈하였다. 12년이 지난 지금도 26초에 옷이 한 벌씩 팔리는 매출을 기록하고 있다. 현재는 레스토랑·카페·화장품으로 사업 영역을 확장했다. 얼마 전 내놓은 '그라운드 플랜'이라는 화장품 브랜드는 젊은 여성들 사이에서 핫한 아이템으로 자리 잡았다. '피부가 좋아지는 미스트'라는 콘셉트로 유명세를 탔으며, 최근에는 백화점에 입점하는 등 여러 곳에서 러브콜을 받고 있다.

그러나 처음부터 사업이 잘 굴러갔던 것은 아니다. 그는 어릴 적부터 좋아했던 미술이라는 재능 하나만 믿고 20대 중반에 무작정 사업에 뛰어들었다. 자본이 없다 보니 점포가 필요 없는 온라인 사업부터 시작했다. 인터넷으로 팔 수 있는 것은 뭐든 팔아볼 생각이었다. 자신의 재능을 활용해서 처음에는 모자를 디자인해서 팔았다. 그러나 진입 장벽이 낮은 온라인 사업의 특성상 순식간에 유사 상품들이 등장했고, 결국 두 달 만에 문을 닫게 되었다. 이후에도 문구, 팬시, 유아복, 남성복 등 아는 분야라면 가리지 않고 시도했다. 그러나 번번이 실패하였고 손실은 눈덩이처럼 불어났다.

잦은 실패로 지쳐있던 시절, 고향인 광주에서 서울을 오가다가 우연히 업체 대표 한 명을 알게 되었다. 그에게 자신의 사정을 하소연하던 중 뜻밖의 조언을 듣게 된다.

"부자가 되고 싶어? 그러면 부자들 근처에서 얼쩡거려봐."

어쩌면 자신을 놀리는 말처럼 들릴 수도 있었다. 그러나 지푸라기라도 잡고 싶던 그에게 그 말은 한 줄기 빛처럼 다가왔다. 그 후 당장 짐을 싸서 서울로 올라왔다. 강남에 터를 잡고 도전을 시작했다. 우여곡절 끝에 작은 카페를 열게 되었다.

확실히 강남에는 부자들이 많았다. 그러나 별다른 연고가 없던 그에게 따뜻한 시선을 기대하기는 어려웠다. 이곳저곳에서 무시당하는 일은 예사였다. 같은 동네라도 얼굴 한 번 보여주지 않는 대표들이 수두룩했다. 하지만 실망하지 않았다. '어떻게든 그들 안으로 들어가야지' 하는 마음으로 끊임없이 그들에게 다가갔다.

현재 그의 주변에는 성공한 사람들이 많다. 건축 전문가부터 전문 투자자, 요식업체 대표, 예술인, 사업가 등 각 분야 전문가들이 두루 배치되어 있다. 덕분에 그의 사업은 의류 쇼핑몰에서 카페, 레스토랑, 화장품에 이르기까지 여러 분야로 뻗어나갈 수 있었다. 최근에는 양인제과라고 하는 제빵업체를 열어 광주 지역의 명물 빵을 만들겠다는 야심 찬 도전을 시작했다.

'시금치 피자'라고 하는 독특한 메뉴로 잘 알려진 레스토랑을 연 것도 주변 사람들의 도움으로 가능했다. 그를 돕는 부동산 업체 대표는 광주 시내 한복판에 최적의 입지를 골라 주었다. 그곳에 건물을 짓고 여러 업체 대표들이 함께 입점하여 건물의 콘셉트를 만들어 나갔다. 익숙하지 않았던 사업에 대한 아이디어 또한 주변 사람들의 도움이 있었기에 가능했다.

성공한 사람이 되기 위해서는 성공한 사람들과 가까이해야 한다. 여기서 성공한 사람이란 돈이 많은 사람만을 의미하는 것은 아니다. 돈이 아무리 많아도 삶의 지혜와 노력이 없다면 결코 성공한 삶이라 할 수 없다. 자신과 타인, 세상에 대한 건전한 의식이 없다면 행복할 수도, 위대한 삶을 살 수도 없다. 오히려 성공한 사람이란 긍정적이고 열린 마음으로 기회를 찾고 이를 멋지게 살려내는 사람이라 할 수 있다. 그런 사람을 가까이하면 분명 배울 것이 있다.

반면, 누군가 기회와 전망을 이야기하면 부정적인 반응부터 내놓는 사람들이 있다. 도전을 이야기하면 위험하다며 말리는 사람이 곧 등장한다. 반면 성공한 사람들은 두려움보다는 호기심을 갖고 접근한다. 그리고 뭔가 될 것 같다 싶으면 과감하게 투자한다. 이때는 소위 동물적인 감각이 작용한다. 위험을 피하기보다는 어떻게 관리할 수 있을지를 고민한다.

기회에 대해 덮어놓고 긍정하는 것도 문제지만 부정적인 생각에 사로잡혀 시도조차 하지 못하는 것은 더 큰 문제이다. 기회와 위험에 대해 균형 잡힌 감각이 필요하다. 그리고 이러한 감각을 키우는 데 있어서 밝고 열린 마음을 가진 사람을 가까이하는 것은 좋은 방법이다. 매사에 부정적이고 도전을 두려워하는 사람은 이제 막 싹트기 시작한 성공의 에너지를 빼앗아 가기 쉽다.

또한, 성공한 사람들과 함께하면 그들의 마인드를 배울 수 있다. 주식이건 부동산이건 많은 투자자들이 상투를 잡곤 한다. 소위 끝물에 참여하는 사람들이 큰 손해를 보는 것이다. 투자 격언에 '소문에 사서 뉴스에 팔라는 말이 있다. 신문이나 방송에서 어떤 상품이 등장하면 그때는 이미 늦다는 것이다. 그런데도 많은 사람들은 그제야 움직이기 시작한다. 남들이 다 사는데 자기만 안 사면 왠지 큰일 날 것 같다는 생각에서다. 그러나 그때 쯤이면 이미 알 만한 사람들은 그것을 팔고 다른 것으로 갈아타고 있다.

지금으로부터 10년 전, 2007년은 많은 국민들이 펀드에 열광했던 시절 이다. 펀드를 판매하는 증권사 카운터에 전 국민이 다 나왔다고 해도 과언 이 아니다. 특히 많은 사람들이 중국 펀드에 열광했다. 중국의 경제성장률 이 폭발적으로 증가하면서 중국 펀드가 많은 수익을 안겨주던 시기였다. 많은 이들이 수익률의 증가는 계속될 거라고 예상했지만, 시장은 한순간 에 무너졌고 반 토막 난 펀드들이 속출했다.

그러나 소위 선수라고 불리는 사람들은 중국 펀드가 최고점을 달리고 있을 때 이미 환매하기 시작했다. 대신 금이나 회사채와 같이 당시에 인기 없던 상품으로 갈아타고 있었다. 이로써 금융위기에서도 안전하게 자산을 지킬 수 있었다.

이들은 타이밍에 크게 연연하지 않는다. 남들이 앞에서 산다고 해도 무 턱대고 거기에 휩쓸리지 않는다. 오히려 남들이 눈여겨보지 않을 때 저가 에 선점하고, 적절한 때가 올 때까지 차분히 기다린다. 이번 파도를 놓치 면 다음 파도를 기다리면 된다는 윈드 서퍼들의 마음과 유사하다. 이런 마인드가 그들을 더욱 부자로 만든다.

또한, 성공한 사람들을 가까이할 때 얻을 수 있는 이점 중 하나가 바로 정보 접근성이다. 청담동에서 유명한 음식점을 운영하는 B 여사가 있다. 그녀는 손석호 대표에게 "부자가 되려면 부자 근처에서 얼쩡거려라"고 조언을 했던 사람이다. 인간관계의 달인이기도 한 그녀는 다방면에 네트워크를 가지고 있다. 부동산 투자에도 밝은 그녀에게 성공 비결을 묻자 대답은 간단했다.

"내 주변에 믿을 만한 사람들이 몇 명 있어. 근데 그 사람들이 100평을 산다고 하면 나도 그 옆에 조용히 10평씩 샀어. 그랬더니 어느새 이렇게 되었지 뭐야."

인간은 누구나 주변 사람들로부터 쉽게 영향을 받는다. 누군가와 가까이 지내면 자연히 그의 사고를 닮아간다. 파일공유 서비스 드롭박스의 창업자 드류 하우스턴은 "사람은 자신이 가장 많은 시간을 함께 보내는 다섯 명의 평균치이다"라고 했다. 성공한 사람들에게 설문조사를 해보면 성공의 최고 요소로 꼽는 것이 바로 인간관계이다.

우리도 성공적인 삶을 위해서는 먼저 성공의 길을 걸었던 사람들로부터 배워야 한다. 책을 통해서건 만남을 통해서건 그들을 닮기 위한 노력이 필요하다. 함께하는 시간이 늘어날수록 그들의 지혜와 아이디어를 받아들이게 되기 때문이다. 이를 위해서는 우리 스스로가 먼저 긍정적이고 열린 마음을 갖춰야 한다. 세상은 항상 비슷한 것들을 끌어오기 때문이다.

좋은 기운과 영감을 주는 사람들에게 마음을 열자. 그리고 기회와 비전을 이야기하는 사람들을 가까이하자. 지혜롭고 성공적인 삶을 사는 사람들이 속해있는 모임에 문을 두드리자. 시도하는 사람에게 길은 열리게 되어 있다. 기억하라. 성공을 원한다면 성공한 사람과 가까이하라.

5. 돈이 열리는 나무를 심어라

충무로 뒷골목에 가면 40년 된 닭곰탕 집이 있다. 허름하고 낡은 집이지만 점심때만 되면 북새통을 이룬다. 국물이 진하고 육질이 부드러워 오랜 시간 서민들의 사랑을 받아왔다. 노인이 된 주인장 부부가 여전히 자리를 지켜서 더욱 정감이 간다.

그 덕에 원조의 맛을 누릴 수 있다는 것은 우리에게 큰 행운이다. 그러나 정작 노부부에게는 그렇게 흐뭇한 일이 아닐 수 있다는 생각이 들었다. 할머니의 얼굴에는 어딘가 모르게 그늘져 있는 것 같았다. 손님들을 상대하는 분주한 발걸음에서는 고단함이 묻어났다.

그동안 닭곰탕만으로 자식들 출가시키고 돈도 꽤 버셨다고 한다. 그러나 할머니 입에서는 "이거 한다고 여태껏 여행 한 번 제대로 못 가봤어"라는 답이 툭 튀어나왔다. 문득 식당 문 앞에 붙어있는 '연중무휴'라는 글자가 눈에 들어온다. '원조 입맛을 지켜온 결과에는 이런 노력이 숨어있었구나'하는 생각이 들었다. 그러나 한편으로는 '이제는 굳이 할머니가 직접 하지 않아도 될 텐데'라는 생각이 들기도 했다.

반면 이런 집도 있다. 1975년 청계 8가 황학동 끝자락에 작고 소박한 보쌈집이 있었다. 따뜻한 돼지고기와 아삭한 김치는 할머니의 특별한 정성이 더해져 많은 이들의 사랑을 받았다. 가게는 언제나 문전성시를 이루었다. 주인 할머니도 눈코 뜰 새 없이 바빴다. 오랜 세월 할머니는 주방에서 고기를 썰고 김치를 담그며 시간들을 보내야 했다.

그런데 이 집에 새로 사위가 들어오면서 사정이 달라졌다. 사업 마인드를 갖춘 신세대 사위는 장모님 음식의 가치를 알아보았다. 그리고 그것을 브랜드화했다. 가맹점을 모집하고 할머니가 가진 비법을 전수했다. 하나둘 성공하는 가맹점이 등장했고 사람들 사이에서 입소문을 타기 시작했다.

점차 가맹점이 늘어났다. 균일화된 브랜드와 음식, 인테리어를 제공함으로써 이제는 할머니가 직접 음식을 만들지 않아도 되었다. 직접 몸을 써서 일하지 않아도 수입이 발생하는 시스템이 만들어진 것이다. 자연히 할머니는 노동에서 해방되었고 오히려 수입은 크게 늘었다. 이 분이 바로 우리나라의 대표적인 보쌈, 족발 프랜차이즈의 주인공이다.

앞서가는 사람들의 대표적인 특징은 시스템을 이용해 돈을 번다는 것이다. 돈 버는 것을 이야기하면 많은 사람들이 육체와 시간을 쓰는 것을 떠올린다. 따라서 하루에 벌 수 있는 돈의 액수도 상당히 제한적이다.

하루에 수천 개 물건을 파는 것을 이해하지 못한다. 당장 거짓말이라고 하거나 자신과는 무관한 이야기라고 한다. 그러나 성공한 사람들은 이런 이야기가 나오면 금방 이해하고 관심을 보인다. 시스템을 이용해 팔면 된다는 것을 알기 때문이다.

예를 들어 자신이 개발한 빵을 판다고 하자. 보통 사람들은 수입을 늘리기 위해서 잠을 줄이고 노동시간을 늘려야 한다고 생각한다. 하루 10시간 동안 100개를 판다고 하자. 이때 돈을 더 벌기 위해서는 일하는 시간을

12시간으로 늘려 120개를 만드는 수밖에 없다고 생각한다. 그러나 이러한 방식으로 수입을 늘리는 데는 한계가 있다. 24시간이라는 시간적 한계와 일하는 장소라는 공간적 한계가 그것이다. 따라서 120개는 팔 수 있어도 수천 개를 파는 건 불가능하다.

그러나 앞서가는 사람들은 새로운 가능성을 고민한다. 그리고 시스템을 통한 판매를 생각해낸다. 가장 흔히 사용하는 것이 온라인이다. 옥션이나 G마켓과 같은 오픈 마켓을 활용하기도 하고 자체적으로 어플이나 홈페이지를 만들어 팔기도 한다. 최근에는 페이스북이나 인스타그램, 블로그와 같은 SNS를 통해 고객들과 소통하고 이를 통해 매출을 극대화하기도 한다.

한발 더 나아가 물건을 브랜드화시킨다. 프랜차이즈를 만들어 가맹점을 모집하고 이들을 통해 전국으로 유통한다. 나는 4년 전에 김포로 이사 왔다. 처음 이곳에 왔을 때 주변에 음식점이 많지 않았다. 그래서 먹을 만한 곳을 찾아 이곳저곳을 돌아다녔다. 그러던 중 우연히 발견한 곳이 '박승광 해물칼국수'였다. 칼국수 국물에 신선한 해물을 듬뿍 넣어 시원한 맛이 일품이었다. 게다가 박승광 대표가 직접 면발을 뽑는 쫄깃한 칼국수도 맛있었다. 그 맛에 반한 나는 한동안 그 집에 자주 갔다.

이후 김포 한강 신도시가 커지면서 식당이 많이 늘었다. 나도 새로운 식당들을 가보느라 한동안 그 집을 잊고 있었다. 몇 년 후 우연히 TV에서 칼국수가 방송되는 것을 보고 갑자기 그 집이 떠올랐다. 오랜만에 해물 칼국수를 맛보기 위해 내비게이션을 켜는 순간 깜짝 놀랐다. '박승광 해물 칼국수'라는 상호가 한두 곳이 아니었다. 서울에서 인천, 고양, 성남, 용인, 대전에 이르기까지 얼핏 보아도 수십 개는 되어 보였다.

그리고 막상 식당에 찾아가 보니 박승광 대표는 보이지 않고 모르는 분들이 영업을 하고 있었다. 알고 보니 그사이 박 대표는 자신이 개발한 해물칼국수를 브랜드화한 것이었다.

저렴한 가격에 해산물을 공수해오고 이를 듬뿍 넣어 만든 국물 자체를 하나의 상품으로 만든 것이다. 이제 더 이상 그분은 식당 주인이 아니었다. 프랜차이즈 사업가가 된 것이다. 이렇게 되면 박 대표가 직접 면발을 뽑지 않아도 이제는 시스템이 알아서 일을 한다. 시간적, 공간적 제약이 없어지면서 판매량은 무한대로 증가한다.

씨티큐브의 이승환 대표는 부동산을 이용해 시스템을 구축한 사람이다. 30대 초반인 그는 서울 시내에 6개의 소호 사무실을 운영하고 있다. 소호 사무실이란 소규모 사업자들에게 월세를 받고 1~2인용 사무실을 임대해주는 곳이다. 하나의 소호 사무실에는 여러 벤처기업, 1인 기업들이 입주해 있다. 매월 이들로부터 받는 월세 수입만도 수천만 원에 이른다. 이와 별도로 경매 중개법인과 세미나를 운영하고 있다. 여기서도 별도의 수입이 나온다. 자신의 시간과 노동을 최소화하여 돈이 만들어지는 시스템을 구축한 것이다.

그는 어떻게 젊은 나이에 이런 시스템을 구축할 수 있었을까? ROTC 출신인 그는 임관 전에 이미 대기업에 취직했고 군에 있는 동안 월급으로 종잣돈 3천만 원을 만들었다. 전역 후에는 대기업 정직원으로 입사했다. 그리고 회사에서 받은 월급과 신용대출로 1억5천만 원이라는 돈을 만들었다. 이 돈을 가지고 낯선 부동산 경매 시장에 뛰어들었다.

우연한 계기로 소호 사무실이라는 사업을 접하고는 이에 대한 연구를 시작했다. 우리나라에는 이미 '르호봇'이라는 프랜차이즈 업체가 수십 개의 점포를 갖고 있었다. 하지만 아직도 수요에 비해 공급이 많이 부족하다는 것을 알았다. 그 순간 '내가 서울 시내에 50개의 소호 사무실을 내서 이 시장을 석권하겠다'는 목표를 세웠다.

그리고 어떻게 하면 좋은 위치의 상가를 싸게 살 수 있을지를 고민했다. 결국, 그가 낸 결론은 간단했다. 부동산 경매였다. 본인의 주특기인 경매를 통해 사업장을 낙찰받아 나갔다.

낙찰 시 고려사항은 공공기관 근접성과 교통의 편리성이었다. 사업을 하는 사람들에게 공공기관이 가까우면 이점이 많다. 약속을 잡기도 편하고 고객들에게 신뢰를 줄 수도 있다. 공적인 업무를 처리하는 데에도 도움이 된다. 게다가 교통이 편리하면 접근성이 크게 향상된다.

이때부터 그는 서울 시내 지도를 펼쳐놓고 위에서 말한 입지 조건이라 생각되는 곳을 찾아보기 시작했다. 인터넷이나 책을 찾아보기도 하고 근처 부동산 중개인들을 만나보기도 했다. 수시로 본인이 운영하는 경매 중개법인 홈페이지에 들어가 경매에 나온 상가 물건들을 살펴보기도 했다.

그러던 중 자신이 생각해오던 조건과 딱 맞는 물건을 찾아냈다. 바로 현재 씨티큐브 1호점이 위치한 목동역 근처의 한 상가이다. 서울 남부지방법원 정문 앞 빌딩 지하 1층에 부도난 노래방이 경매로 나왔다.

목동역에서 5분 거리인 데다 법원, 검찰청이 바로 앞에 있었다. 무엇보다 지하 1층 상가여서 가격이 매력적이었다. 머릿속에만 그리던 물건이 현실로 나온 것이다. 게다가 몇 번의 유찰을 거쳐 상당히 할인된 가격으로 경매에 나왔다.

나름 노른자 땅인지라 거액의 물건이었지만 우여곡절 끝에 그가 가진 1억이 살짝 넘는 돈으로 낙찰을 받았다. 물론 잔금의 대부분은 은행 대출을 이용했다. 그리고 부도난 노래방을 새롭게 리모델링하여 깔끔한 소호 사무실로 만들었다.

통으로 되어있던 넓은 공간을 30개로 쪼개서 각각 한두 명이 쓸 수 있는 아담한 사무실로 만들었다. 그리고 공동으로 사용할 수 있는 회의실과 다용도실을 만들었다. 먼지로 뒤덮였던 망한 노래방은 순식간에 멋진 사무 공간으로 변신했다. 이후 얼마 지나지 않아 사무실은 만석이 되었다.

그의 성공은 시스템을 잘 활용한 결과였다. 시스템이 제대로 갖춰지기 위해서는 수요자의 욕구를 채워주면서도 자신만의 진입 장벽을 갖추어야 한다. 우선 임대료가 부담스러운 소상공인들에게 저렴한 월세로 그들의 욕구를 채워주었다. 그리고 자신만의 입지조건을 정하고 경매를 활용해 저렴한 부동산을 구함으로써 나름의 진입 장벽을 구축해냈다.

인터넷과 스마트폰이 대중화된 현대사회에서 아날로그 방식만을 고집하는 것은 바람직하지 않다. 물건 판매에서도 자신의 노동과 시간만을 염두에 둔다면 결코 한계에서 벗어날 수 없다. 온라인을 활용해서 가급적 많은 사람들에게 알리고 자기만의 상품을 브랜드화해야 한다.

이를 통해 내가 일하지 않는 순간에도 나를 위해 일해 주는 시스템을 구축해야 한다. '돈이 열리는 나무'를 심는 순간 더 이상 장사꾼이 아닌 진정한 사업가가 될 수 있을 것이다.

6. 돈도 아는 게 힘이다

2005년, 첫 직장에 입사했을 때였다. 첫 월급을 받았던 날 기억이 생생하다. 점심시간에 친한 동기가 내게 오더니 함께 은행에 가자고 했다. 월급으로 받은 돈을 어디에 굴릴지 상담이라도 받아보자는 것이었다. 나는 별로 관심은 없었지만 호기심에 그 친구를 따라나섰다.

우리가 찾아간 곳은 회사 근처에 있는 국민은행이었다. 무작정 창구 앞에 가서는 예금 상담을 받으러 왔다고 했더니 뒤편에 앉아있는 나이 지긋한 직원에게 안내했다. 사회 초년생티를 내며 다소곳하게 그분의 설명을 들었다. 그분은 우리에게 '미래에셋 3억 만들기'라는 펀드를 소개해 주었다. 펀드라는 것을 거의 들어본 적이 없던 시기였다. TV 광고에서 한두 번 들었던 기억이 전부였다. 펀드를 은행에서 판매한다는 것도 처음 알았다.

직원이 말을 꺼냈다.

"주가는 오르락내리락합니다. 그러나 선진국의 경험을 봤을 때 우리나라 주가는 장기적으로 상승할 거예요. 특히 적립식 펀드는 꾸준히 납부만 하면 평균 매입 단가가 낮아지기 때문에 주가가 떨어지더라도 안전하죠."

우리는 무슨 말인지 잘 이해가 안 되었지만, 그냥 알겠다고만 하고 돌아왔다.

며칠 후 그 동기에게 물어보니 그사이에 펀드에 가입했다고 했다. 그 말을 듣고서 나도 며칠간 펀드라는 단어가 머릿속을 떠나지 않았다. 며칠 후 조용히 집 근처 은행을 찾아갔다. 동기보다 더 좋은 펀드에 가입하겠다는 생각으로 오랜 시간 상담을 받았다.

결국 가입한 펀드는 해외 유망한 지역 다섯 곳에 투자하는 글로벌 펀드였다. 지난번 상담 때 이야기 들었던 미래에셋 3억 만들기 펀드도 가입했다. 사실 그때만 해도 펀드가 뭔지도 잘 몰랐다. 주식과 비슷하지만, 누군가 대신 운용해준다는 정도만 알고 있을 뿐이었다.

이후 바쁜 회사 생활 속에서 그 펀드의 존재를 잊고 지냈다. 6개월쯤 지났을 때 매스컴에서 펀드에 관한 이야기가 자주 등장했다. 코스피가 1,000포인트를 찍으면서 우리나라 주식시장이 활황을 이루고 있다는 내용이었다. 그동안 묵혀 두었던 펀드가 생각났다.

얼른 인터넷 뱅킹에 접속해서 잔고를 확인하는 순간 깜짝 놀랐다. 수익률이 30%를 넘어서 있었다. 금액이 크진 않았지만, 부쩍 늘어난 잔고를 보면서 큰 희열을 느꼈다. 마치 내가 엄청난 투자를 해서 성공한 것 같은 기분이었다.

입사 이후 몇 개월간 받은 월급이 좀 쌓였을 때였다. 주위 사람들을 보니 보험이나 은행 상품에도 가입해서 나름대로 자산 관리를 하고 있었다. 나도 뭔가를 좀 해야 할 것 같은데 그 부분에 대해 잘 아는 사람도 없고 누구한테 물어보기도 마땅치 않았다. 수소문 끝에 찾게 된 곳이 '포도에 셋'이라는 재무 설계 업체였다.

보통 재무 설계라 하면 은행이나 보험회사에서 하는 것으로 알고 있었다. 그러나 이런 금융기관들은 자사에서 판매하는 상품들을 추천하지 않을까 하는 생각에서 별로 신뢰가 가지 않았다. 반면 재무 설계 회사에서는 따로 설계 수수료를 받는 대신 중립적인 추천을 해줄 거라는 생각이 들었다.

며칠 후 상담을 받았으나 결과는 무척 실망스러웠다. 내 재무상태가 엉망이었다. 입사 후에 텔레마케팅을 통해서 보험 상품을 몇 개 가입했었는데 그것들이 문제였다. 가입한 상품 간에 중복으로 가입한 항목도 많았고 중요한 항목을 빼먹기도 했다. 그러다 보니 불필요하게 보험료가 두 번 나가기도 했고 정작 큰 병에 걸렸을 때 보장을 못 받는 상황이 발생할 수도 있었다. 특히 암이 많은 시대에 암에 대한 보장도 취약하게 설계되어 있었다.

결국 재무 설계를 원점에서 다시 하기로 했다. 중복된 보험은 해지하고 빼먹은 것들은 새로 가입했다. 연금과 예금에도 가입했다. 생애 시기별로 필요한 자금을 쓸 수 있도록 만기를 적절하게 분산하고 거기에 맞는 상품들을 배치했다. 펀드도 국내, 해외, 원자재, 인덱스 등 섹터별로 새롭게 포트폴리오를 구성했다.

그동안 잘못 운용되고 있던 재무 상황을 점검하고 전면 새롭게 구성했다. 그 당시 설계해놓은 재무 구조는 지금까지도 그 틀을 유지하고 있다. 만약 그때 제대로 된 컨설팅을 받지 않았다면 그동안 얼마나 좌충우돌했을지 눈에 훤하다.

내가 그랬던 것처럼 금융에 대한 지식이 부족하면 여러모로 손해를 본다. 투자 상품을 잘 모르면 좋은 기회가 오더라도 그것이 있었는지조차 모르고 지나가 버린다. 보험 상품을 모르면 위기의 순간에 큰 시련을 감수해야 한다. 살면서 어떤 시련이 올지 모르기 때문이다. 그런데도 무작정 보험은 돈만 낭비하는 것이라는 인식이 있는 사람들이 꽤 많다.

또한, 은행이나 증권사, 저축은행을 비롯한 제2금융권에 대한 지식도 갖추고 있어야 적시성 있는 자금 운용이 가능하다. 요즘과 같은 저금리 시대에 안전하다는 이유로 은행만을 고집하는 것은 바람직하지 않다. 위험을 적절히 관리하면서 시기에 맞게 다양한 금융기관을 활용하는 것이 필요하다. 여기서 모든 내용을 다룰 수는 없지만, 놓치기 쉬운 몇 가지 금융지식을 짚고 넘어가고자 한다. 이것들은 최소한에 불과하다. 이를 토대로 더 많은 지식을 업데이트해 나가길 권한다.

앞에서도 강조했듯이 목돈을 모으기 위해서 반드시 거쳐야 할 것이 종잣돈 모으기다. 그리고 종잣돈을 모으는 데 있어서 전제조건이 바로 강제저축과 지출 통제이다. 즉 현금이 들어오면 먼저 저축을 하고 남는 돈으로 생활한다. 그리고 꼭 필요한 것 외에는 돈이 빠져나가지 않도록 세심하게 관리한다. 이를 위해 앞에서 다룬 것이 예산 설정, 통장 분리 시스템, 생활비 봉투, 3 No 절약법과 같은 것들이다.

강제 저축을 위해 가장 많이 가입하는 상품이 예·적금과 적립식 펀드이다. 원금 보장을 위해 예·적금을, 추가 수익을 위해 적립식 펀드에 가입하는 것이 보통이다. 특히 정기 예·적금에 가입하는 사람들은 금리에 민감하다. 아주 적은 금리 차이 때문에 금융기관을 옮겨 다니기도 한다. 그러나 정작 본인이 만기에 실제로 받게 될 금리에 대해서는 잘 모르는 경우가 많다.

금융상품에 표시되는 금리는 기본적으로 연이율이다. 1년을 유지해야 그 금리의 수익을 온전히 취할 수 있다. 예를 들어 1년 만기 3% 정기예금과 적금이 있다고 하자. 정기예금은 한 번에 목돈을 예치해 놓는 예금인 만큼 만기일에 비교적 3%에 가까운 이자를 얻을 수 있다.

반면 정기적금은 매달 일정 금액을 내는 상품이다. 따라서 첫 달에 넣은 납입금은 1년간 예치되므로 3%의 이자를 받는다. 그러나 마지막 달에 입금한 납입금은 겨우 1개월만 예치되므로 0.25%[24]의 이자밖에 받지 못한다. 따라서 적금 금리가 3%라고 하면 1년 후에 실제로 받게 될 이자는 3%의 절반 정도밖에 안 된다.

게다가 그 이자수익에 대해 이자소득세(15.4%)가 붙는다. 결국, 정기예금이라 하더라도 실제 손에 쥐는 건 3%가 아닌 2.54% 정도밖에 되지 못한다. 정기적금도 세금이 붙는 건 마찬가지다. 다만 1인당 천만 원까지 세금우대를 신청할 수 있다. 세금우대를 신청하면 9.5% 세금만 내면 되므로 훨씬 유리하다. 다만, 세금우대 한도가 있어서 가급적 정기적금보다 이자가 높은 정기예금에 신청하는 것이 좋다.

또 새마을 금고와 신협 등은 조합 출자금을 내고 조합에 가입하면 이자소득세 15.4% 대신 농특세 1.4%만 내면 된다. 조합 출자금은 금액도 적고 돌려받을 수 있는 돈이니 마음 편하게 가입해도 좋다. 다만 여기에도 3천만 원이라는 한도가 있다는 점은 알아둬야 한다.

---

24) 3%×1/12

보험도 장기상품이기에 절세혜택이 있다. 그러나 이것도 실질을 잘 따져 봐야 한다. 대표적으로 연금저축보험의 경우 매년 납입액 400만 원까지 최대 16.5% 세액 공제가 된다. 400만 원을 꽉 채워 냈을 경우 매년 약 66만 원가량을 돌려받는 셈이다. 그러나 이 상품의 특성을 잘 모른 채 세액 공제 혜택만 보고 가입하는 것은 위험하다.

일단 연금저축의 세액공제는 최소 5년 이상 납입하고 만 55세 이후에 10년 이상 연금 형태로 받는다는 조건하에 주어지는 혜택이다. 젊은 시기 가입한다면 수십 년의 기간이 지난 후에야 비로소 돈을 만져볼 수 있는 상품인 만큼 가입에 신중할 필요가 있다.

이러한 부분을 소홀히 한 채 가입했다가 중간에 해지하게 되면 기타소득세 16.5%와 같은 상당한 손실을 감내해야 한다. 또한, 나중에 연금을 받을 때 연금소득세 5.5%가량을 내야 한다. 젊었을 때 세액 공제를 받지만, 나이가 들어서 그만큼을 부담하게 되는 것이다.

은행에 정기 적금이 있다면 보험사에는 저축보험이 있다. 3년, 5년, 10년 등 일정 기간의 저축을 목적으로 하는 보험으로 결혼이나 주택마련자금, 노후자금 등에 많이 활용된다. 이 상품의 경우 10년 이상 유지할 경우 비과세 혜택이 있다. 시중은행의 예·적금 금리보다 이자율이 높은 편이며, 발생한 이자에 다시 이자가 붙는 복리 방식이 적용되는 장점도 있다.

그러나 보험 상품의 특성상 사업비라는 것이 부과된다. 저축보험은 보통 납입금의 10% 정도가 사업비로 쓰인다. 30만 원을 넣으면 3만 원은 보험사가 쓰고 27만 원만 입금되는 셈이다. 그러다 보니 납입 기간을 다 채워도 실제 발생한 이자는 생각보다 턱없이 부족할 수 있다. 가입 이전에 이런 점을 꼼꼼히 따져볼 필요가 있다.

보장성 보험에 가입했을 경우 보험료를 줄이는 방법도 있다. 보험이란 미래에 발생할지 모르는 위험에 대해 '일정 기간', '일정 금액'을 보장받는 제도이다. 그러므로 가입했을 때에 비해 보장 기간이나 보장 금액을 줄이면 그만큼 보험료는 줄게 된다.

예를 들어 30세 여성이 100세까지 1억 원을 보장받는 암 보험에 가입해서 매월 20만 원의 보험료를 내고 있다고 하자. 그런데 보험료가 부담되어 보험을 해지하면 그동안 납입한 돈의 대부분을 돌려받지 못하게 된다. 이때 보험을 해지하는 대신 보장 기간이나 보장 금액을 줄이면 보험료를 줄일 수 있다.

가령 1억이 아닌 5천만 원만 보장받으면 보험료는 절반으로 줄게 된다. 또한, 암 보험 가입 시 암이란 주 계약 외에 입원이나 수술 특약 등에 가입하는 경우가 있다. 꼭 필요한 경우가 아니라면 이 특약만 해지가 가능하다. 보험료가 부담된다고 보험 전체를 해지하면 큰 손해를 입는다. 대신에 보장 금액이나 보장 기간, 가입특약만 줄이게 되면 손실은 줄이고 보험을 그대로 유지할 수 있다.

금리는 낮은데 물가만 올라가는 요즘 같은 시기에 은행에 돈을 맡기면 사실상 손해라는 말이 있다. 금리가 워낙 낮다 보니 물가상승률을 감안한 실질 이자율이 마이너스라는 것이다. 저금리 시대에 투자는 선택이 아닌 필수이다. 위험을 무조건 피하기보다는 이를 최소화하는 투자 방법을 익힐 필요가 있다.

기적을 만드는 하루 10분 의 힘

그러나 투자에 앞서 재무적 기초를 탄탄하게 하는 것도 중요하다. 자칫 수익에만 집착한 나머지 재무 안정성이나 위험 관리에 소홀할 수 있기 때문이다. 그럴 때 위기가 찾아온다.

영국의 대표적인 금융회사 베어링 은행도 한 젊은 직원의 무모한 투자로 파산에 이른 바 있다. 리스크 관리에 소홀히 한 채 큰 수익만을 좇다가 감당하기 어려운 손실을 보고, 이를 만회하고자 더 큰돈을 투자했으나 결국 13억 달러라는 엄청난 금액을 날리고 회사는 파산하고 말았다.

수익을 추구하기에 앞서 안정적인 재무구조를 갖추고 위험에 대비해야 한다. 이를 위해 꾸준히 금융지식을 쌓고 최신정보를 업데이트하는 것은 장기적 성과를 위해 반드시 선행되어야 할 일이다.

PART 06

꿈을 이루어주는 하루 10분 ☀

1. 마음으로 현실을 만들어 내다

고등학교 시절 국사 선생님의 별명은 터미네이터였다. 과묵하고 빈틈없는 분이셔서 그런 별명을 얻으신 것 같았다. 국사 시간만 되면 왠지 엄숙한 분위기였다. 게다가 무작위로 번호를 불러 질문을 하셨으니 항상 긴장되는 수업이었다. 수업시간에 졸거나 떠드는 일은 엄두도 못 냈다.

나도 '국사 시간만큼은 졸지 말아야지'하고 생각했다. 그러던 어느 날 몹시 피곤했는지 나도 모르게 수업시간에 꾸벅 졸고 말았다. 선생님한테 걸리진 않았지만 아찔한 순간이었다. 다음 수업 시간이 되었을 때 '오늘은 절대로 졸지 않아야지'하고 다짐했다. 그런데 이상하게도 그런 다짐을 할 때마다 오히려 잠이 쏟아졌다. 수업을 잘 듣다가도 '잠들지 말아야지'라는 생각이 드는 순간 어김없이 졸고 있었다. 어찌할 도리가 없었다. 졸지 않겠다는 다짐을 할수록 졸리니 뭔가 이상했다.

그 이유를 이해할 수 없었다. 그러나 이제는 알고 있다. 우리가 뭔가를 마음속에 그리는 순간 그것에 집중하게 된다. 그것이 긍정이냐 부정이냐는 상관없다. 잠재의식은 마음속에 그리는 것을 사실로 받아들인다. 따라서 원하지 않는 것을 마음에 그리더라도 나도 모르게 그것에 집중하게 된다.

다른 사람과 사이가 안 좋을 때 그 사람 기억을 떨쳐버리려고 할수록 그 기억이 커지는 것을 경험한 적이 있을 것이다. 누군가 강단에 나와서 '지금 내 얼굴을 마음속에 그리지 마세요'라고 한다면 어떨까. 사람들은 의식적으로 마음에 그 사람 얼굴을 안 그리려고 할 것이다.

그러나 그럴수록 그의 얼굴이 마음에 그려진다. 그것에 집중하기 때문이다. 앞서 국사 시간에도 '졸아서는 안 돼'라고 말하는 순간 우리의 뇌는 '졸음'이라는 단어에 집중한다. 그리고 몸에 잠을 주문한다. 이것은 뇌의 특성이기에 어쩔 수 없다. 대신 이를 우리가 원하는 방향으로 잘 활용하면 된다. 뭔가 이루어지길 바란다면 그것이 이루어진 상황을 실감 나게 그려야 한다. 원하지 않는 것을 그려서는 안 된다.

나는 아침에 출근할 때 지하철을 이용한다. 9호선 종점인 개화 역에서 열차를 탄다. 김포공항보다 외진 곳에 있는 서울의 끝자락이다. 서울이라기보다는 시골에 가깝다. 지하철을 타려고 플랫폼에 서 있으면 시골 냄새가 난다. 어느 날은 지하철역에 도착하니 뭔가 구린내가 진동했다. 농사철이 시작되니 거름으로 쓰려는 쇠똥 냄새일 거라 생각했다. 고향의 냄새가 정겹고 향기롭기까지 했다. 주변 사람들도 표정이 밝은 걸 보니 비슷한 생각을 하는 듯했다.

잠시 후 지하철이 출발하고 창밖을 보는 순간 뭔가가 눈에 들어왔다. 역 주변에 공사가 한창이었다. 역 건너편에 작은 수로가 있었는데 그 가에 나무를 심고 있었다. 그리고 수로를 파내고 있었는데 자세히 보니 수로라기보다는 시궁창에 가까웠다. 아까 그 구린내가 쇠똥 냄새가 아니라 시궁창 냄새였다. 그때부터 갑자기 맡고 있던 냄새가 역하게 느껴졌다. 속이 매스껍고 구토가 나올 것 같았다. 나뿐 아니라 냄새의 정체를 알아챈 주변 사람들 얼굴도 어두워졌다. 입을 막기도 하고 기침을 내뱉기도 했다. 향긋하고 상쾌했던 기분은 오간 데 없이 열차 안에는 불쾌감이 맴돌았다.

마음속에 무엇을 그리느냐에 따라 우리 몸은 다르게 반응한다. 실제로 그 냄새의 정체가 무엇이냐는 그렇게 중요하지 않다. 마음속에 쇠똥을 그렸을 때는 다정하고 향긋한 기분이 들었다. 어릴 적 시골 할머니 댁이 생각나기도 했다. 그런데 냄새의 정체를 깨달은 순간 불쾌한 기분이 들었다. 몸에서도 뭔가 매스껍고 역한 것이 느껴지고 기침도 나왔다. 우리 몸은 마음에 따라 반응한다.

마음속에 무엇을 그리느냐는 신체 외에 다른 물리적 세계에도 영향을 준다. 이렇게 영향을 받은 물리적 세계는 의식하지 못하는 사이에 반응한다. 소위 '끌어당김의 법칙'이라고 하는 것도 같은 맥락에서 이해할 수 있다.

흔히 '끼리끼리 어울린다'는 말처럼 비슷한 것끼리 서로 끌어당긴다는 것이다. 우리가 어떤 상상이나 생각을 하면 그것과 관계있는 것들이 끌려온다. 아인슈타인이 이야기했던 "상상은 핵심이다. 다가올 미래의 시사회다"라는 말도 비슷한 의미로 이해할 수 있다.

이러한 예는 우리 주변에서도 쉽게 찾아볼 수 있다. 우리가 한 가지 생각을 하면 비슷한 생각들이 끊임없이 끌려온다. 뭔가 안 좋은 일이 생겼을 때를 생각해보자. 어떤 사람이 나를 서운하게 했다면 집에 돌아와서도 그 생각이 머릿속을 떠나지 않는다. 오히려 시간이 흐를수록 그 사람 때문에 내가 불행해졌다는 생각은 커지고 그 사람은 더욱 미워진다. 점점 그 사람과의 관계도 악화된다.

반대로 아침에 뭔가 좋은 음악을 들었을 때를 생각해보자. 그 노래를 흥얼거리다 보면 종일 멜로디가 귓가에 맴돈다. 그 음악에 대해 가졌던 좋은 감정이 계속해서 비슷한 감정을 가져온다. 우리가 마음에 무엇을 심느냐는 우리에게 강하게 영향을 미친다.

'원하는 것을 상상하면 현실이 된다'는 말은 한 번쯤 들어봤을 것이다. 그러나 상상한 것이 이루어진 것을 경험한 사람은 별로 없다. 그 이유는 대부분 상상은 하지만 실제로 그 일이 자신에게 일어날 거라 생각하지 않기 때문이다. 당연히 그 일이 일어났을 때의 느낌이 들 수도 없다.

상상이 현실로 이어지기 위한 전제조건은 바로 '감정'이다. 감정은 행동하게 만드는 기폭제요, 실현을 위한 연료이다. 성취했을 때의 느낌을 실제로 느낄 수 있어야만 마음이 움직이고 잠재의식이 일하기 시작한다. 잠재의식에 새겨진 감정은 의식적인 노력보다 훨씬 강력하고 지속적인 행동을 가져온다. 잠재의식은 좋은 감정을 기억하고 비슷한 일이 일어나도록 부단히 노력한다.

이런 의미에서 현재 내가 느끼는 감정에 따라 미래가 결정된다고 해도 과언이 아니다. 사람의 생각이 물질 세계에 영향을 미친다는 것은 많은 연구결과로도 증명되고 있다. 데니스 웨이틀리 박사가 올림픽 선수들에게 했던 실험도 그중 하나이다.

> 우리는 올림픽 선수들을 데려다가 마음속으로 올림픽 경기에 참여하는 모습을 상상하라고 한 다음에 정교한 생체자기 장비에 선수들을 연결했다. 믿어지지 않았지만, 생각으로만 달렸는데도 선수들이 실제로 트랙에서 달릴 때와 같은 순서로 근육이 반응을 보였다.

어떻게 이런 일이 일어났을까? 마음은 우리가 실제로 하는 건지 그냥 연습일 뿐인지 분간하지 못하기 때문이다. 마음이 가 있는 곳에 몸도 가 있게 마련이다.[25]

어떤 것에 집중하느냐에 따라 삶의 방향은 달라진다. 일이 잘 안 된다는 사람들을 보면 대체로 부정적인 현실에 집중하는 경우가 많다. 가난이나 갈등, 걱정과 같은 것들이다.

지인 중에 한 분은 업종을 꽤 여러 번 바꾸었다. 한때 갈빗집을 하더니 다음에 만났을 때는 커피숍을 차렸다. 이후에도 편의점, 양품점 등 일관성 없이 업종을 바꿨다. 그를 만날 때마다 자기 사업에 대해 부정적으로 이야기했다. 힘들게 일하는데 항상 제자리걸음이라는 것이다. 그러면서 돈벌이가 된다는 다른 사업 이야기를 꺼내곤 했다. 그와 대화하다 보면 그의 머릿속에는 이런 생각들이 가득한 것 같았다.

'안 되면 어떡하지?', '어차피 해도 안 될 거야.', '나는 원래 부자가 될 수 없는 사람이야.'

이러한 생각들이 쌓이다 보니 계속해서 그런 현실을 가져온 것이다. 자연히 가까이하는 사람들도 비슷한 생각을 하는 사람들이다. 서로 이런 이야기를 나누다 보면 신세 한탄이나 푸념, 불만으로 끝이 난다. 비슷한 것들이 끌려오니 이러한 현실에서 벗어나기는 더욱 어려워진다.

새로운 삶을 원한다면 새로운 것에 집중해야 한다. 현실이 어렵다고 그 어려움만 바라본다면 미래는 달라지지 않는다. 진정 내가 바라는 것에 초

---

25) 『시크릿』(론다 번, 살림BIZ)

기적을 만드는 하루 10분 의 힘

점을 맞춰야 한다. 일을 하다가도 잠깐의 시간이 주어지면 눈을 감아보자. 그리고 바라는 것이 이미 이루어진 상황을 그려보자. 감정을 충분히 느낄 수 있을 정도로 구체적으로 그려야 한다. 그 순간의 느낌, 함께 있는 사람의 옷차림, 그곳에 앉아있는 내 발밑 카펫의 촉감까지 느낄 정도가 되어야 한다. 감정이 살아나야 잠재의식이 깨어난다.

당연히 처음부터 쉬운 일은 아니다. 숙제처럼 할 일도 아니다. 다만 내가 바라는 것이 이루어진 상황을 편안하게 그려볼 일이다. 마치 영화를 보듯 상상으로 펼쳐지는 미래를 즐기면 된다. 이런 상상이 쌓이다 보면 점점 습관이 되고, 뇌는 이를 현실로 받아들인다. 결국 이를 현실화시키기 위해 끊임없이 노력하게 된다.

세계적인 작가 잭 캔필드가 『영혼을 위한 닭고기 수프』란 책을 쓰게 된 것도 이러한 방법을 활용한 결과였다. 그가 무명이고 가난한 시절, 10년 뒤에 살고 싶은 아파트와 갖고 싶은 차를 매일 상상했다. 그러던 어느 날 자신이 평소 하던 생각들을 수필로 엮어보자는 생각이 들었다. 그때부터 자신의 책이 베스트셀러가 되는 꿈을 상상하게 되었고 이는 행동할 용기로 자라났다. 결국, 그의 상상은 현실로 이어졌다. 그가 그리던 집과 차를 구입할 수 있었고, 백만장자에도 오를 수 있었다.

나도 뭔가 이루고 싶은 것이 있을 때 이 방법을 활용하곤 한다. 특히 업무가 미궁에 빠질 때면 상상의 나래를 펼치기 시작한다. 문서를 작성하다가도 어떻게 써나가야 할지 답답할 때가 있다. 그럴 때 나는 조용한 곳을 찾는다. 그리고 어느 때보다 제대로 작성된 완성본을 상상한다. 그것을 완성하는 순간 나의 모습과 기분도 느껴본다.

일을 마치고 났을 때의 후련함, 상쾌한 기분, 상사로부터 칭찬을 받는 모습까지 상상한다. 그러고 나서 쓰는 보고서는 신기하게도 술술 풀려나가는 것을 종종 경험했다. 나의 잠재의식이 좀 전에 상상했던 그 감정을 다시 느끼기 위해 처절하게 몸부림친 결과이다.

얼마 전에도 내가 담당하던 사건이 미궁에 빠진 적이 있었다. 여러 개로 나뉘어진 사건에서 각각의 관련자들은 찾아냈는데 이들 간의 연계성을 입증할 단서를 찾지 못하고 있었다. 몇 날 며칠을 노력했지만 잘 드러나지 않았다. 워낙 치밀하게 이루어진 사건이었기 때문이다. 사실 내 맘속에서는 이미 어느 정도 포기한 상태였다.

그러다가 다시 상상의 나래를 펼쳐보았다. 그날 밤 나는 사건의 실마리를 찾아내 기뻐하는 모습을 상상하며 잠들었다. 그리고 며칠 후 출근하자마자 동료 직원의 들뜬 목소리를 들었다. "선배님, 말씀하시던 단서를 찾아냈어요!"

진정 내가 원하는 것에 집중하자. 그리고 그것을 마음에 그리자. 원하는 것을 한 번 상상했다고 이루어지지는 않는다. 하지만 그것을 마음속에 간직하고 꾸준히 그려나가다 보면 어느 순간 나의 감정이 그것을 현실로 인정하는 순간이 온다. 그때부터 잠재의식은 일하기 시작한다. 그것이 현실로 이루어질 때까지.

2. 실행력이 경쟁력

새로운 부서에 배치됐을 때의 일이다. 외부 파견을 마치고 왔던 터라 어느 때보다 업무에 대한 의욕이 높았던 시기였다. 그 사이에 3P 바인더를 이용하여 자료를 정리하는 방법도 배웠다. 이제부터 만든 자료들은 바인더로 깔끔하게 정리해야겠다고 생각했다.

처음에는 잘 되었다. 내가 만들고 구한 자료들을 차곡차곡 정리했다. 바인더 옆면에는 알기 쉽게 제목도 써넣었다. 누가 봐도 깔끔한 자료집이었다. 그런데 시간이 흐르면서 업무가 바빠졌다. 문서의 양도 늘었고, 때로는 갑작스러운 지시에 다른 일을 해야 하기도 했다. 급한 일을 하다 보니 작성한 문서를 그냥 서랍에 처박아두는 일이 생겼다. 나중에 시간 나면 한 번에 정리하겠다는 생각이었다.

그런데 시간이 흐르면서 그런 일이 점점 늘어갔다. 문서를 작성하는 즉시 서랍으로 향하다 보니 나중에는 서랍 공간이 부족했다. 이제는 다른 쪽 캐비닛을 열어 문서를 쌓아두어야 했다. 문서가 필요할 때에는 그것들을 몽땅 꺼내서 뒤져야 했다. 찾는 데 시간이 오래 걸리고 못 찾는 경우도 있었다.

'언제 한 번 날 잡아서 해야지'라고 생각했지만, 그날은 쉽게 오지 않았다. 야근해도 그때마다 다른 일을 하기에 바빴다. '언제 주말에 나와서 하면 되지'라고 생각했으나, 주말이 되면 생각이 달라졌다.

'주말에는 쉬어야지 회사는 무슨…'

이렇게 시간은 흘러갔다. 불편했지만 그냥 감수하면서 지내야 했다. 필요한 문서를 찾는 데 시간이 걸렸지만 익숙해지니 견딜 만했다. 다만 주변이 정리되지 않아서 일에 대한 몰입도가 점점 떨어졌다. 문서를 찾는 데도 많은 시간이 낭비되었다. 당연히 업무 처리가 늦어지고 보고서의 질도 떨어졌다.

결국, 그렇게 한 해가 가고 다음 해가 되어서야 서랍과 캐비닛을 정리했다. 작년 초에 만들어 두었던 바인더를 다시 열어 보았다. 문서를 정리하다 멈춘 시점에 시간도 멈춰 있었다. 한 발짝도 나아가지 못한 채 그대로였다. 결국, 연초에 바쁘다는 핑계로 정리를 한 번 미루었던 게 화근이었다. 한 번 미루고 나니 계속 미루게 되어 별다른 발전 없이 1년의 시간이 흐른 것이다.

다들 이런 경험이 한 번쯤은 있을 것이다. 뭔가 할 일이 있어서 인터넷 창을 열었는데 눈길을 사로잡는 기사나 광고가 있다. 기사 한 개만 보고 일을 하자고 마음먹지만, 기사를 여는 순간 사이트는 꼬리에 꼬리를 문다. 순식간에 한 시간이 후딱 지나간다. 거기에 정신을 팔다 보면 애초에 내가 왜 인터넷 창을 열었는지도 잘 기억나지 않는다. 기억이 나더라도 일을 하고 싶은 마음이 사라져서 정작 중요한 일은 다음으로 미루게 된다.

회사에 다니면서 집중적으로 책을 읽을 시간이 잘 없었다. 그래서 연휴

기적을 만드는 하루 10분 의 힘

가 다가오면 책을 맘껏 읽어보고 싶다는 생각이 들기도 한다. 특히 명절 연휴 때는 기간이 긴 만큼 기대가 컸다. 그래서 욕심을 부려서 책을 여러 권 챙기기도 했다.

그런데 막상 고향에 내려가면 사정이 좀 달라졌다. 일단 고향 집에 들어서는 순간 긴장이 풀린다. '오랜만에 집에 왔으니 휴식부터 취해야지' 하면서 소파에 몸을 맡긴다. 그리고 TV 프로그램 몇 편을 보다 보면 하루가 순식간에 지나간다.

'밤이 늦었으니 내일 해야지. 내일부터는 책도 좀 읽고 해야겠다.'

그러나 이런 패턴은 다음 날에도 이어진다. 누가 시킨 것도 아닌데 아침부터 TV를 보고, 그러다 보면 다른 일들은 귀찮아진다. 결국, 이렇게 며칠이 지나고 책을 한 권도 읽지 못한 채 연휴가 지나간다. 고향에 내려갈 때 쌌던 짐을 풀어보지도 못한 채 그대로 가져오는 경우가 대부분이다. 계획은 거창하지만, 성과는 초라하다.

이런 일들은 주로 작은 일을 한두 번 미루는 것에서 시작된다. 귀찮아서, 또는 바빠서 할 일을 미루다 보면 마음에는 금방 관성이 생긴다. 다음에는 더 하기 싫어지고, 이것이 반복되다 보면 남아있던 의욕까지 사라진다.

이는 학창시절 시험 전날을 떠올려보면 금방 알 수 있다. 일단 시험 전날만 되면 왠지 공부를 시작하기가 싫어진다. 특히 해야 할 분량이 많을 때는 더욱 그렇다. 막상 공부를 시작했다가도 어느 순간 '잠깐만 쉬었다가 하자'는 마음이 든다. 딱 30분만 쉬었다가 하면 정신이 맑아져서 공부가 더 잘 될 것 같은 생각이 든다.

그러나 이렇게 한 번 미루는 순간 다음 시작은 예측하기 어려워진다. 잠깐이라도 편했던 순간을 기억한 우리 마음은 더욱 편한 것을 요구하기 때문이다. 평소에 안 하던 책상 정리도 하고 싶어지고 안 보던 TV도 보고 싶어진다. 그러다 보면 시간은 순식간에 지나가고 부담은 더욱 커진다. 결국, 밤이 되어서야 공부를 시작한다. 짊어져야 할 부담이 너무 클 때는 포기를 선택하기도 한다.

반면 고통스럽더라도 집에 오자마자 공부를 시작한다면 어떨까? 우리 마음은 집에 오자마자 시작했던 일, 즉 공부에 적응하게 된다. 처음엔 괴롭지만, 그것을 참고 이겨내는 순간 우리 마음에는 좋은 방향의 관성이 생긴다. 그래서 1시간을 참고 공부했다면 이후 쉬는 시간이 주어지더라도 유혹을 이기고 다시 공부로 돌아올 힘이 생긴다. 이것이 바로 실행력이다.

지금 당장 힘든 것을 피하고자 실행을 미루게 되면 여러 가지로 손해를 본다. 앞에서 서류 정리를 미뤘던 때도 그랬다. 일단 정리를 미루고 있을 때 마음은 불안했다. 지금 당장 실행하는 게 귀찮아서 미루고는 있지만 뭔가 처리되지 않은 느낌은 계속 따라다녔다.

'누군가 갑자기 서류를 찾으면 어떡하지? 하는 걱정이 들기도 했다. 어느 날에는 실제로 상사가 한 달 전에 작성했던 보고서 내용을 물었다. 만약 서류철이 정리되어 있었다면 곧바로 답할 수 있었을 것이다. 그러나 준비되지 못한 상태에서 나는 머뭇거릴 수밖에 없었다. 재치 있는 답변을 보여줄 기회였는데 오히려 실망만 안겨주는 계기가 되었다.

더 큰 문제는 이처럼 실행을 미루다 보면 자신감이 떨어진다는 것이다. 잠재의식에서는 내가 해야 할 일을 미루고 있다는 자책감이 들게 된다. 스스로에 대한 믿음이 떨어져서 다음에 더 큰 일을 해야 할 때 동력이 약해진다. 나중에 상사가 나를 다시 부르더니 진행 중인 업무의 상황을 물었다. 이번에는 실수하지 않기 위해 나름대로 철저히 준비해서 보고했다. 그런데도 이전에 제대로 대답하지 못했던 기억은 나를 따라다녔다. 스스로 위축되다 보니 이번에도 만족스러운 보고를 하지는 못했다.

반면에 계획했던 일을 바로 실행에 옮겼을 때는 자신감이 한층 올라간다. 마음이 편안해지고 근심도 사라진다. 이런 마음은 다음 일을 실행하는 데 있어서도 큰 힘이 된다. 『성공하는 사람들의 7가지 습관』의 저자 스티븐 코비도 자기 스스로 한 약속의 중요성을 강조한다. 주도적인 사람은 스스로 계획을 세우고 무슨 일이 있어도 그것을 지킨다. 자신과의 약속을 잘 지킬수록 마음의 근육이 단단해져 더욱 실행력이 높아진다고 한다.

예를 들어 매일 아침 조깅을 하기로 마음먹었다면 무슨 일이 있어도 그것을 실행하라고 조언한다. 만약 조깅을 하려고 아침에 일어났는데 비나 눈이 오면 어떻게 할까? 최소한 실내에서 걷기나 뛰기라도 하라는 것이다. 어떻게든 스스로 약속한 것을 실행하게 되면 스스로에 대한 신뢰가 강해진다. 그래서 나중에 무엇을 계획하더라도 나를 믿고 실행할 수 있는 힘이 생긴다.

경영컨설턴트 간다 마사노리는 "성공하기 위한 노하우가 분명한데도 실제 행동으로 옮기는 사람은 1%밖에 되지 않는다. 그러므로 성공하는 것은 간단하다"고 했다. 실천이 중요하다는 것을 알면서도 그것을 실행에 옮기는 사람은 많지 않다는 것이다. 실행은 마음으로 몸을 움직이는 일이다. 그만큼 힘들고 부담스럽다. 그러나 성공적인 삶을 위해서는 필수적으로 갖춰야 할 자질이다. 이를 위해 생각에 앞서 실행을 먼저 하는 것을 연습해보는 것도 좋다.

나는 중학교 때 워낙 컴퓨터를 좋아했다. 그러다 보니 공부에는 별 관심이 없었다. 고등학교 때 기숙사에 들어갔는데 공부에 대한 습관이 전혀 안 되어 있었다. 짬이 나면 공부를 하기보다는 친구들과 수다를 떨거나 방에 들어가 쉬곤 했다. 그러다가 어느 순간 바닥으로 추락한 성적표에 크게 한 방을 맞고 공부 습관을 다시 잡아보고자 발버둥을 쳤다.

이때 생각해낸 방법이 기숙사에 들어오면 자리에 우선 앉고 보는 것이었다. 그리고 자리에 앉는 순간 일단 책을 펴는 것이다. 어떻게든 이것만은 지키고자 했다. 그렇게 하기를 6개월, 나의 공부 습관은 자리를 잡아가기 시작했다.

나는 60명이 넘는 기숙사생들 가운데 자습실에 제일 먼저 들어오는 사람이었다. 그리고 대체로 제일 먼저 공부를 시작했다. 그러다 보니 절대적인 공부 시간이 확보되었고, 남들보다 앞서간다는 생각에 점점 공부에 자신감이 붙었다. 결국 고2 겨울방학 즈음에는 만족스러운 성적을 거두었다. 그리고 이후부터는 줄곧 편안한 마음으로 공부할 수 있었다.

많은 사람들이 실행의 중요성을 알면서도 할 일을 미루곤 한다. 귀찮아서, 실패에 대한 두려움 때문에 주저하기도 한다. 특히 완벽주의는 실행에 있어 커다란 적이다. 사실 내가 서류 정리를 미뤄왔던 것은 완벽주의 때문이기도 했다. 한두 번 서류 정리를 미루다 보니 처음에 생각했던 모습, 즉 완벽하게 정리된 서랍의 모습과는 달라지기 시작했다.

그러다 보니 '어차피 조금 치운다고 될 일이 아냐. 나중에 한 번에 몰아

기적을 만드는 하루 10분 의 힘

서 정리해야지' 하는 마음이 생겼다. 그럴수록 점점 완벽함에서 멀어지고 나중에는 한두 번 치워서는 해결되지 않는 수준에 이르렀다. 그러면서 더욱 실행을 미루는 악순환에 빠지게 되었다.

우리가 머릿속으로 생각하는 것들을 현실로 나타내기 위해서는 실행에 옮겨야 한다. 그렇지 않으면 그 생각은 공상의 세계에만 머물러있게 된다. 사업의 세계에서는 실행을 미루다가 골든타임을 다른 사람에게 빼앗기기도 한다.

완벽주의를 버리고 뭔가를 마음먹으면 즉시 실행하는 연습이 필요하다. 몇 번 미루다가 완벽에 흠집이 가는 상황이 발생하더라도 실망할 필요가 없다. 현재 상황을 인정하고 거기서부터 시작하면 된다. 실행력을 키워나 간다면 스스로에 대한 자신감은 점점 커지고, 성과도 함께 올라간다.

『중용』에 나오는 구절이다.
"널리 배우고, 자세히 묻고, 조심스럽게 생각하고, 분명하게 판별함을 통해 한 편의 지식을 얻을 수 있다. 그러나 얻은 것을 실행해야 비로소 자기가 터득한 학문이라 할 수 있다."

진정한 배움은 실행을 통해서 완성되는 것이다.

3. 맷돌만 굴리면 돌가루가 나온다

어려서부터 우리 집에는 책을 읽는 사람이 별로 없었다. 부모님은 장사하시기 바빴고 형들과 나는 놀기 바빴다. 우리에게 독서는 익숙지 않은 것이었다. 그렇게 지내도 아무도 뭐라고 하지 않았고 사는 데 불편함이 없었다. 학창시절 입시를 위해 책을 읽는 게 전부였다.

처음으로 책에 관심을 두게 된 것은 군에서였다. 최전방에 근무하던 우리에게 근무 이외의 시간에는 잠깐의 자유가 주어졌다. 아주 짧은 시간이라도 소중했기에 뭐든 해야만 했다. 대부분 장기를 두거나 농담을 하면서 시간을 보냈다. 어떤 이들은 기타를 연주하거나 탁구, 농구, 축구와 같은 운동을 하기도 했다. 나도 마찬가지였다.

그런데 어느 때부턴가 내무반에 독서의 바람이 불었다. 당시에 동료들이 돌려보던 책이 있었다. 『남자의 향기』라는 책이었다. 한 남자의 이복 여동생을 향한 희생적인 사랑을 그린 클래식한 소설이었다. 나도 며칠 밤낮을 그 책을 읽으며 보냈다. 뻔한 내용이었지만 재미있었다. 진정한 사랑이란 게 거라고 이야기해주는 것 같았다.

이후에도 내무반에 유행했던 『상실의 시대』, 『왜란 종결자』 같은 책들을 닥치는 대로 읽었다. 그러다가 우연히 손에 잡힌 책이 『성공하는 사람들의

7가지 습관』이었다. 처음엔 제목만 보고 성공하는 방법에 관한 책인 줄 알았다.

그러나 이 책은 단순히 처세술이나 마인드 컨트롤을 다룬 책이 아니었다. 오히려 인생을 다룬 철학 책에 가까웠다. 살아가면서 겪게 되는 가치관의 문제, 인간관계의 문제, 삶의 태도와 같은 내용이 망라되어 있었다. 결국, 이 책은 내 인생에 적지 않게 영향을 미쳤다.

사실 군에 오기 전에 시간은 훨씬 많았다. 특히 대학 시절에는 마음만 먹으면 얼마든지 책을 읽을 수 있었다. 그러나 그때는 책에 관심이 없었다. 시간만 있으면 나가 놀 생각을 했지 책을 읽어야겠다는 생각은 거의 해본 적이 없었다.

그런데 뜻밖에도 군대라는 공간이 책 읽는 재미를 선물해주었다. 군에서는 근무 외에는 달리 할 것이 없어서 오히려 집중이 잘 되었다. 책을 읽으면 시간도 잘 가니 일석이조였다.

회사를 다니면서 한동안 책을 멀리했다. 회사 일만 하기에도 시간이 넉넉지 않았다. 아침부터 저녁까지 일에 몰두하다 보면 순식간에 하루가 지나갔다.

그러다가 외부기관에 파견을 나갔는데 옆에 있던 직원이 책을 한 권 소개해줬다. 『독서천재가 된 홍 대리』라는 책이었다. 자기는 아직 안 읽었는데 나한테 추천하고 싶은 책이라고 했다. 제목만 봐도 뻔한 내용이었지만 속는 셈 치고 한번 읽어보기로 했다.

내용은 간단했다. 가정의 문제, 회사에서의 문제로 난관에 처해 있던 홍 대리는 우연히 독서 고수인 스승을 만난다. 그리고 책을 전혀 읽지 않던 그가 인생을 바꾸기 위해 독서를 시작한다. 처음 실행한 것이 1년에 100권 읽기였다. 양으로 승부한 것이다.

우여곡절 끝에 그 목표를 완수하고 상당한 자신감을 회복한다. 계속된 도전 끝에 하루 한 권 독서 습관을 갖게 되고, 이를 통해 업무능력이나 정신력이 몰라보게 성장하게 된다.

제목에서 예상했던 대로 뻔한 내용이었다. 그런데 이 책을 읽고 나니 왠지 나도 독서를 통해 인생을 바꿔보고 싶다는 생각이 들었다. 그래서 선택한 방법이 출퇴근 시간을 활용하는 것이었다.

직장인으로서 회사 일로부터 완전히 자유로울 수 있는 시간은 출퇴근 시간이었다. 그 시간을 활용해 이런저런 책을 읽기 시작했다. 처음에는 한 달에 한 권 읽기도 버거웠다. 그러다가 점차 속도가 붙자 일주일에 한 권, 나중에는 일주일에 두세 권까지 읽기도 했다. 한동안 죽어있던 독서의 불씨가 오랜만에 살아난 것이다.

그때부터 『독서천재 홍 대리』에서 독서 고수의 실제 모델이 이지성 작가라는 것을 알게 되었다. 그리고 그 작가의 저서를 찾아 읽었다. 그러다가 알게 된 책이 『리딩으로 리딩하라』였다. 이 책은 전 세계의 훌륭한 사람들이 대부분 독서 고수였음을 보여주었다. 그리고 고전을 읽는 것이 우리 삶에 얼마나 유익한지를 사례를 통해 알려주었다. 결국, 이 책은 나를 난생 처음 고전이라는 세계로 이끌었다.

그때부터 출퇴근 시간에 고전을 읽기 시작했다. 처음 시작한 책은 『논어』였다. 서재에 오래전부터 모셔두었던 고전 전집 1권이기도 했고, 동양 최고의 고전으로 꼽히는 책이기도 했다. 논어를 읽으면서 들었던 생각은 문장들이 왠지 익숙하다는 것이었다. 학창시절에 한문 교과서에서 보았던 많은 글들이 논어에서 따왔던 것이다. 그리고 이 책을 읽으면서 정신적으로 고양되는 느낌을 자주 받았다. 한 번도 제대로 읽어본 적 없던 고전에 반하는 순간이었다.

그 이후 동서양을 가리지 않고 고전을 읽었다. 플라톤의『국가론』, 호메로스의『일라이드』,『오디세이』부터 사서오경까지 읽어 나갔다. 이런 나를 두고 주변 사람들은 의아해했다. '왜 하고많은 책 중에 저렇게 오래되고 지루한 책을 읽을까?' 하는 반응이었다. 그럴 때마다 나는 이 책을 제대로 읽어보았는지 물었다. 다들 제목은 익숙하지만 제대로 읽어봤다는 사람은 많지 않았다.

고전을 읽으면서 드는 생각이 있었다. 이런 책들은 오히려 나이가 들어서 읽는 게 낫다는 생각이었다. 사실 어렸을 때 이런 책들은 제목만 봐도 기겁을 했다. 교과서에나 나올법한 재미없는 책을 읽는 일은 전혀 달갑지 않았다. 하지만 나이가 삼사십이 되면 삶의 경험이 쌓여서인지 내용에 대해 훨씬 깊이 느낄 수 있는 것 같았다.

'배우고 때로 그것을 익히면 이 또한 기쁘지 아니한가.'
'멀리서 친구가 찾아오니 어찌 반갑지 아니한가.'

논어의 처음 한두 구절만 봐도 그랬다. 사실 어린 시절 이런 구절들을 봤을 때는 전혀 감흥이 없었다. 그냥 한자를 외우기 위해 '뜻이 이렇구나' 하는 정도만 이해할 뿐이었다. 그러나 최근에 이 문장을 접했을 때 내 안에서는 뭔가 다른 울림이 있었다.

'멀리서 아무런 이유도 없이 나를 보러 와주는 친구가 있다면 얼마나 기쁠까.'

'쳇바퀴 도는 생활 속에서 하루라도 그런 친구를 만나고 싶다. 그리고 격의 없는 대화로 회포를 풀고 싶다'는 생각이 드니 갑자기 눈물이 핑 돌았다.

배움도 마찬가지였다. '바쁜 직장생활 가운데 진정 나를 위한 배움이 있다면 얼마나 큰 기쁨일까?' 하는 생각이 들었다. 눈코 뜰 새 없이 바쁜 현대사회에서 진정한 배움의 즐거움을 누리는 일이 결코 쉽지 않음을 알기 때문이다. 이런 구절들을 읽으면서 마음속 깊은 곳에서 우러나오는 기쁨이 있었다.

고전은 오랜 시간을 견뎌낸 책이다. 그만큼 수많은 사람들에 의해 검증을 받은 책이다. 그러다 보니 읽으면 읽을수록 그 맛이 더해지는 깊은 장맛을 간직하고 있다. 그런데도 나를 포함한 많은 사람들이 그 가치를 잘 알지 못하고 그저 오래된 책, 교과서에나 나오는 진부한 책 정도로 이해하고 있다. 고전을 읽을 시간에 자기 계발서나 최신 실용서를 읽는 게 훨씬 낫다는 생각을 하고 있다.

그러나 고전은 오랜 세월 인류가 지켜온 지혜의 결정체이다. 따라서 고전을 이해하지 않고서 인류 정신의 원류를 제대로 이해하기는 어렵다. 최신 지식을 읽는 것도 중요하지만, 다시 한 번 고전에 관심을 가져봄 직하다.

요즘 나는 가방에 항상 책을 한두 권씩 갖고 다닌다. 지하철을 탈 때도, 커피숍에서 누군가를 기다릴 때도 편하게 책을 편다. 이를 통해 가장 크게 달라진 것이 있다면 마음이 편안해졌다는 것이다. 요즘에는 약속 시각에 상대가 늦더라도 전혀 화가 나지 않는다. 책을 읽다 보면 시간이 순식간에 지나가기 때문이다.

오히려 가끔은 '상대가 조금 늦게 왔으면…' 하고 바랄 때도 있다. 예전 같았으면 싫은 소리 한마디만 들어도 종일 기분이 오르락내리락했을 것이다. 그러나 이제는 마음에 제법 여유가 생겼다. 누가 무슨 소리를 해도 크게 신경이 쓰이지 않는다. 마음속 깊은 곳에 자신감이 생긴 것이다.

또한, 독서는 상당한 즐거움을 주었다. 사실 직장 생활을 하다 보면 신나는 일이 별로 없다. 그런 가운데 독서는 사막의 오아시스 같다. 저자가 들려주는 이야기에 빠져드는 즐거움은 독특한 재미를 준다. 그 과정에서 얻는 지혜도 쏠쏠하다.

요즘 지하철을 타면 대부분 스마트폰을 본다. 게임을 하거나 뉴스 기사, SNS 등에 시간을 보낸다. 그것도 나름대로 지식을 주지만 일시적인 것에 그치는 경우도 많다. 마치 목마를 때 바가지로 한 모금 떠 마시는 것과 같다. 반면에 독서는 깊은 샘에 들어가는 것과 같다. 처음에 샘을 팔기는 쉽지 않지만, 한 번 파면 물이 마르지 않는다. 깊게 들어가면 갈수록 맑고 깨끗한 샘물이 나온다.

우리나라 사람들이 책을 읽지 않는다고 한다. 어디를 가도 스마트폰을 보는 사람은 많지만, 책을 읽는 사람은 드물다. 그러나 책을 읽지 않는 사회의 미래는 그리 밝지 않다. 인류가 쌓은 지식과 경험을 도외시한 채 제대로 된 성장을 기대하긴 어렵기 때문이다.

물론 독서를 강요할 수는 없다. 아무리 좋은 책을 사줘도 독서의 필요성을 깨닫지 못한 사람은 책을 읽지 않는다. 또한, 자신의 독서 수준을 무시한 채 무리한 욕심을 부리는 것도 바람직하지 않다. 오히려 작은 습관에서 시작하는 것이 좋다. 어디를 가더라도 책 한 권을 챙기겠다는 마음이면 충분하다. 흥미 있는 책부터 잡다 보면 나중에는 저절로 독서 범위가 넓어진다.

사실 책을 읽을 시간에 스마트폰이나 TV를 보는 것이 훨씬 짜릿하다. 그러나 깊고 잔잔한 즐거움은 없다. 반면 독서는 처음에는 지루하고 딱딱하다. 그러나 한 페이지, 한 페이지 넘기다 보면 은은한 즐거움이 있다. 공감의 즐거움, 상상의 즐거움, 그리고 앎의 즐거움과 같은 것들이다. 그 차이는 콜라의 톡 쏘는 맛과 진하게 우려낸 차의 깊은 맛의 차이와 유사하다.

특히 책을 읽고 있을 때는 나 스스로 조금씩 나아지고 있다는 뿌듯함이 있다. 세상에서 가장 저렴하면서도 큰 행복을 주는 것이 있다면 그것은 바로 독서가 아닌가 싶다.

내가 자주 찾는 북 카페
(김포시 운양동 카페 커넥션)

4. 적자생존, 메모만이 살길이다

어려서부터 메모하는 습관이 있었다. 한 번 들은 것을 잊지 않기 위해 여기저기 적어두었다. 그러다 보니 가방을 열면 꼬깃꼬깃한 메모지가 가득했다. 그러나 시간이 지나면 그 종이들은 온데간데없이 사라졌다. 기록하는 것까지는 잘했지만, 보관하는 것은 잘하지 못했다.

대학에 입학하면서 메모습관은 한 단계 업그레이드되었다. 주변 사람들이 다이어리를 하나씩 들고 다녔다. 나도 뒤질세라 멋진 다이어리를 하나 장만했다. 월간 스케줄을 작성하고 일간 노트에는 틈나는 대로 메모했다. 생각날 때마다 장래 계획도 적었다. 그러나 1년이 지나면 그걸로 땡이었다. 열심히 적긴 했지만 지나간 다이어리는 더 이상 관심사항이 아니었다.

나의 메모 습관은 프랭클린 플래너를 만나면서 한 단계 도약했다. 플래너는 기존의 다이어리와는 많이 달랐다. 기존의 다이어리들이 일정 관리 위주였다면 플래너는 일정 관리 이전에 그것을 왜 하는지를 물었다.

인생을 사는 이유(사명)와 살면서 하고 싶은 일(목표)부터 시작했다. 사명과 목표로부터 월간, 주간, 일간의 계획들이 자연스럽게 나오도록 설계되어 있었다. 게다가 속지만 교체가 가능해서 연말이 되면 한해 작성한 내용들을 별도로 보관할 수 있었다. 그러나 지나간 해의 속지를 보관하더라도 그것을 다시 활용할 방법은 없었다.

이후에 3P 바인더를 만나면서 나의 메모 습관은 한 차례 더 도약했다. 3P 바인더는 우리나라에서 만들어진 다이어리로서, 프랭클린 플래너보다 강력한 기능을 가지고 있다. 작성한 내용을 서브 바인더라는 것을 이용해 별도의 단행본으로 만들 수 있다는 측면에서 그렇다.

예를 들어 바인더에 이런저런 메모를 했다고 하자. 일정관리는 물론이고 영화 감상문이나 강의 내용을 적었을 수도 있다. 시나 독서 감상문을 쓰기도 한다. 시간이 흐르면서 이런 기록들은 쌓이게 된다. 그러다 보면 바인더가 두꺼워져서 더 이상 새로운 내용을 담을 수 없을 정도가 된다.

그러면 바인더를 분가시킨다. 즉 바인더를 열어서 기록들을 종류별로 분리한다. 그리고 그것들을 각각 1권의 서브 바인더로 만든다. 위의 경우 2017년 일정, 영화 감상문, 강의 노트, 시집, 독서 감상문 이렇게 5권의 단행본이 만들어진다.

새로 작성한 기록들로 만든
서브바인더

오래된 자료들로 만든
서브바인더

이렇게 서브 바인더를 만들어놓으면 기록들의 활용도가 크게 향상된다.

기적을 만드는 하루 10분 의 힘

어떤 기록이 필요하다 싶으면 그 서브 바인더만 꺼내서 보면 된다. 바뀌거나 추가된 내용은 곧바로 수정할 수 있다. 특히 업무나 취미와 관련된 서브 바인더를 만들어 놓으면 자기만의 노하우가 담긴 매뉴얼이 된다. 후임자에게 업무를 전수할 때 복잡하게 설명할 것 없이 이 바인더만 건네주면 최고의 선배가 될 수 있다.

이처럼 서브 바인더를 만들어 활용하면 정리가 편해진다. 어떤 주제와 관련된 참고자료나 메모지, 노트가 따로따로 있으면 얼마 지나지 않아 휴지통으로 가기 쉽다. 모아두지 않으면 가치 있는 자료가 될 수 없다. 그러나 이것들을 하나의 바인더에 묶어서 보관한다면 훌륭한 자료집이 된다. 특히 사진이나 팸플릿과 같은 것들을 모아놓으면 시간이 흘러도 그때의 분위기를 금방 느낄 수 있다.

특히 마인드맵을 활용하면 서브 바인더의 가치를 한껏 더 높일 수 있다. 마인드맵이란 하나의 주제에 대한 내용을 생각의 흐름에 따라 시각화한 기록이다. 일종의 생각 지도라고 할 수 있다. 예를 들어 런던 여행이라는 주제에 대해 쓴다고 하자. 그러면 방문할 장소, 비용, 교통편, 음식 등이 소주제가 되어 각각 가지로 뻗어나갈 것이다. 그리고 장소라는 가지에서 다시 런던 아이, 런던 탑, 타워 브릿지 같은 것들로 뻗어 나간다.

이처럼 하나의 주제에서 생각의 흐름을 따라 가지가 뻗어 나가는 그림이 바로 마인드맵이다. 이를 활용하여 각각의 주제들을 한 장의 그림으로 남겨놓는다면 내용이 한눈에 들어온다. 따라서 다른 사람과 공유하기도 편하고 나중에 다시 찾아봤을 때도 쉽게 이해할 수 있다. 나도 평상시 강의 등을 들을 때 그 내용을 한 장의 마인드맵으로 작성하는 것을 좋아한다.

요즘은 디지털이 대세다. 어딜 가더라도 스마트폰과 각종 스마트 기기를 활용하는 모습을 볼 수 있다. 그러면서 '디지로그'라는 말이 유행하고 있다. 디지털과 아날로그의 합성어로서, 디지털 기술에 아날로그를 보완하여 만든 것을 의미한다.

디지털이 새롭고 강력하긴 하지만 아날로그 없이 디지털만으로는 인간미가 없고 어딘가 부족하다. 요즘은 라디오도 애플리케이션을 다운받아 스마트폰으로 듣는 시대이다. 디지털 음질이 깨끗하고 편하긴 하지만 구식 라디오에서 느껴지던 정감은 찾아보기 힘들다. 게다가 데이터가 안 잡히는 곳에서는 애플리케이션 자체가 먹통이 되기도 한다.

메모의 영역에서도 디지로그는 대세다. 요즘 많은 사람들이 스마트폰의 메모 기능이나 캘린더로 일정을 관리한다. 기록하고 수정하는 것이 편하고 휴대가 쉬워서 많이들 사용한다. 그러나 이처럼 디지털 기기에만 의존했다가는 종종 낭패를 보기도 한다. 스마트폰에 문제가 생겨 포맷을 해야 한다거나 동기화가 제대로 안 되어 모든 데이터를 날리기도 한다. 이럴 때는 정말 손으로 쓰는 수첩이 그리워진다.

이처럼 디지털이나 아날로그 한쪽에만 의존하는 것은 불완전하다. 오히려 두 방식을 적절하게 혼합해서 활용한다면 더 나은 시너지를 창출할 수 있다. 예를 들어 수시로 기록하는 내용은 디지털을 활용하되 별도 보관이 필요한 중요 데이터나 실물이 유용한 기록들은 종이로 보관하는 것이다. 업무 매뉴얼이나 수시로 참고해야 할 서류 같은 것들이다.

나의 경우에는 3P 바인더를 이용하여 아날로그 방식의 기록들을 생성하고 보관한다. 주로 여기에는 각종 메모나 유인물, 노트, 공문서, 추억을 담고 있는 것들을 보관한다. 주제별로 잘 분류만 해놓는다면 아무리 양이 많아도 쉽게 찾아 활용할 수 있다.

디지털 방식의 기록은 에버노트를 활용한다. 에버노트는 메모 기능을 기반으로 다양한 파일 첨부와 스크랩이 가능한 노트 클라우드 서비스이다. 쉽게 말해 사이버 공간에 자기만의 기록을 반영구적으로 보관할 수 있는 메모장이다.

글, 사진, 동영상, 음성 등 여러 형태의 메모가 가능하고, 기록된 내용은 에버노트 본사의 서버에 저장된다. 기록들은 하나의 노트 형태로 작성되어 바인더처럼 주제별 활용도가 높다. 또한, 기록을 검색할 때에는 한 단어만 입력해도 모든 기록의 제목뿐 아니라 본문 내용까지 검색해서 찾아준다.

나도 에버노트를 수시로 활용한다. 업무와 관련하여 중요한 내용은 여기에 기록해두고 언제든 꺼내서 찾아본다. 예를 들어 회의장 세팅하는 일을 자주 한다고 하자. 그러면 에버노트에 회의장 세팅 방법을 순서대로 기록해 두거나 세팅된 회의장 사진을 찍어서 저장해 두면 된다. 이후에 회의장을 세팅해야 할 일이 생겼을 때 에버노트에 회의장이라는 단어만 쳐도 순식간에 방법을 찾아볼 수 있다.

인터넷 기사를 읽다가 좋은 내용을 만나면 곧바로 에버노트에 저장한다. 카톡으로 친구에게서 좋은 글을 받았을 때도 마찬가지다. 강의를 들을 때도 에버노트에 기록하면 영원히 기록에 남길 수 있다. 만약 종이 노트에 작성했다면 바인더에 보관해도 되고, 사진을 찍어 에버노트에 보관해도 된다. 그러면 필요할 때 언제든 찾아볼 수 있다. 또한, 뭔가 글을 쓰고 싶을 때도, 길을 걷다가 좋은 아이디어가 떠올랐을 때도 바로 스마트폰을 꺼내 에버노트에 기록한다.

이렇게 그때그때 기록하다 보니 지금 내 노트는 무척 풍성해졌다. 양이 많아 어떤 노트가 있는지 한 번에 보기 어렵다. 하지만 필요할 때 키워드만 입력하면 그것과 관련된 기록들이 쏟아져 나온다. 나만의 데이터베이스가 만들어진 것이다. 하나의 주제에 대한 기록들이 충분히 쌓인다면 어렵지 않게 한 권의 책도 만들 수 있다. 다른 사람에게 특정 노트를 전달하고자 할 때도 쉽게 공유할 수 있다.

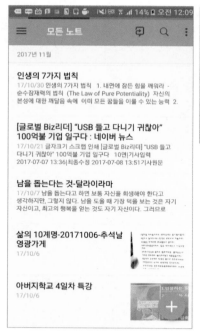

스마트폰 에버노트를 이용해
기록을 작성하고 보관하는 모습

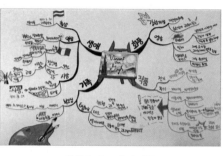

빈센트 반 고흐의 삶을
마인드 맵으로 정리한 모습

이처럼 디지로그를 메모에 활용하면서 삶에 몇 가지 변화가 생겼다. 우선 업무적으로 효율성이 높아졌다. 전에는 업무 자료를 보관하는 데 어려움이 있었다. 주제별로 묶어놓지 않다 보니 자료들이 섞여서 필요한 자료를 찾기가 어려웠다. 그러나 이제는 사안별로 하나의 서브 바인더를 만들어서 보관한다. 그러다 보니 특정 자료가 필요할 때 곧바로 찾아서 활용할 수 있다.

수시로 활용하는 자료나 데이터는 사진을 찍어 에버노트에 보관한다. 앞에서 예로 든 회의실 세팅을 할 때처럼 필요할 때 바로 참고할 수 있다. 퇴근 이후 또는 주말에 회사 동료가 급하게 자료를 요구하더라도 어렵지 않게 그것을 전송해줄 수 있다. 데이터를 잘 정리만 해놓는다면 스마트하게 일할 수 있다.

또한, 기록이 사라질 염려가 없어 안심이 된다. 나는 기록한 노트나 서류들을 잘 버리지 않는 편이다. 대신 중요하다 싶은 것들은 사진을 찍어 에버노트에 보관한다. 전자 기록이다 보니 양에 구애받지 않고 얼마든지 저장할 수 있다.

보통 자료를 한 번 쓰고 버리면 마음 한편에 '다음에 필요하면 어떡하지?'하는 불안감이 들 때가 있다. 실제로 나중에 필요할 때 중요한 자료가 없어서 불편함을 겪기도 한다. 그러나 큰 고민 없이 자료를 축적하다 보니 이러한 고민에서 해방될 수 있었다.

우리의 기억은 제한적이다. 뇌의 용량에는 한계가 있다. 아무리 똑똑한 사람이라고 하더라도 모든 것을 기억할 수는 없다. 따라서 우리에게는 기록이 필요하다. 한번 기록한 것은 기억해야 한다는 부담을 갖지 않아도 된다. 기억은 디지로그에 맡기고 필요할 때 찾아서 쓰면 되기 때문이다. 대신 가벼워진 머리를 창의적인 것에 쓴다면 얼마나 풍성한 인생이 되겠는가?

사람은 기억이라는 훌륭한 능력을 갖추고 있다. 그러나 망각이라는 더 위대한 기능도 가지고 있다. 따라서 모든 것을 기억에만 의존하는 것은 위험하다. 기록하는 습관이 필요하다. 다만 아무리 많이 기록하더라도 정작 필요할 때 찾지 못한다면 의미가 없다.

따라서 적절히 분류하고 보관하는 체계가 필요하다. 이를 위해 나는 바인더와 에버노트를 활용한다. 이들은 디지로그라는 측면에서도 궁합이 잘 맞는다. 결국, 이 습관들은 살면서 잃어버릴 수 있는 많은 것들을 지켜주었다. 스쳐 지나가는 아이디어에서 소중한 기억까지 돈을 주고도 살 수 없는 것들을 간직하게 해주었다.

작가 조던 아얀이 『아하!』[26]에서 했던 말이다.

"발명가 토머스 에디슨, 벤저민 프랭클린, 레오나르도 다 빈치부터 소설가 버지니아 울프, 심리학자 칼 융, 진화론자 찰스 다윈에 이르는 창조자들은 모두 아이디어와 영감을 기록하기 위해 일지와 노트를 사용했다. 그들은 이질적인 정보와 개념을 병합하여 새로운 아이디어를 창출할 수 있다는 사실을 오랜 경험을 통해 알고 있었다. 아이디어를 추적하고 종합시킬 수 있는 유일한 방법은 생각이 떠오르자마자 기록하는 것이다."

---

26) 『아하!』(조던 아얀, 21세기북스)

기적을 만드는 하루 10분 의 힘

5. 프로는 시간을 견적한다

고시공부를 할 때의 일이다. 당시에 1차 시험은 다섯 과목 정도로 구성되어 있었고, 과목마다 공부할 양이 꽤 많았다. 웬만한 책은 천 페이지가 넘었다. 그런 책을 과목마다 두 권 정도는 읽어야 했다. 1년이라는 기간 안에 10권[27] 정도를 읽어내야 어느 정도 시험을 볼 수 있는 수준이 되었다.

연초가 되면 시험일까지 남은 기간을 계산해서 1년 계획을 짠다. 1년 안에 10권의 책을 두 번 정도 읽는다고 가정하면 매월 두 권[28]의 책을 읽어야 한다. 이를 매일로 계산하면 하루에 66페이지[29]가 나온다. 학원 갈 시간 등을 감안해서 하루에 공부할 수 있는 시간이 다섯 시간이라고 하자. 그러면 한 시간에 14페이지[30] 정도는 읽어야 한다는 계산이 나온다.

이렇게 계산된 한 달 계획표를 책상 앞에 붙여 놓는다. 그러면 매 순간을 쉽게 흘려보낼 수가 없다. 만약 하루를 헛되이 보내게 되면 그 다음 날은 부담이 두 배가 된다. 하루에 132페이지를 읽어야 한다. 오늘 걷지 않으면 내일은 뛰어야 한다는 격언이 떠오른다. 주변에서 오늘만 놀고 내일

---

27) 5과목× 2권=10권/1년
28) (10권× 2회독)/12개월=2권/1개월(예상치 못한 사정에 대비해 여유 있게 계산한다. 이하 동일)
29) (1,000페이지× 2권)/30일=66페이지/1일
30) 66페이지/5시간=14페이지

부터 하자는 유혹이 있을 때 이것을 뿌리칠 수 있는 힘은 이처럼 구체적인 목표에서 나온다. 굳이 부담되게 책 10권이라는 목표를 바라볼 필요도 없다. 오늘 하루 14페이지만 읽자는 작은 목표만 바라보고 뚜벅뚜벅 걸으면 된다. 그 이후의 성취는 시간이 알아서 해결해준다.

신림동 고시촌에서 지내다 보면 겉으로는 고시생 같은데 실제로는 대충 놀면서 지내는 사람들이 꽤 많았다. 이런 사람들을 가까이서 지켜보면 대부분 구체적인 계획이 없다는 공통점이 있었다. 계획을 아예 세우지 않거나 세웠다가도 매번 자기 자신과의 약속을 지키지 않다 보니 목표를 포기한 사람이었다. 구체적인 계획이 없으면 하루를 의미 없이 흘려보내기 쉽다.

많은 사람들이 계획을 세우지만, 실행하지 못한다. 그 이유는 무엇일까? 대부분 실행에 대한 의지가 부족해서라고 생각한다. 물론 게으름이나 의지 부족의 문제일 수도 있다. 하지만 계획 자체에 허점이 있는 경우가 많다. 내 동료 중에 연초에 '올해부터는 아침에 꼭 일찍 일어나겠다'는 계획을 세운 사람이 있다. 그러나 그는 아직까지 수개월째 실행에 옮기지 못하고 있다.

그에게 구체적인 실행 방안이 있는지 물어보았다. 그는 "어떻게든 회사 일을 일찍 끝내고 들어가서 일찍 자야지"라고만 했다. 조기 퇴근 → 조기 귀가 → 조기 취침 → 조기 기상으로 이어지는 순차적인 프로세스를 말하는 것이다. 이러한 방식의 계획을 순행 스케줄링이라고 한다.
내일 아침 몇 시에 일어날 것인지 물으니 "오늘 잠자는 시간을 봐서 최대한 일찍 일어나겠다"고만 했다. 오늘 잠들기 전까지의 상황을 봐서 내일 일어날 시간을 정하겠다는 것이다.

기적을 만드는 하루 10분 의 힘

이러한 그의 계획은 번번이 실패했다. 그 원인으로 내가 꼽은 것은 목표 시간이 명확하지 않다는 것, 그리고 중간에 언제든 외부 요인이 영향을 미칠 수 있는 구조라는 것이다.

막연히 일찍 들어가서 일찍 자겠다는 생각으로 하루를 보내다 보면 중간에 다른 일이 끼어들기 쉽다. 회사 업무나 동료와의 대화가 길어질 수도 있다. 퇴근 후 한 잔의 유혹이 찾아올 수도 있다. 어차피 몇 시에 자야 한다고 정해진 계획이 없으므로 유혹에 넘어가더라도 반성이 필요 없다. 한두 번 이런 일이 반복되면 점점 자신감이 떨어지고 늦게 자는 것이 습관이 된다. 결국, 일찍 일어나는 것은 더욱 요원해진다.

반면에 다음과 같이 역으로 스케줄을 짜 보는 건 어떨까? 우선 최종 목표 시간을 정한다. 가령 아침 운동을 하기 위해서 새벽 5시에 일어나고, 건강을 위해 최소한 6시간 이상 잔다고 하자. 그렇다면 밤 11시에는 잠자리에 들어야 한다. 씻고 잠자리에 들기까지 2시간 정도가 걸린다면 늦어도 9시에는 집에 들어와야 한다. 이를 위해서는 무슨 일이 있어도 8시에 회사에서 자리를 박차고 일어서야 한다. 그렇다면 7시 정도에는 슬슬 업무를 마무리해야 한다.

이렇게 구체적으로 스케줄이 정해져 있다면 갑자기 동료가 술 한 잔으로 유혹해도 이를 뿌리칠 힘이 생긴다. 나에게는 내일 아침 5시에 일어나 운동을 한다는 중대한 목표가 있기 때문이다. 이처럼 최종 목표 시점을 기준으로 역산해서 지금 당장 해야 할 일까지 정하는 방식을 역산 스케줄링이라고 한다.

이러한 방식으로 계획을 짜게 되면 목표 시점이 명확해진다. 여기서는 내일 아침 5시에 일어나는 것이 목표 시점이다. 이에 따라 지금 당장 해야할 일도 분명해진다. 그만큼 실행력이 극대화된다. 내일 5시에 일어나려면 전날 저녁 8시에는 어떤 일이 있어도 회사에서 일어나야 한다. 이를 위해 8시까지 업무를 끝내도록 지금 업무에 집중해야 한다.

이 같은 두 가지 방식이 상반된 결과를 가져오는 이유는 무엇일까? 앞에서 조기 기상을 계획했던 동료의 예에서 보듯 순행 스케줄링을 하게 되면 목표를 달성하기가 어렵다. 현재 시점에서는 모든 일이 중요하게 보이기 때문이다.

내일 아침 몇 시에 일어날지가 구체적으로 정해져 있지 않은 상황에서는 눈앞의 유혹에 넘어가기 쉽다. 현재 시점에서는 동료와의 잡담이나 퇴근길 술 한 잔도 중요한 의미가 있기 때문이다. 따라서 내일 아침 조깅과 같이 중요하다고 생각했던 일보다는 당장 급하거나 재미있는 일에 휩쓸리기 쉽다.

이렇게 한두 번 미루다 보면 점점 실패가 습관이 되어 실행은 더욱 어렵게 된다. 반면 역산 스케줄링을 하게 되면 목표가 분명해진다. 지금 당장 해야 할 일도 구체적으로 정해진다. 지금 그 일을 미루게 되면 미래의 목표 달성이 어려워진다는 것도 쉽게 알 수 있다. 자연히 긴장감을 느끼고 현재 해야 할 일에 충실하게 된다. 그러면 유혹을 뿌리치기도 수월해진다.

역산 스케줄링은 장기 계획을 세울 때도 유용하다. 연초가 되면 많은 사람들이 한 해의 계획을 세운다. 운동과 다이어트, 금연, 독서 등은 단골 메뉴이다. 그러나 대부분 말뿐인 구호나 작심삼일에 그치는 경우가 많다. 그 이유는 무엇일까? 의욕은 있으나 구체적인 계획이 없기 때문이다. 그냥 이제부터 열심히 하자는 식이다. 이것 또한 순행 스케줄링이다. 지금 열심히 하다 보면 잘 되어 있을 거라는 막연한 계획뿐이다.

이때 역산 스케줄링을 활용한다면 어떨까? 예를 들어 올해는 책을 50권 읽겠다는 연간 목표를 정했다고 하자. 그렇다면 이를 달성하기 위한 중간 목표들이 각 달에 배치된다. 1년은 12개월이니 한 달에 4권씩 읽겠다는 월간 목표가 생긴다. 그러면 매주 1권씩을 읽어야 하는 셈이다. 책 두께가 200쪽이라고 한다면 매일 30쪽[31]을 읽어야 한다는 계산이 나온다.

다만 예상치 못한 일이 생길 것을 대비해서 조금 여유 있게 계획하는 것이 좋다. 하루 40쪽 정도로 계획하면 일주일에 이틀 정도는 여유를 가질 수 있다. 이처럼 구체적인 계획이 있다면 어떤 날도 의미 없이 보낼 수 없게 된다. 소위 거룩한 부담이 생기는 것이다.

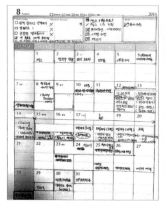

플래너를 활용해
한 달의 계획을 세운 모습

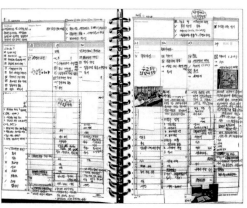

역산 스케줄링에 따라
일주일의 계획을 세우고 실천하는 모습

---

31) 200쪽 / 7일 = 30쪽 / 1일

재무계획을 세울 때도 마찬가지다. 두 명의 사회 초년생이 있다. 한 사람은 월급을 받으면 막연하게 아껴 쓰고 열심히 저축해서 부자가 되겠다고 다짐했다. 다른 한 사람은 역산 스케줄링을 활용하기로 했다. 최종 목표에서 시작해서 지금 당장 해야 할 일까지 계획하는 방식을 선택한 것이다.

대한민국 남자의 평균 수명은 약 80세이고 퇴직 연령은 65세 정도 된다. 그러면 최소 15년의 노후자금이 필요하다. 그에 앞서 55세까지는 자녀교육을 위한 교육비가 들어갈 것이다. 40세에는 집을 마련할 것이며, 35세 전에는 결혼을 할 것이다. 이런 방식으로 계획을 세워나가다 보면 시점마다 필요한 목돈의 액수가 나오고, 그 사이 필요한 지출액도 나온다. 현재부터 은퇴 시점까지의 소득은 예상할 수 있어서 그 기간 소득 중 얼마를 쓰고 얼마를 저축해야 할지가 계산되는 것이다.

만약 지금 당장 300만 원의 보너스를 받았다고 하자. 전자는 먼 미래에 쓸 자금들을 예상하지 않고 있다. 당장 다가올 지출액은 결혼자금밖에 없다. 따라서 결혼에 필요한 자금 외에는 소비하기가 쉽다. 반면에 후자는 미래의 지출들을 모두 고려하고 있다. 따라서 보너스를 받게 되면 그 일부를 결혼자금과 주택자금, 자녀교육, 노후자금에 각각 적립한다. 돈 나갈 곳이 많아서 자연스레 소비도 줄어든다.

시간이 흐르면 두 사람의 저축액은 점점 차이가 나게 된다. 특히 전자는 집 장만처럼 큰돈이 나가는 일이 발생하면 당황하게 된다. 미리 대비해둔 돈이 없으므로 큰 어려움을 겪을 수도 있다. 이러한 과정을 거치다가 결국 은퇴 시점의 재무 상황은 더욱 큰 괴리를 보이게 된다.

역산 스케줄링은 기업은 물론이고 올림픽을 준비하는 선수들도 활용하고 있다. 그 성공 여부는 얼마나 철저하게 계획하고 지켰느냐에 달려있다. 올림픽은 4년마다 열린다. 얼핏 보기에 선수들에게는 많은 시간이 있는 것처럼 보인다. 그러나 실제로 선수들이 느끼는 시간은 무척 짧다.

올림픽은 4년마다 무조건 열리므로 최종 목표와 시한은 정해져 있다. 따라서 연간 훈련 계획이 구체적으로 정해진다. 그에 따라 기초 체력과 기술을 다지는 시간이 계산된다. 결국, 한 달, 한 주, 오늘 하루 달성해야 할 연습 분량까지 구체적으로 나온다. 선수들은 오늘 하루 분량만 바라보며 훈련하다 보면 4년은 순식간에 지나간다고 한다.

역산 스케줄링은 강력하다. 막연하고 먼 미래의 목표를 현재 시점과 연결하는 통로가 되어주기 때문이다. 목표가 명확하게 정해지면 그것을 위해 필요한 시간들이 구체적으로 계산된다. 결국, 오늘 내가 해야 할 일까지 분명히 정해진다. 나에게 주어지는 거룩한 부담은 오늘의 나를 움직이게 한다. 이 부담이 두렵다고 회피하게 되면 더 큰 부담이 찾아온다는 걸 잠재의식이 알고 있기 때문이다.

이제는 어떠한 계획을 세우더라도 역산 스케줄링을 활용하자. 연간 목표부터 평생 재무계획, 하루의 운동 계획도 그렇다. 최종 목표와 달성 시점을 정해놓고 거기서부터 시작하자. 이렇게 계획하고 하루하루를 충실히 살아가다 보면 그토록 커 보이던 목표도 생각보다 쉽게 달성할 수 있을 것이다.

6. 최후의 일격은 디테일로 승부한다

부서 배치를 받고 며칠 되지 않았을 때 내가 담당하는 회사에서 사고가 터졌다. 사고 금액만 수천억대였으니 흔치 않은 대형 사고였다. 급히 감사 반이 꾸려졌고 나도 합류하게 되었다. 워낙 중대한 사안이다 보니 제때 집에 가지도 못하고 늦게까지 일을 했다. 마침 그때 월드컵이 한창이었다. 맘 같아선 일찍 들어가서 축구 경기도 보고 싶었으나 어쩔 수 없었다. 뉴스로 경기 결과를 접하는 데 만족해야 했다.

그렇게 수개월을 보내고 한여름이 되어서야 감사는 끝이 났다. 힘든 시간이었지만 상당한 성과가 있어서 보람이 컸다. 그러나 그걸로 업무가 끝난 것은 아니었다. 현장 감사를 마치고 돌아오면 그 내용을 정리해서 사후 절차를 준비해야 했다.

그런데 함께 감사를 나갔던 동료들이 마침 동시에 자리를 비워야 하는 상황이 발생했다. 해외 출장이나 연수 등 다들 나름대로 사정이 있었다. 남은 건 나와 다른 직원 한 명뿐이었다. 그런데 나에게도 갑자기 자리를 비워야 하는 사유가 발생했다. 전에 가족들과 여름휴가를 위해 제주도행 비행기 표를 예약해 놓은 것이 있었는데 그 날짜가 다가온 것이다.

고민이 되었다. 내가 휴가를 가버리면 그 직원 혼자서 많은 업무를 처리해야 했다. 그렇다고 오래 기다려온 가족과의 휴가를 포기할 수도 없었다. 주변 사람들에게 물어도 시원스런 대답이 나오지 않았다. 오랜 출장으로 심신이 지쳐있던 나는 깊게 생각하고 싶지 않았다. 결국, 전후 사정은 덮어놓고 그냥 휴가를 택했다. '다녀와서 하면 되지. 이것 좀 다녀온다고 무슨 일이 생기겠어?'라고 생각하며 휴가를 신청했다.

짧은 휴가를 마치고 회사로 돌아왔다. 그런데 상황이 달라져 있었다. 그 사이 업무가 많이 진척되어 있었고, 남아서 업무를 처리하던 그 직원을 중심으로 모든 일이 재편되어 있었다. 모두가 그 직원에게 전적으로 의지하고 있었다. 이런 상황에서 나는 더 이상 그 사건에 관여하기가 어려웠다.

사실 개인적으로 이 일에 많은 노력을 기울였던 건 사실이다. 3개월 동안 밤늦게까지 일하는 것은 물론이고, 복잡한 사건이었던 만큼 온갖 정성을 다해 업무를 해왔다. 사건이 종결될 때까지 잘 처리하고 싶었다. 그런데 휴가를 다녀온 순간 그 일은 더 이상 내가 끼어들 수 있는 사건이 아니었다.

물론 가족과의 약속이나 휴가도 중요하다. 그러나 그 당시 조금 더 세밀하게 접근했더라면 업무와 휴가를 잘 조화시킬 수 있었을 것이다. 비행기 일정을 조금 뒤로 미루거나 아예 다른 일정의 여행으로 변경할 수도 있었다. 열심히 일해 놓고도 뒤처리를 소홀히 하는 바람에 제대로 마무리하지도, 성과를 인정받지도 못했다. 디테일에서 실패한 것이다.

망원 시장 입구에는 20년 된 고로케 가게가 있다. 근처에 여러 개의 빵집이 있지만 유독 이 집만 장사진을 이룬다. 장을 보러 온 사람들뿐 아니라 고로케를 사러 먼 곳에서 온 사람들도 있다. 대부분 손님들이 한 봉지 가득 사서 돌아간다.

겉은 바삭바삭하지만, 속이 부드럽고 꽉 차 있어서 맛이 일품이다. 다른 곳에서 먹어본 것과 상당히 다르다. 먹을 때마다 그 비결이 궁금했는데 얼마 전 TV에 그 집이 나왔다.

거기서 공개한 비법이 몇 개 있었다. 먼저 기계가 반죽을 하다 보면 미세한 열이 발생해 기포가 생긴다. 그러면 반죽의 점성이 떨어져 쫄깃쫄깃한 맛이 떨어진다고 한다. 이때 열을 잡기 위해 반죽의 마지막 단계에서 얼음을 넣는다. 이를 통해 훨씬 찰지고 부드러운 반죽을 만들어낸다.

또한, 다른 가게의 고로케는 속을 넣을 때 보통 세 스푼 정도를 넣는다. 그런데 이 집은 여섯 스푼을 넣는다. 게다가 가격도 500원이니 매력적이라 하지 않을 수 없다. 배고픈 서민들에게 든든함을 주고 싶어 하는 주인의 철학이 담겨 있다.

끝으로, 반죽을 기름에 튀긴 후에 곧바로 꺼내지 않고 1분간 발효시킨 후 손님에게 내놓는다. 그러면 크기도 커지고 고소한 맛도 깊어진다. 이처럼 똑같은 고로케 하나에도 주인의 세심한 배려가 들어간다. 그러다 보니 다른 집과는 차별화된 맛을 내고 손님들도 그 맛을 잊지 못하고 찾아온다.

시장에는 물건들이 넘쳐난다. 정보의 개방성이 높은 시대인 만큼 기능과 품질도 비슷하다. 이러한 초경쟁 사회에서는 사소한 차이가 성패를 좌우한다. 아주 작고 사소한 차이가 고객의 관심을 끄는 차별화 포인트가 되고, 이는 결국 고객의 선택을 이끄는 결정적인 요인이 된다.

작은 차이가 매우 다른 결과를 만들어 낸 사례는 많다. 20년 이상 의류

업계를 주도하고 있는 폴로에는 독특한 규정이 있다고 한다. 바느질을 할 때 1인치에 반드시 여덟 땀 이상을 떠야 한다는 규정이다. 이러한 사소한 차이가 오랜 기간 패션 명품의 주도권을 유지하게 하는 것이다.

명함관리 앱 '리멤버'도 마찬가지다. 리멤버가 나오기 전에도 명함관리 앱은 많았다. 하지만 그것들은 대부분 광학문자 인식 기반이어서 정확도가 떨어졌다. 그래서 사용자들이 명함을 카메라로 찍고 나서도 일일이 틀린 문자가 있는지 확인하고 수정해야 했다.

그러나 리멤버는 달랐다. 사용자가 명함을 찍기만 하면 회사에 상주하고 있는 전문 타이피스트들이 순식간에 정확한 정보를 타이핑해준다. 게다가 승진이나 이직 등으로 명함 정보가 바뀌면 자동으로 업데이트된 정보를 공유해준다.

이러한 디테일 경영을 바탕으로 리멤버는 출시 2개월 만에 사용자 5만 명을 넘었고 현재는 200만이 넘는 회원을 보유하고 있다. 최근 2년 연속 올해의 앱에 선정되는가 하면 네이버로부터 거액을 출자받는 등 그 가치를 널리 인정받고 있다.

작은 차이로 큰 성공을 거둔 회사들의 공통점은 고객의 불편을 미리 해결해줌으로써 고객에게 감동을 준다는 것이다. 이 경우 100에 1을 더하면 101이 아닌 200이 되는 셈이다. 다른 사람들이 눈여겨보지 않았던 사소한 불편을 개선하는 디테일 경영이 고객 만족을 넘어 성공으로 이끌게 된다.

많은 주부들이 빨래를 널 때 불편해하는 부분이 있다. 허리를 숙여서 빨래를 들어야 한다는 것이다. 우리나라의 모 중소기업은 이 부분을 인식하고 건조대 중간에 빨래 바구니를 놓을 수 있는 공간을 만들었다. 더 이상 빨래를 널 때 허리를 숙이지 않아도 되게 한 것이다. 결국 회사는 기술 특허를 받았고 건조대는 불티나게 팔려 나갔다.

반대로 디테일에 소홀했을 때 모든 것이 무너지는 사례도 있었다. 100에서 1을 빼면 99가 아니라 0이 될 수도 있다. 사소한 것 하나를 챙기지 못했을 때 돌이킬 수 없는 손해를 가져오는 것이다. 이러한 사례가 1995년 영국의 223년 역사를 가진 베어링 은행의 파산이다.

베어링 은행은 28살 풋내기 직원 닉 리슨의 실수로 역사 속으로 허무하게 사라져버렸다. 리슨은 파생상품으로 유명했던 스타 펀드 매니저였다. 그는 일본 증시의 상승을 예측하며 선물 시장에 거액을 투자했다.

그러나 고베 대지진이 나면서 큰 손실을 보게 되었다. 이를 만회하기 위해 더 큰돈을 투자했으나 결국 13억 달러를 날렸다. 이로 인해 파산에 내몰린 베어링 은행은 ING 그룹에 1파운드에 매각되었다. '거래와 결산은 분리한다'는 경영의 기본을 무시한 결과가 엄청난 참사를 가져온 것이다.

기업의 경영자 한 사람, 매장 직원 한 명이 디테일을 무시하고 적당히 일을 처리함으로써 발생하는 대형 사고는 우리 주변에서도 흔히 볼 수 있다. 세월호 사건 당시에도 선원들이 안전 수칙에 따라 승객들에게 선실에서 나오라는 방송만 해줬어도 그 같은 대형 참사는 면할 수 있었을 것이다.

입사 면접의 성공과 실패를 가르는 요인은 무엇일까? 능력이나 열정의 차이일 수도 있다. 그러나 사실 개인의 재능에는 큰 차이가 없는 경우가 많다. 오히려 작고 사소한 차이가 당락을 가르곤 한다. 면접 중 불합격으로 결정하는 가장 큰 요인이 무엇인지 인사 담당자들에게 물었다. 그 결과 나온 대답 1위는 '인사를 생략하는 태도'라고 했다. 그리고 응답자의 79.7%가 지원자의 헤어 스타일, 액세서리와 같은 디테일을 주의 깊게 본다고 했다. 85.9%는 이러한 디테일을 통해 성향이나 업무 적합성까지 파악할 수 있다고 했다.

경쟁이 치열해진 경영환경에서 디테일의 중요성은 점점 커지고 있다.

많은 회사들이 경쟁에서 살아남기 위해 눈에 보이는 수치를 강조하곤 한다. 이를 위해 대충 빠르게 일을 처리하는 경우도 있다. 그러나 이 과정에서 디테일을 놓친다면 더 큰 것을 잃어버리게 된다. 상품의 완성도와 고객의 선택, 그리고 시장의 신뢰까지도 잃어버릴 수 있다.

이제는 평소에 중요하게 생각하지 않았던 것들, 작고 사소해서 미처 보지 못했던 것들에 관심을 가져야 한다. 디테일에 성공할 때 남과 다른 차이를 만들어낼 수 있기 때문이다. 결국, 작은 차이가 큰 성공을 만들어낸다.

우리 집 뒤편에 야트막한 산이 있다. 이름 없는 산이지만 숲이 우거져서 나름 사계절의 멋을 간직한 곳이다. 그 산의 초입은 한 가닥이다. 좁다란 샛길을 걷다 보면 얼마 가지 않아 등산로가 나온다. 나는 이 길로 산책하는 것을 좋아한다.

그런데 한동안 바빠서 이 길을 잊고 지냈다. 한참이 지난 후에야 문득 그 산이 생각나서 다시 가 보았다. 그런데 달라진 게 하나 있었다. 전에 다니던 등산로 옆으로 조그마한 샛길이 나 있었다. 원래 길이 없던 곳이었지만 한두 명씩 오가다 보니 새 길이 난 것 같았다. 이제는 제대로 된 오솔길이 생긴 것이다. 그 길을 따라가 보니 한참 동안 구불구불한 길이 나왔다. 샛길 끝에 다다르자 전에 없던 새로운 풍경이 펼쳐졌다. 숲이 우거지고 여러 가지 꽃들이 숨어서 피고 있었다.

문득 이 오솔길이 습관과 비슷하다는 생각이 들었다. 처음엔 길이 없어서 아무도 다니지 않던 곳이었다. 그러다가 한두 명이 용기를 내어 다니다 보니 조금씩 길이 생겼다. 시간이 흘러서 여러 사람이 다니게 되고 길은 점점 뚜렷해졌다. 그리고 걷기 쉬워졌다. 이제는 그 길로 다니는 게 누구에게나 자연스럽다.

새로운 습관도 처음에는 낯설고 힘이 든다. 과거의 습관이 아무리 안 좋은 것이라 해도 익숙하고 편하다. 그래서 웬만해서는 새로운 길을 가려 하지 않는다.

동창 중에 늦잠 자는 것이 몸에 밴 친구가 있다. 그는 학창 시절에도 늘 늦잠으로 지각을 하곤 했다. 학교에서 혼도 많이 나고 주변으로부터도 수없이 많은 충고를 받았다. 그러나 습관은 잘 바뀌지 않았다. 수십 년이 지난 지금도 변함이 없다. 여전히 밤에 늦게까지 안 자고 아침에는 툭하면 지각한다고 했다. 이 때문에 회사에서도 무능한 사람으로 찍히고 손해가 한둘이 아니라고 한다. 그래도 소용없었다. 한 번 몸에 밴 습관이 편해서인지 쉽게 바뀌지가 않는다고 했다. 내가 보기에 그 친구는 지금도 그 습관을 바꿀 생각이 없는 것 같다.

그러나 새로운 것을 시도하는 순간 길은 조금씩 열리기 시작한다. 물론 아직은 제대로 나지 않은 오솔길에 불과하다. 그렇다고 이 길로 다니는 것을 포기하면 그 길은 영원히 묻혀 버린다. 이 시기를 견디고 걷다 보면 길은 점점 뚜렷해진다. 나중에는 힘들이지 않고도 찾을 수 있는 뚜렷한 길이 된다.

습관은 평생을 함께할 동반자이다. 기왕 같이 살아야 할 습관이라면 내게 도움이 되는 습관을 갖는 것이 좋다. 오랜 기간 함께 해온 관성을 깨는 것이 결코 쉬운 일은 아니다. 그러나 여기에 길을 내고 점차 뚜렷한 오솔길을 만들어가는 과정은 인생에서 가장 가치 있는 일 중 하나이다.

"내 나이가 몇 살인데 이제 와서 습관이냐?"고 묻는 사람도 있을 것이다. 그러나 늦었다고 생각할 때가 가장 이른 때이다. 괴테는 83세에 파우

스트를 완성했고, 피카소는 89세에 자화상을 그렸다. 프랑스의 장 칼몽 여사는 85세에 완성했고, 피카소는 펜싱을 배우기 시작했고 100세에 자전거를 즐겼다. 배움은 열정이자 새로운 출발이다.

헤밍웨이의 『노인과 바다』를 보자. 사실 '노인'과 '바다'는 잘 어울리지 않는 단어이다. 바다는 도전을 상징하며 청춘과 잘 어울린다. 그럼에도 '노인'과 '바다'가 어우러져서 만든 『노인과 바다』라는 작품은 우리에게 더할 나위 없는 감동을 준다.

상어와 사투를 벌이며 노인이 뱃머리에서 되뇌는 "사람은 파멸 당할 수는 있을지언정 패배하지는 않는다."는 말은 자신에게 주어진 고난을 정면으로 받아들이고 묵묵히 시련을 견디는 노인의 강인한 모습을 보여준다. 나이나 조건은 상관없다. 그것들에 지배당하기보다는 그것을 지배하고 도전해야 한다.

나는 기록하는 것을 좋아한다. 살아오면서 경험한 것들은 꼭 기록에 남기려고 노력한다. 그리고 얼마 전 이 기록들을 정리하다가 발견한 것이 있다. 시간이 지나도 오롯이 내게 남아있는 것들은 습관이라는 것이다.

몸에 밴 습관들은 몇 년이 지난 지금까지도 나에게 소중한 자산으로 남아 있었다. 아침에 계획을 세우고 수시로 메모하는 것, 스트레칭과 산책을 즐기는 것, 비타민을 챙겨 먹는 것, 잠들기 전 체조를 하고 감사 일기를 쓰는 것과 같은 것들이다. 사소하지만 이제는 별다른 신경을 쓰지 않아도 되는 일들이다.

이처럼 작은 것들에서 시작된 나의 습관 목록은 이제 제법 틀을 갖춰가고 있다. 이 책에서 다룬 서른 가지 습관은 내가 실제로 경험한 인생의 결정체들이다. 이제는 그것을 여러분과 함께하고 싶다. 이 책을 통해 바라는 것이 있다면 이것이다. 오솔길을 걷는 마음으로 한 걸음 한 걸음 함께 걸어갔으면 한다. 그리고 어느 순간 어제보다 나은 자신을 발견한다면 그걸로 충분하다.

매일 늦잠을 자던 사람이 한 번쯤은 일찍 일어나 하루를 계획해 볼 수 있었으면 좋겠다.

아무리 좋은 일이 있어도 불평만 하던 사람이 어느 날 감사하는 마음을 가져봤으면 좋겠다.

책을 보지 않던 사람이 책을 꺼내는 날이 왔으면 좋겠다.

건강에는 관심 없던 사람이 어느 날 갑자기 운동을 해보겠다고, 음식을 바꿔보겠다고 하는 날이 오길 기대한다.

꿈도 미래도 없이 살아가던 사람이 이제는 꿈을 가져보겠다고 마음먹는 날이 오길 바란다.

만약 이런 일들이 당신에게 일어난다면 이것들은 흐릿한 오솔길을 여는 첫발이 될 것이다. 그러나 이 첫발 위에 발길이 오가면서 점점 뚜렷한 길이 생겨나듯, 마음속 습관의 씨앗도 점점 단단하게 뿌리를 내릴 것이다. 그리고 어느 날 그 탄탄해진 오솔길 위를 편안하게 걷고 있는 당신을 발견하게 될 것이다.